파울로

기스

노른

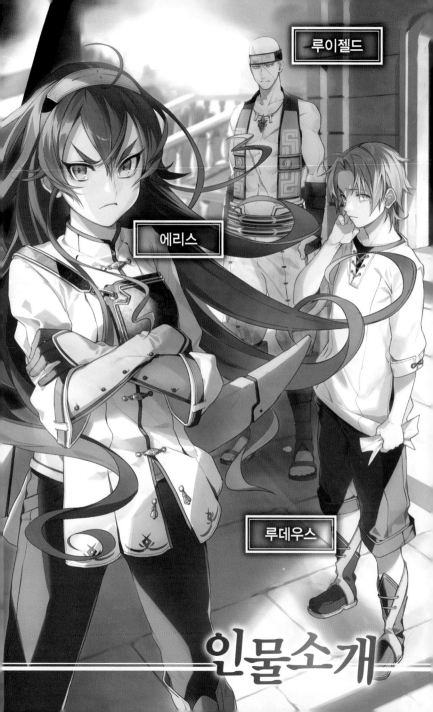

루이젤드

에리스

루데우스

인물소개

"제자를 만나지 않아도
되겠나?"

"…괜찮습니다."

무직전생

이세계에 갔으면
최선을 다한다

⑤

글 리후진 나 마고노테   일러스트 시로타카   옮긴이 한신남

無職転生　～異世界行ったら本気だす～　5

ⓒRifujin na Magonote 2014
Edited by MEDIA FACTORY
First published in Japan in 2014 by KADOKAWA CORPORATION, Tokyo.
Korean translation rights arranged with KADOKAWA CORPORATION, Tokyo.

CONTENTS

"패배를 아는 자는 강하다."

——The way of daring to become inoccupation.

글 : 루데우스 그레이랫

옮김 : 진 RF 매곳

제5장

소년기

재회편

제1화 미리스 신성국

내 이름은 루데우스 그레이랫.

정신은 전생을 겪은 어른, 몸은 열한 살짜리 슈퍼 핸섬보이다.

특기는 마술.

주문을 외우지 않고 독자적으로 어레인지한 마술을 쓸 수 있어서 다른 이들도 높게 쳐 준다.

1년 반 전, 나는 재해에 휘말려서 마대륙이란 곳으로 전이했다.

마대륙은 고향인 아슬라 왕국 피트아령과는 세계의 정반대쪽에 위치해 세계를 반 바퀴 돌아야만 돌아갈 수 있다.

나는 모험가가 되어 귀향을 위한 기나긴 여로를 걷기 시작했다.

그렇게 1년 반, 나는 마대륙을 종단하고 대삼림도 돌파했다.

미리스 신성국 수도 미리시온.

그 도시의 전모는 성검가도에서 볼 수 있다.

청룡산맥에서 내려온 니콜라우스 강은 푸르게 빛나며 그랑 호수로 흘러든다.

그랑 호수 중앙에 떠 있는 것은 위대한 순백색의 화이트팰리스.

계속해서 흐르는 니콜라우스 강의 기슭에는 금색으로 빛나는 대성당과 은색으로 빛나는 모험가 길드 본부가 존재한다.

주위에는 기반 위에 규칙 바르게 늘어선 건물들.

그리고 도시를 둘러싸듯이 배치된 씩씩한 일곱 개의 탑과 외부에 크게 펼쳐진 초원지대….

존엄과 조화. 두 가지를 겸비한, 이 세계에서 가장 아름다운 도시다.

　　　　　　모험가 블러디칸트 저『세계를 걷는다』에서 발췌

판타지 세계이기에 볼 수 있는 녹색과 청색의 조화.

거기에 더불어서 에도나 삿포로처럼 규칙 바른 건물들.

리카리스 시를 보았을 때에는 느끼지 않았던 감동이 거기에 있었다.

분명히 아름다웠다.

"우와…."

멍한 얼굴로 입을 쩍 벌린 소녀의 이름은 에리스.

에리스 보레아스 그레이랫. 아슬라 왕국 피트아령의 영주 사울로스의 손녀딸로, 내가 가정교사를 맡은 상대다. 엄청나게 사나운 아가씨로, 내 말은 듣지만 마음에 안 들면 대통령이라도 때려눕힐 만큼 말괄량이다. 다만 뱃멀미를 하니까 배만큼은 사양이라는 모양이다.

"호오."

창백한 피부에 스킨헤드, 눈을 가늘게 뜬 이 남자는 루이젤드.

루이젤드 스펠디아.

지금은 스킨헤드니까 모르겠지만, 그는 에메랄드그린색 머리칼을 가진 스펠드족이라는 종족으로, 이 세계에서 녹색 머리를 가진 마족은 공포의 대상으로 인식되었다.

조금 무시무시한 면은 있지만, 우리에게는 단순히 아이를 좋아하는 아저씨다.

이 두 사람은 외견에는 별 관심이 없는 줄 알았는데, 아름다운 것에는 분명히 감동이란 것을 느끼는 모양이었다.

"멋지지?"

자랑스럽게 그렇게 말한 원숭이처럼 생긴 남자의 이름은 기스.

모험가지만 도박판에서 사기를 치다가 감옥에 들어간 한심한 남자다. 파티에 들어온 것도 아니지만, 미리스 신성국까지 함께 가고 싶다고 하면서 대삼림에서부터 우리를 따라왔다.

왜 네가 잘난 척하는 건가 싶지만, 이런 광경을 알고 있었다면 모를 것도 아니었다. 나도 자랑하겠지.

"멋지긴 한데 저렇게 큰 호수면 우기에는 큰일 아닌가?"

그렇긴 해도 이 녀석의 콧대를 세워주는 건 조금 거슬렸기에 무심코 트집을 잡아 보았다.

하지만 이건 순수한 의문이기도 했다.

거의 도시 정중앙에 거대한 호수가 있는데다가, 바로 북쪽에 있는 대삼림에서 석 달 동안 비가 계속된다.

여기에도 영향이 있겠지.

"그야 옛날에는 난리였다나 본데, 지금은 저 일곱 개의 마술 탑이 날씨를 완벽하게 컨트롤해. 그러니까 안심하고 호수 한가운데에 성을 세웠지. 성벽도 없잖아? 그야 저 탑이 항상 결계를 치고 있으니까."

"그렇구나. 즉, 미리스 신성국을 함락시키려면, 일단 저 탑부터 어떻게 해야 한다는 소린가."

"무서운 소리 하지 마. 농담이라도 성기사들이 들으면 잡아갈 걸?"

"…조심하겠습니다."

기스의 말을 따르자면, 저 일곱 개의 탑이 있는 한 수도는 결코 재해를 만나지 않고 역병이 도는 일도 없다는 모양이다. 어떤 원리인지는 모르겠지만 편리한 것이다.

"얼른 가자!"

에리스의 두근거림 담긴 한 마디에 우리는 다시 마차를 몰았다.

미리시온은 네 가지 구역으로 나뉜다.

북쪽에 있는 '거주 구역'.

민가가 늘어선 구역. 귀족이나 기사단의 가족이 사는 지구와 일반시민이 사는 지구에 따라 다소 차이는 있지만, 기본적으로는 민가만 있다.

동쪽에 있는 '상업 구역'.

모든 업종이 모이는 구역. 소매점은 있지만 규모가 작다. 대규모 상회가 버티고 있는 구역으로, 이 세계의 비즈니스 거리다. 대장간이나 경매장도 여기에 있었다.

남쪽에 있는 '모험가 구역'.

모험가들이 모이는 장소다. 모험가 길드의 본부를 중심으로 모험가를 위한 가게나 객점 등이 모여 있다. 떨거지 모험가들이 사는 슬럼가나 도박장도 있으니 주의가 필요하다. 일단 노예시장도 상업 구역이 아니라 여기에 있다나.

서쪽에 있는 '신성 구역'.

성 미리스 교회 관계자가 많이 사는 장소다. 거대한 대성당과 묘지가 있다. 또한 미리스 성기사단의 본부도 여기에 있다.

기스는 그런 것들을 하나하나 차근차근 일러주었다.

우리는 빙글 돌아서 모험가 구역을 통해 시내로 들어갔다.

기스의 말로는, 외부인이 모험가 구역 이외로 출입하면 이상한 의심을 사서 시간을 잡아먹는다나. 귀찮은 동네네.

도시에 들어간 순간 잡다한 공기가 몸을 감쌌다.

멀리서는 아름답게 보이는 미리시온이지만, 안에 들어오니 다른 도시와 별 차이 없었다.

도시 입구에는 숙소와 마구간.

더 안으로 들어가면 노점상들이 줄을 잇고 시끄럽게 호객 행위를 했다.

대로에서 조금 안쪽으로 들어간 곳에는 무기 상점도 보였다.

좁은 길목 안쪽에는 일반적인 곳보다 다소 비싼 숙소 같은 게 있겠지.

참고로 은색으로 빛나는 모험가 길드 본부란 것은 입구에서도 보였다.

우리는 일단 마차를 마구간에 맡겼다.

들어 보니 짐을 숙소까지 가져다주는 서비스까지 있다나 보다.

다른 도시에서는 없던 서비스였다.

역시 대도시는 그런 서비스가 충실하지 않으면 살아남을 수 없는 걸지도 모르겠다.

"그럼 나는 갈 데가 있으니까 이쯤에서 실례할게!"

마구간에 짐마차를 맡기는 걸 지켜보는데, 기스가 갑자기 그렇게 말했다.

"어? 벌써 헤어지게?"

나는 의외였다. 숙소까지는 함께 갈 거라 생각했는데.

"뭐야, 선배, 쓸쓸해?"

"그야 그렇지."

놀리는 듯한 말에 나는 솔직하게 대답했다.

기스와는 오래 알고 지낸 게 아니지만, 나쁜 녀석이 아니었다. 파장이 맞는 상대란 여행에서 귀중한 법이다. 기스 덕분에 내 스트레스가 얼마나 줄었던가….

게다가 그가 없어지면 또 식사가 맛없어진다. 그건 아쉽다.

"그럴 거 없어, 선배. 같은 도시에 있으면 또 만날 수 있다고."

기스는 어깨를 으쓱이고 내 머리를 툭툭 두들겼다.

그리고 그대로 손을 살랑살랑 흔들면서 걸어가려는데, 에리스가 그 앞을 가로막았다.

"기스!"

팔짱을 끼고 고개를 쳐든 채로 평소처럼 버티고 선 모습.

"다음에 만날 때는 요리 가르쳐 줘!"

"싫다니까. 거참 끈질기네."

기스는 뒤통수를 북북 긁으면서 그 옆을 지나갔다.

내친 김에 루이젤드의 어깨를 툭 두들겼다.

"그럼 나리도 몸조심하시고."

"너도 조심해라. 너무 못된 짓은 하지 마라."

"알고 있다니까."

기스는 이번에야말로 살랑살랑 손을 흔들면서 뒷골목으로

사라졌다.

두 달이나 함께 다녔다고 생각할 수 없을 만큼, 정말이지 담백하게 헤어졌다.

"아, 그렇지, 선배."

원숭이 얼굴은 뒷골목으로 사라지기 전에 돌아보았다.

"모험가 길드에는 잊지 말고 얼굴 내밀어!"

"…응? 알았어!"

돈을 벌어야만 하니까 모험가 길드에는 갈 거다.

하지만 왜 그걸 지금 말하는 거지?

그건 모르겠지만, 기스는 내 대답을 듣고 뒷골목으로 사라졌다.

일단은 숙소를 찾았다.

숙소를 잡는 것은 우리가 도시에 도착했을 때의 기본행동이었다.

미리시온에서는 숙소가 대로에서 떨어진 곳에 많았기 때문에, 안쪽으로 조금 걸어가니 숙박거리 같은 장소로 나왔다. 한 번 주욱 살펴본 뒤에 한 곳으로 결정.

'새벽빛 여관'

여기는 대로에서 조금 떨어진 곳에 있지만, 슬럼과는 멀고 치

안도 나쁘지 않았다.

각종 서비스도 충실해서 C~B랭크 모험가들용 숙소라고 할 수 있었다.

볕이 조금 안 드는 게 결점이라면 결점이지만.

숙소를 잡고 방에서 짐을 정리하고, 시간이 있으면 모험가 길드를 포함한 도시의 요소요소를 보고 다니고, 시간이 남으면 적당히 자유 시간을 만끽한 뒤에 숙소에 돌아와서 작전회의.

그것이 일련의 흐름이었다.

"더 싼 곳으로 해도 좋잖아…."

에리스는 뚱한 얼굴로 그렇게 말했다.

그녀의 말도 지당했다.

돈을 절약해야한다는 건 내가 항상 하던 말이었다.

하지만 지금은 다소 여유가 있었다. 석 달 동안 돌디어 마을을 경비하면서 번 돈에 수족의 전사장 규에스에게 받은 돈. 양쪽을 합쳐서 미리스 금화 일곱 닢이 조금 넘었다. 돈을 벌어야만 한다는 건 틀림없지만, 지금 당장 돈이 부족할 정도는 아니었다.

그러니까 이 정도 사치는 괜찮겠지.

나도 가끔은 부드러운 침대에서 자고 싶다.

"뭐, 가끔은 괜찮잖아요."

어이없어 하는 에리스를 무시하고 방에 들어갔다.

제법 깔끔하고 좋은 방이었다. 방구석에 테이블과 의자가 준비된 것이 좋구나.

방에는 자물쇠도 걸려 있고, 창문에는 덧창이 달려 있었다.

생전의 세계에서의 비즈니스호텔에도 아득히 못 미치지만, 이 세계의 숙소로는 충분하고 남을 정도였다.

자, 숙소에 들어온 뒤의 행동은 정해져 있다.

장비 손질과 보충해야 할 소모품을 메모. 침대를 건조시키고 시트도 세탁, 내친 김에 청소.

이 동작은 완전히 기본 패턴이 되어서 지시를 내리지 않더라도 전원이 묵묵히 움직였다.

모든 것이 끝났을 무렵, 해가 져서 주위가 어두워지기 시작했다.

도착한 시간이 오후였으니까.

길드에 갈 시간이 없어졌지만, 하루나 이틀 늦게 길드에 간다고 큰일은 없겠지.

숙소 옆의 주점에서 식사를 마치고 방으로 돌아왔다.

셋에서 빙 둘러 앉아서 이마를 맞댔다.

"그러면 팀 '데드엔드'의 작전회의를 시작하겠습니다. 미리스 수도에 도착하고 첫 회의입니다. 마음껏 이야기를 나누어 봅시다."

내가 '박수'라는 말과 함께 손뼉을 치자, 에리스와 루이젤드가 건성으로 박수를 쳤다.

분위기가 별로지만 괜찮아.

"자, 드디어 여기까지 도달했습니다."

나는 일단 그런 말을 절절하니 말했다.

기나긴 노정이었다. 마대륙에서 1년 남짓, 대삼림에서 넉 달.

1년 반이나 걸려서 간신히. 간신히 인간들이 사는 영역에 도달했다.

위험한 장소는 빠져나왔다. 여기서부터는 가도도 정비되었고 길도 평탄하다. 여태까지와 비교하면 안전하다고 해도 과언이 아니겠지.

물론 거리를 보면 아직도 멀었다.

미리스에서 아슬라까지는 세계를 4분의 1 정도를 도는 거리로, 아무리 이동하기 쉬운 노정이라고 해도 거리가 줄어드는 건 아니다. 역시 1년 정도 걸리겠지.

그렇다면 가장 큰 문제는 돈이었다.

"일단 한동안 이 도시에서 돈을 벌까 합니다."

"왜?"

에리스의 질문에 정중하게 대답했다.

"마대륙, 대삼림을 지나왔지만, 인간의 영역은 물가가 비쌉니다."

나는 여태까지 조사한 시세를 떠올렸다.

잔트포트의 시세를 조사할 수는 없었지만, 마대륙의 전체적인 시세와 숙박거리에서의 물가는 기억한다. 그와 비교하면 미리스 신성국이나 아슬라 왕국의 물가는 비쌌다.

이 숙소의 숙박비도 마대륙의 시세와 비교하면 눈이 튀어나올 정도였다.

인간은 탐욕스러우니까 화폐란 것을 다른 종족보다도 중요시한다.

"미리스의 화폐 가치는 높습니다. 아슬라 왕국 다음으로 높고, 전 세계에서 두 번째. 물가는 비싸지만 의뢰비도 많을 겁니다. 마대륙처럼 도시에 갈 때마다 1주일 체재해서 돈을 벌기보다는 이 도시에서 한 달 정도 돈벌이에 집중하는 편이 효율이 좋겠죠."

미리스의 화폐가치가 높다면, 미리스에서 앞날을 위해 충분히 돈을 벌어두면 중앙대륙 남부로 건너갈 때에 돈 문제가 없을 터다.

"스펠드족이 배를 타는 데에 얼마가 드는지도 모르고요."

배라는 말에 에리스는 노골적으로 싫은 얼굴을 했다.

뱃멀미를 떠올렸겠지.

그녀에게는 싫은 추억이지만 내게는 좋은 추억이었다. 그때의 에리스를 떠올리고 몇 번이나 신세를 겼습니다.

"여기서 돈을 모아서 단숨에 아슬라까지 이동합니다. 어쩌면 스펠드족을 선전하는 건 힘들지도 모르지만, 루이젤드 씨, 그래도 괜찮을까요?"

"그래."

루이젤드는 고개를 끄덕였다.

뭐, 스펠드족의 선전은 내가 좋아서 하는 일이다.

나로서는 자리를 잡고 스펠드족의 오명 반납에 더 힘을 기울이고 싶었다.

반년이나 1년. 대도시라면 그만큼 영향력도 크겠지.

하지만 여기에 오기까지 1년 반의 세월을 소비했다.

1년 반이라는 기간은 짧지 않고, 이 이상 시간을 들이고 싶지도 않았다.

생각해 보면 나는 1년 반이나 행방불명이었다. 파울로나 다른 이들도 걱정하겠지.

그들은 어떻게 되었을까….

아, 그러고 보면 아직 편지를 보내지 않았군. 보낸다 보낸다 생각만 했는데, 일이 많아서 잊어버렸다.

편지라…. 좋아.

"내일은 휴일로 하지요."

휴일이라는 개념은 여태까지 가끔 사용했었다.

처음에는 에리스를 생각해서 만든 것이었지만, 도중부터는 나 자신이 쉬기 위한 것이었다.

에리스는 지칠 줄 몰랐고, 루이젤드도 터프가이. 나만 한심하게 약해빠졌다.

물론 나도 생전과 비교하면 체력이 붙었다. 두 사람에게는 못 당하지만, 이 세계에서의 일반적인 모험가 정도의 체력은 있으니까 육체적으로 지친 건 아니다.

정신적인 것이었다.

나는 아직 생물을 죽이는 것에 기피감이 있는 건지, 마물을 죽일 때마다 괜한 스트레스가 쌓였다.

물론 지금은 지치지 않았다. 정보 수집, 길드에서의 의뢰 확인, 기타 등등을 하면 분명 편지에 대해 잊어버린다.

여태까지도 그랬다.

그러니까 이번에는 잊지 않도록 내일 하루를 편지 쓰는 데에 사용하자.

"루데우스, 또 몸이 안 좋아?"

"아뇨, 이번에는 다른 일입니다. 편지를 쓸까 생각했습니다."

"편지?"

에리스의 질문에 나는 고개를 끄덕였다.

"예, 무사하다고 알리는 편지입니다."

"흐응⋯. 뭐, 루데우스에게 맡겨두면 괜찮겠지."

"예."

내일은 편지를 쓴다. 부에나 마을을 떠올리면서 파울로나 실피에게 편지를 쓰자.

가정교사를 맡았을 무렵에는 편지 쓰지 말라는 말을 들었지만, 상황이 이러니까 파울로도 싫다는 소린 못 하겠지.

편지를 보내도 그게 도착할 가능성은 그리 크지 않다.

아슬라와 시론 사이에서 록시와 편지를 주고받았을 무렵에도 일곱 번 중 한 번은 오지 않았다.

그러니 같은 내용의 편지 여러 개를 다른 루트로 보냈다.

이번에도 그러기로 하자.

"두 사람은 어쩔 건가요?"

"나는 고블린 토벌을 하고 올래!"

내 질문에 에리스에게서 그런 대답이 돌아왔다.

"고블린?"

고블린이라면 바로 그 고블린 말인가.

인간의 절반 정도 사이즈로 곤봉 같은 것을 장비하고 황록색 피부에 번식력이 왕성해서 판타지 쪽 야겜에서는 높은 확률로 등장하고 성인용 비디오의 남자 배우 역할을 맡는다고 한다.

"이 근처에서는 고블린이 나온다고 아까 시내에서 들었어. 모험가라면 고블린 정도는 봐둬야지!"

에리스는 씩씩하게 말했다.

모르는 척하고 있었지만, 사실 고블린에 대해서는 여행 도중부터 들었다.

고블린이란 이 세계에서 쥐새끼 같은 존재다.

번식력이 강하고 인간에게 못된 짓을 한다. 일단은 말이 통하니까 마수의 부류에 속하지만, 말이 통한다 뿐이지 본능에 따라 사는 개체가 대다수를 차지하기 때문에 너무 늘어난 것 같거든 배제한다(는 모양이다).

"알겠습니다. 루이젤드, 호위를…"

"고블린 정도는 혼자서 괜찮아!"

내 말을 가로막으며 에리스가 고함을 질렀다.

뜻밖이라는 얼굴이었다.

"……."

어째야 하나.

에리스는 강하다. 고블린은 랭크로 따지자면 E랭크에서 싸우는 마물이었을 터다.

마대륙에는 없기에 실제로 본 적은 없지만, 다소 검술을 익힌 정도의 아이라도 쓰러뜨릴 수 있는 상대라고 들었다.

반대로 에리스는 B랭크의 마물과도 대등하게 싸울 수 있다.

그런 에리스에 루이젤드라는 호위를 붙이는 건 역시 과보호라고 해야 할까….

아니, 하지만 여모험가가 고블린에게 패배하면 노리개 일직선이다.

이 세계의 고블린에 대해선 잘 모르지만, 내 세계의 고블린은 대개 그런 느낌이었다. 혹시 내가 고블린이고 운 좋게 에리스를 기절시킬 수 있으면, 말할 것도 없이 고블린으로서 충실한 매일을 보내겠지.

누구든 그런다. 나라도 그런다.

십중팔구 괜찮을 거라고는 생각한다.

하지만, 하지만 말이지.

내가 눈을 뗀 사이에 에리스가 그렇게 되면 길레느나 필립을 볼 낯이 없다.

"루데우스. 괜찮다. 시켜 봐라."

생각에 잠겨 있는데 루이젤드가 거들었다.

어쩐 일이람.

1년 반 동안 루이젤드는 에리스에게 온갖 상대와 싸우는 법을 가르쳐 주었다.

그 가르침은 나로선 이해하기 힘들었지만 에리스는 착실하게 배웠다.

그럼… 괜찮을까.

"알겠습니다. 에리스, 상대가 약하다고 결코 방심하지 마세요."

"물론이야!"

"준비는 착실하게 하고 가세요."

"알고 있어!"

"위험해지거든 도망쳐야 합니다."

"알고 있다니까!"

"만에 하나의 경우에는 상대의 손을 잡고 큰소리로 '이 사람, 치한입니다'라고…"

"끈질겨! 나도 고블린 토벌 정도는 할 수 있어!"

야단맞았다.

아직 불안하지만, 여기선 역전의 전사 루이젤드의 말을 믿기로 하자.

"그러면 제가 할 말은 없습니다. 열심히 해 보세요."

"응, 힘낼게!"

에리스는 만족스러운 듯이 끄덕였다.

"그리고 루이젤드 씨는 어쩔 겁니까?"

"나는 지인과 만나고 오지."

루이젤드에게 지인이라는 단어를 들은 건 처음이었다.

"호오, 지인입니까? 루이젤드 씨에게도 지인이 있었군요."

"당연하다."

계속 친구 없는 인생이라고만 생각했는데….

그야 500년이나 살았으면 지인 한둘 정도는 존재할까.

왜 미리시온에? 이라는 생각이 안 드는 것도 아니지만, 반대로 이만큼 넓은 도시니까 루이젤드의 지인이 사는 걸지도 모르겠다.

"어떤 분인가요?"

"전사다."

전사란 소리는 예전에 마대륙에서 구해주었던 걸까.

뭐, 괜히 더 캐묻진 말자.

부모도 아니고, 휴일에 누구랑 만나는지 자세히 캐묻는 것도 아니겠지.

다음날, 에리스와 루이젤드는 각각 외출했다.

나도 종이, 펜, 잉크를 사러 시내로 나갔다.

노점을 보고 다니면서 미리스 신성국의 물가에 대해서도 조사했다.

식료품을 보자면 마대륙보다 꽤나 쌌다. 상품도 마대륙의 그것과는 비교도 되지 않게 다양했다. 고기나 생선도 방금 손질하여 신선한 것이 있었고, 기쁘게도 생야채까지 팔고 있었다.

무엇보다 놀란 것은 달걀이었다.

달걀을 엄청나게 싼 가격에 팔고 있었다. 신선한 달걀, 오늘 갓 낳은 달걀을 말이다.

마대륙에서도 때때로 알을 파는 가게는 있었지만, 달걀이 아니라 마수의 알이었다. 인프린팅을 이용하여 길들였다는 모양이었다.

물론 식료품이 아니고 마음 편하게 프라이를 해 먹을 수 있는 가격도 아니었다.

참고로 이 세계에서 닭을 친다는 개념은 있었다.

부에나 마을에서도 닭을 치는 사람이 있었고, 미리스에서도 닭을 많이 친다는 모양이었다.

오래간만에 밥에 날달걀을 깨뜨려 넣어서 먹어 보고 싶은 충동에 사로잡혔다.

달걀밥은 완전식품이다.

하지만 달걀은 있어도 밥과 간장이 없다.

아슬라 왕국과 마찬가지로 미리스 신성국도 빵이 주식인 모양이라서 시장에서도 팔지 않았다.

물론 이 세계에 쌀이 있다는 건 이미 확인했다. 쌀을 주식으로 하는 건 중앙대륙의 북부부터 동부에 걸친 지역이었다.

시론 왕국에서도 쌀이 난다고 록시의 편지에 적혀 있었다.

고기, 야채, 어패류 등을 섞어서 볶음밥이나 파에야처럼 만들어서 먹는 게 주류인 듯했다.

하지만 반대로 그런 곳에서는 닭을 치지 않는다나 보다.

날씨가 맞지 않는 건지, 닭이 없는 건지. 아무튼 어지간해선 달걀을 입수할 수 없다고 했다.

또 간장이란 것도 본 적이 없었다.

식물사전에 의하면 콩과 흡사한 식물은 있는 모양인데, 그걸 발효시켜서 소스로 만든다는 시도는 없었던 모양이다.

아니, 분명 찾으면 있을 거다. 달걀과 쌀은 존재하니까.

언젠가 손에 넣어서 먹어 주마, 달걀밥을.

달걀의 위생상태 따윈 신경 쓰지 않는다. 배탈이 나면 해독하면 되니까!

시장조사를 마치고 편지 세트를 구입. 숙소로 돌아가면서 뭐라고 편지를 쓸지 고민했다.

생각해 보면 파울로나 실피에게 편지를 보내는 건 이번이 처음이었다.

보레아스 가에서 어떻게 지냈는지부터 써야 할까. 아니, 그보다 생존보고가 중요한가.

마대륙에 전이된 뒤의 이야기면 되겠지.

생각해 보면 많은 일이 있었구나.

스펠드족과 여행을 하고 마계대제와 만나고 수족의 마을에서 석 달을 보내고….

믿어 줄까?

믿든 안 믿든 사실이니까 적기는 하겠지만, 적어도 마계대제와 만나서 마안을 얻은 이야기는 믿어 주지 않겠지.

수족의 마을 말이 나와서 말인데 길레느는 무사할까? 그녀도 전이했을 텐데.

그렇게 강하니까 어지간히 이상한 장소로 전이한 게 아니라면 괜찮겠지만….

전이했다는 말에 떠올랐는데, 전이의 빛은 성채도시 로아에서부터 퍼졌다. 그렇다면 보레아스 가문 사람들도 전이했을지 모른다.

필립, 사울로스, 힐다. 알폰스 집사나 메이드들.

사울로스 할아버지는 어디를 가도 기운차게 고함을 지르겠지만….

"걱정이네."

그런 소리를 중얼거리면서 좁은 골목길에 들어갔다.

미리시온에는 이런 좁은 골목길이 많았다.

멀리서 보면 바둑판처럼 깔끔하지만, 오랫동안 건물을 세웠다 허물었다 한 탓에 건물 크기나 위치가 조금씩 틀어져서 이렇게 비좁고 음침한 골목이 생겼다.

물론 바둑판 형식으로 배치되었기 때문에 길을 잃을 걱정은 없다.

그러니까 조금 지름길을 찾아가거나 다른 길을 가 보는 것이다.

어쩌면 연인들의 골목 같은 걸 목격할지도 모르지.

우리 빨강머리 아가씨는 조금 난폭하지만 그래도 아름다운 것을 사랑하는 감성은 있는 모양이고, 한 달이나 머물게 되면 데이트할 기회도 있겠지.

그때 멋진 장소로 안내해서 호감도 상승을 노리는 작전이야.

그런 생각을 하는데, 좁은 골목 저편에서 남자 다섯 명 정도가 서둘러서 이쪽으로 다가오는 게 보였다.

모험가 같지는 않았다. 오히려 동네 깡패일까.

다소 위협적인 복장이었다. 한 마디로 젊은 느낌이었다.

하지만 이렇게 좁은 골목에 저렇게 여럿이 들어오는 건 좋지 않지.

길이란 건 서로 양보하는 것이다. 아무리 내가 어린애고 덩치가 작다고 해도, 그렇게 길을 가득 메우고 걸으면 서로 부딪칠 거 아냐. 여기선 일렬종대로 시선을 살짝 아래로 내리고 서로 길을 양보하며….

"비켜!"

나는 순순히 벽 쪽으로 비켰다.

아니, 착각하진 말아줘. 나는 괜한 다툼을 피하고 싶을 뿐이다.

그들은 서두르는 모양이었고, 나는 서두르지 않았고.

딱히 불량해 보여서 피한 게 아냐.

정말이야. 거짓말 아냐. 쫀 거 아니라고.

게다가 사람을 외모만으로 판단할 수 없다. 깡패 같지만, 사실은 이름 있는 검호였다는 이야기도 있다. 자신의 강함을 과신해서 상대의 폭력에 주의를 주었더니, 사실 상대는 광란의 귀공자였습니다, 데드엔드…라는 일도 있을 수 있다.

길바닥에서 아사 직전인 로리가 마계대제인 경우가 있는 세계니까.

응. 괜한 다툼은 피하는 게 최고다.

그렇게 생각했지만, 스치는 순간 가운데의 두 사람이 삼베자루를 들고 있는 게 보였다.

둘이서 껴안은 자루에서는 작은 손이 삐져나왔다.

아마도 저 안에는 아이가 한 명 들어 있겠지.

'…또 유괴인가.'

이 세계는 정말로 유괴가 많다.

범죄자는 틈만 나면 아이를 유괴하려고 한다.

아슬라 왕국에서도, 마대륙에서도, 대삼림에서도, 미리스 신성국에서도, 어디서든 유괴가 일어난다.

기스의 말로는 유괴가 돈이 된다나.

현재 세계는 다소 분쟁이 있어도 비교적 평화롭고, 노예라면 중앙대륙의 중부나 북부에서 다소 흘러드는 정도지만 노예를 원하는 사람은 많다.

특히 미리스 신성국이나 아슬라 왕국 같은 유복한 나라에서 현저하다. 이런 나라에는 노예를 소유하고픈 유복한 계층이 있다.

말하자면 수요에 비해 공급이 부족하다.

유괴하면 비싸게 팔 수 있다. 고로 유괴가 없어지지 않는다. 유괴를 없애려면 대규모의 전쟁이 있어야만 한다는 모양이다.

하지만 어린애인가.

다섯 명이서 옮기는 걸 보면 계획적인 범행일까. 삼베자루에 들어 있는 것은 고명한 인물의 아들 혹은 딸일까….

솔직히 별로 얽히고 싶지 않았다.

아이를 구했다가 일당으로 오해를 사서 감옥에 들어가는 일을 불과 몇 달 전에 겪었던 판이다.

그럼 그냥 무시할까?

아니, 설마. 이 세계에서 유괴가 없어지지 않는 것과 내가 그 때문에 괴로운 경험을 한 것과 아이를 돕지 않는 것은 전혀 다른 이야기다.

'데드엔드'의 규율 1. 아이를 저버리지 마라.

'데드엔드'의 규율 2. 절대로 아이를 저버리지 마라.

'데드엔드'는 정의의 사도. 악당은 죄다 격멸. 아이는 모두 구출.

그렇게 조금씩 스펠드족의 이름을 퍼뜨리는 것이다.

나는 다섯 명의 뒤를 쫓았다.

내 은밀 스킬은 레벨업했다. 돌디어 마을에서 에리스나 여자애들에게 접근하기 위해 단련했기 때문일까.

다섯 명은 내 미행을 눈치채는 일 없이 어느 창고 안으로 들어갔다.

조심성도 없는 놈들이다. 나를 발견하고 싶거든 코를 단련하라고. 발정내를 맡으면 한 방이니까.

창고의 위치는 모험가 구역 중 한 곳. 내가 묵는 숙소보다 더 안쪽으로 들어간 곳이었다.

대로와는 접하지 않아서 좁은 골목길을 통해서만 들어갈 수 있었다.

마차는 물론 들어갈 수 없고, 길이 좁으니까 큰 짐도 못 들어간다. 왜 이런 곳에 창고를 만들었는지 책임자를 부르고 싶어질 만큼 안 좋은 입지에 서 있었다.

아마도 창고가 먼저고, 주위 건물이 나중이겠지. 구획 정리의 폐해다.

그런 아무래도 좋은 생각을 하면서 나는 남자들이 들어간 것을 확인한 뒤 뒤쪽으로 돌아갔다.

흙 마술을 사용해서 내 몸을 위쪽으로 들어올리고 채광용 창문을 통해 안쪽에 들어갔다.

난잡하니 쌓인 나무상자 중 하나에 몸을 숨기고 낌새를 살폈다.

다섯 명은 이런저런 이야기를 나누고 있었다.

아무래도 옆건물의 주점에 동료가 있는 모양인지, 일이 끝났으니까 누굴 불러오라는 말을 하는 게 들렸다.

동료를 불러오기 전에 처리할까, 아니면 동료의 얼굴을 확인하고서 아이만 구할까.

나는 물론 후자를 택했다.

그러니 한동안 이 나무상자 안에서 대기다.

하지만 어두워서 잘 확인할 수 없었는데, 이 나무상자에는 대체 뭐가 들어 있는 걸까.

천이란 건 알겠는데, 옷치고는 다소 작았다. 게다가 거기에 싸여 있으면 이상하게도 편안한 기분이 들었다.

하나를 손에 들어 보았다. 이 감촉, 형태, 기억에 있었다.

입체적으로 바느질한 천에는 구멍이 세 개 뚫려 있었다. 한부분에만 천이 이중이고, 그 부분에서는 단언할 수 없는 멋진 뭔가가 느껴졌다.

"뭐야, 팬티잖아."

"누구냐!"

이, 이런! 들켰다!

제길. 이런 덫을 준비했다니. 비겁하잖아.

"상자 안인가?"

"나와!"

"어이, 단장을 불러와!"

이런. 미적거리다간 놈들의 동료가 몰려든다.

계획변경이다. 아이만 얼른 구해서 도망치자. 그러자. 하지만 얼굴을 들킨다.

아니, 문제없어. 가면은 수중에 있어.

우오오오오오오! 기분은 엑스터시! 식으로.

정체를 숨기기 위해 로브도 교차시켜서 입을까 했지만, 잘 생각해 보니 물건을 사러 나왔기 때문에 로브도 입지 않았고 지팡이도 수중에 없었다.

좋아, 이렇게 가자!

"우옷!"

"패, 팬티를 뒤집어썼어…."

"변태다…."

남자들의 허를 찌르며 등장. 그리고 등장 대사.

"어린아이를 수호자에게서 떼어놓고 자신의 더러운 욕망의 양식으로 삼는 자여. 그 행동을 부끄럽게 알아라! 인간은 그것을… '유괴'라고 한다!"

모 정의의 형님을 흉내내서 등장.

"누, 누구냐, 넌!"

"'데드엔드의 루이젤드'다!"

"뭐? 데드엔드라고?"

아차, 이런!

평소의 버릇대로 이름을 대었다. 여기선 이름을 대면 안 되는 장면이었다.

미안해요, 루이젤드 씨. 당신은 오늘부터 팬티를 뒤집어쓰고 사람을 구하는 변태입니다!

하지만 아이는 확실히 구할 테니까요!

"유괴범들! 너희 때문에 지금 한 명의 남자가 누명을 썼다! 절대로 용서 못 한다!"

"어이, 꼬맹이. 정의의 용사 놀이라면 다른 데서 해. 우리는 말이지."

"대화 따윈 필요 없다! 선라이즈 어태액!"

"꾸엑!"

일단 스톤 캐논을 날렸다.

역시 선수필승은 좋다. 생각해 보면 마계대제를 변태 로리콤 아저씨의 마수에서 구했을 때도 이렇게 선수를 쳤지.

"간다, 간다!"

"케엑!"

"우억!"

순식간에 네 명 기절시킨 나는 소년에게 달려갔다.

"괜찮나, 소년! 인가 했더니 기절했잖아…."

어디서 본 적이 있는 듯한 소년이었다.

정말로 기억에 있다…. 어라? 어디서 봤더라? 기억이 안 나는데.

뭐, 됐어. 이러고 있을 틈은 없었다. 서두르지 않으면 적이 더 몰려온다…라고 생각했더니 이미 창고 입구에 남자들이 우글우글 나타났다.

"우옷! 다들 당했잖아!"

"꼬맹이지만 제법이다. 얼른 단장을 불러와!"

"단장은 오늘 꽤나 마셨는데!"

"마셨어도 강하니까!"

두 사람이 바깥쪽으로 뛰어갔다.

이미 열 명 이상 있는데 사람이 더 오려는 모양이었다.

위험하다. 진짜로 위험하다. 역시 그냥 무시하는 게 좋았을지도 모르겠다.

아니면 내일에라도 루이젤드와 의논하든가…. 어찌 되었든 실수했다.

이제 전원을 쓰러뜨리고 돌파할 수밖에 없다.

"저 놈, 뭐야? 팬티를 뒤집어쓰고 있고."

"혹시 팬티를 훔치러 온 거 아냐?!"

"여자의 적?!"

잘 보니 여자가 몇 명 섞여 있었다.

미안, 루이젤드. 정말로 미안.

마음속으로 사과하면서 전투를 개시했다.

다행스럽게도 그들은 강하지 않았다. 미적미적 달려서 접근하려는 것을 스톤 캐논으로 요격. 그들은 그걸 피하지 못해서 대개 한 방으로 기절했다.

무기를 든 사람도 없었고 마술사도 없는 모양이다. 낙승이로군.

"다, 다가갈 수가 없어."

"저건 뭐야? 마력부여품이라도 쓰는 거야?!"

"단장은 아직인가!"

절반쯤 기절시켰을 때 나머지가 허둥대기 시작했다.

이 정도면 가능하겠다 싶었을 때.

"단장은 금방 옵니다! 그때까지 버텨요!"

창고 입구에서 여자 둘이 들어왔다.

비키니 아머 차림의 여전사와 로브 차림의 마술사였다.

증원인가…. 도착이 꽤 빠르다 싶지만, 바로 옆의 주점에 있던 모양이니까 당연할까.

비키니 아머 때문에 그녀만 피부 노출이 지극히 많았다. 마대륙에서도 이런 노출광 같은 여자는 없었다. 다른 여자는 로브를 착실하게 입었으니까 그녀만 이상하게 눈에 띄었다.

제길, 대체 뭐야! 눈을 뗄 수 없잖아!

"버틸게요! 쉐라, 지원해!"

"예!"

비키니 아머는 허리에서 검을 뽑더니 이쪽을 향해 달려왔다.

그녀의 뒤에서 로브 차림의 마술사가 지팡이를 들고…. 아, 이런, 비키니의 가슴이 스텝에 맞춰서 출렁출렁하고.

그렇게 세차게 흔들리면 흘러나오겠다.

이상하다, 비키니 아머는 전투에 방해가 되지 않도록 가슴을 고정하는 역할도 있을 터. 저래선 의미가 없지 않을까?

오른쪽으로, 왼쪽으로, 아아, 대단해!

좌우로 흔들리면서 점점 다가오고, 순간 아래로 가라앉았다가 위로….

"에이아아아아압!"

어느 틈에 여전사는 내 눈앞에서 검을 쳐들고 있었다.

"우와앗!"

아슬아슬, 나는 몸을 굴려서 여전사의 공격을 회피했다.

위, 위험했다.

제길, 이렇게 비겁하다니.

결국 그 차림은 상대를 홀리기 위해서인가?

그때 내 귀에 희미하게 목소리가 닿았다.

"청량한 시냇물의 흐름을 지금 여기에 '워터 볼'."

마술 주문!

워터 볼이 날아온다!

"큭!"

나는 재빨리 방금 전의 마술사를 향해 손을 뻗었다.

사용하는 주문은 스톤 월.

물을 사용한 마술은 모래나 흙으로 막아내어 흡수한다! 저항
이다.

마술을 완성시키면서 그쪽을 보자, 마술사의 지팡이는 나를
향하고 있고 딱 그 끝에서 고속으로 물덩어리가 날아오려는 참
이었다.

워터 볼은 사출과 거의 동시에 내가 만들어낸 바위의 벽에 부
딪쳐서 물소리라고는 생각할 수 없을 정도의 거대한 파열음을
내며 흩어졌다. 주위에는 물보라가 퍼졌다.

"어! 뭐야?!"

동요하는 마술사의 목소리를 들으면서 방금 전의 비키니 아
머 쪽을 돌아보았다.

"!"

거유는 원심력에 따라 흔들려서 당장이라도 비키니에서 흘러
내릴 것만 같았다.

보인다…!

"하아아압!!"

날카로운 기합소리에 나는 정신을 차리고 또 몸을 굴려서 피
했다.

그대로 거리를 벌리면서 일어섰다.

비키니 아머가 검을 지면에 내리친 자세 그대로 이쪽을 노려 보았다.

"바퀴벌레처럼 도망다니고…! 변태가!"

그렇게 말하면서 검을 중단세로 다시금 들었다.

기세를 타고 공격하는 건 그만두었는지, 슬금슬금 발을 움직 이며 거리를 좁혀들었다.

나는 거기에 맞춰서 천천히 뒤로…. 아, 검을 앞으로 드는 바 람에 가슴이 끼어서 계곡이 생겼다.

아아, 제길, 안 돼. 이건 덫이다!

시선을 그쪽으로 유도하는 거야!

이래선 제대로 싸울 수 없다.

저 여전사와 마술사의 실력은 대단치 않지만, 이대로 있다간 위험하다.

혹시 과실이 흘러나왔다간 나는 확실하게 저 검의 밥이 되겠 지.

제길, 대체 내 약점이 어디서 새어나갔지…!

아니, 그게 아니다.

내가 멋대로 가슴에 신경을 빼앗겼을 뿐이다. 딱히 저 녀석의 전술이 아닐 것이다.

하지만 어쩐다.

어떻게든 저 가슴을 치우게 하지 않으면 제대로 싸울 수가 없다.

내친 김에 엉덩이가 그대로 드러난 아래쪽도 좀 숨겨줬으면 싶다.

어떻게 숨기게 할까. 아저씨 같은 말이라도 하면 창피해서 숨겨 줄까? 아니, 일부러 저런 차림을 한 거라면 역효과일지도 모른다.

"아!"

…그래, 떠올랐다! 북풍과 태양이다.

옛날에 북풍과 태양은 여행자의 옷을 벗기는 걸로 내기를 벌였다.

북풍은 차가운 돌풍으로 여행자의 옷을 벗기려고 했지만, 여행자는 반대로 옷을 꼭꼭 여몄다.

반대로 태양은 기온을 높여 여행자의 체온을 올려서 자연적으로 옷을 벗게 했다.

즉 따뜻하게 하면 저 비키니를….

아니, 그게 아니지. 벗게 하면 안 되잖아.

좋아, 냉기다.

"몰아붙였다."

그 말에 뒤를 돌아보니 창고 벽이 있었다.

하지만 내 전술은 이미 결정되었다.

여전사를 향해 말없이 두 손을 뻗었다.

"'아이시클 필드'."

오른손에 마력을 담은 순간, 창고 안에 냉기가 휘몰아쳤다.

온도가 순식간에 30도는 내려가서 창고 안은 극한의 땅으로 변했다.

"뭐, 뭐야?!"

여전사의 팔에 소름이 돋았다.

그리고 또 왼손에 마력을 담았다.

"'블래스트'."

내 왼손에서 돌풍이 휘몰아쳐서 여전사를 날려 버렸다.

여전사는 창고 지면을 데굴데굴 구르면서 입구 쪽으로 떠밀렸다.

이것이 바로 혼합마술 '볼라 블래스트'다.

"엣취!"

나도 감기에 걸릴 것처럼 추웠지만 그래도 효과는 발군이었다.

여전사는 순식간에 체온을 빼앗겨서 덜덜 떨며 다른 단원에게 겉옷을 요구했다.

이거라면 괜찮겠지.

저 귀찮은 가슴만 숨기면 내게 패배는 없다.

얼른 전원을 기절시키고 이 자리를 돌파해 보실까.

"여어, 기다렸군!"

거기에 그 녀석이 나타났다.

당당하게 창고 입구에 서 있었다.

어디선가 본 듯한 남자, 그리운 느낌이 드는 얼굴….

하지만 어디서 봤는지는 떠오르지 않았다.

"칫, 아주 멋대로 날뛰었군. 힉…. 너희는 나서지 마라. 꼬맹이 하나한테 여럿이서 덤빌 것 없어, 나 혼자 하지."

남자는 실력에 자신이 있는 모양이었지만, 술에 취한 눈치였다. 멀리서 봐도 다리는 휘청휘청, 얼굴은 시뻘겠다.

하지만 정말로 어디서 본 듯한 얼굴이었다.

갈색 머리에 불량스러운 느낌이라서 파울로랑 좀 비슷한데…. 그리고 보니 목소리도 파울로랑 똑같다.

파울로가 살을 더 빼고 얼굴에서 여유를 지우면 저런 느낌이 될까? 정말로 공격할지 주저하고 싶어지는 얼굴이었다.

하지만 이런 곳에 파울로가 있을 리 없다.

"자식, 우리 단원을 상대로 멋대로 날뛰었겠다. 각오는 되었겠지!"

선두에 선 남자가 기염을 토하며 쌍검을 뽑았다.

이도류인가. 아마도 달인급의 검사겠지. 방금 전의 여전사보다도 몇 단계는 위인 기척이 느껴졌다.

스톤 캐논으로 어떻게 될까?

아니, 하지만 죽이는 건 조금….

그렇게 망설이는 내게 남자는 돌진해 왔다.

"…큿!"

한 발 늦은 나는 반사적으로 스톤 캐논을 날렸다.

남자의 반응은 빨랐다. 오른손의 검을 비스듬히 들어 스톤 캐논을 흘려 버렸다.

"수신류인가!"

"그것만이 아니지!"

남자가 파고들었다. 나는 반사적으로 충격파를 날리면서 뒤로 날아갔다.

"흥!"

"어차!"

예견안을 써서 앞날을 보면서 회피했다.

남자의 검은 빠르지만 다리 움직임이 다소 불안했다.

취한 탓일까. 그렇다면 어떻게든 된다.

"칫, 그 녀석처럼 움직이는군…. 베라! 쉐라! 손 좀 빌려줘!"

방금 전의 비키니 아머와 마술사인 듯한 여자가 앞으로 나왔다. 혼자서 싸우는 거 아니었어? 남자답지도 않은 놈!

외투를 껴입은 비키니 아머가 내 옆으로 돌아오고, 마술사가 주문을 외우기 시작했다.

이런.

남자의 공격은 매서웠다. 나는 회피만으로 빠듯한데… 아직 수는 있었다.

"와앗!"

"읔!"

목소리의 마술을 써서 남자의 움직임을 한순간 정지. 동시에 충격파로 남자를 날려 버렸다.

"스톤 캐논!"

남자가 날아가는 것을 시야 구석으로 보면서 스톤 캐논을 마술사에게 날렸다.

또한 치고 들어오는 비키니를 향해 예견안을 사용하여 카운터를 넣었다.

마술사는 주문에 집중하던 참에 스톤 캐논을 얻어맞고 기절.

비키니는 한 대 얻어맞아 다리가 흔들렸지만, 아직 괜찮은지 눈을 빛내며 나를 노려보았다.

그리고 남자도 달려왔다.

"쉐라! 이 자식이!"

남자가 달려오기에 진흙탕을 만들어서 방해.

남자는 꼴사납게 진흙탕에 다리가 걸려서 넘어졌다.

"단장!"

한눈팔면 안 되지. 그렇게 말하진 않고 나는 무영창으로 스톤 캐논을 사출.

"아…!"

비키니도 기절.

"베라! 제길!"

남자가 한쪽 검을 칼집에 넣고 다른 쪽을 입에 물었다.

예견안.

'엎드린 자세로 달려온다.'

네가 무슨 개냐?

나는 스톤 캐논으로 요격하면서 뒤쪽으로 거리를 벌렸다.

하지만 여기는 좁은 창고라서 접근을 방해할 만한 게 없었다.

"으랴아아아!"

엎드린 자세에서 몸을 비틀면서 도약.

야수 같은 움직임 속에서 허리의 검을 뽑았다.

기묘한 자세에서 몸을 크게 뒤틀면서 공격을 날렸다. 예리하다!

'동시에 입에 문 검을 왼손으로 들고 역수로 일격.'

기발한 공격.

내 예상을 웃돌았다. 예견안이 없으면 이걸 회피할 수 없었겠지.

검은 내 코끝을 스쳤다. 코에 찡한 아픔.

"......"

심장이 벌렁대기 시작했다.

나는 남자를 죽일 생각을 하지 않았지만, 남자는 날 죽이려고 했다.

그런 당연한 사실을 지금 깨달았다.

나도 제대로 상대하지 않으면 당한다.

그렇게 생각하고 나는 허리를 낮추었다.

루이젤드, 그리고 에리스와의 훈련을 떠올렸다.

남자의 야수 같은 움직임은 어느 쪽이냐면 제 실력을 낼 때의 루이젤드의 움직임에 가까웠다.

하지만 이 남자의 실력은 루이젤드 정도가 아니다.

기발할 뿐이다. 이길 수 있다. 다음에 오면 카운터로⋯. 그렇게 생각했을 때 남자의 움직임이 멎은 것을 깨달았다.

슬쩍 보니 내 얼굴을 가렸던 팬티가 지면에 떨어져 있었다.

이런, 얼굴을 보였어⋯ .

"너, 루디냐⋯?"

루디. 나를 그 이름으로 부르는 남자는 한 명밖에 없다.

그리고 그 얼떨떨한 목소리는 술주정뱅이의 분노 섞인 탁한 목소리가 아니라 아주 익숙한 것이었다.

"⋯아버님?"

오래간만에 만난 파울로 그레이랫은 크게 변해 있었다.

얼굴은 홀쭉하게 여위고 눈 밑은 거뭇거뭇해지고 다박수염을 길렀고, 머리는 부석부석, 입에선 술 냄새, 전체적으로 몰락한 느낌이었다.

내 기억에 있는 파울로와는 전혀 닮지 않았다.

제2화　1년 반 동안의 파울로

★ 파울로 시점 ★

눈을 떴을 때 나는 초원에 있었다.

초원…, 초원이라고 말할 수밖에 없었다. 전혀 이상할 것 없는 초원이지만, 신기하게도 기억에 있었다.

여기가 어딘지 생각한 지 몇 분. 금방 기억이 났다.

여기는 아슬라 왕국의 남부, 과거에 머물렀던 도시 부근이다.

당시 저 도시에서 수신류를 배웠다…. 리랴의 고향 근처로군.

자연스럽게 꿈이라고 생각했다. 내가 이런 장소에 있을 리가 없으니까.

그렇긴 해도 그리운 장소였다. 여기서 살았던 게 몇 년이었더라. 1년, 아니, 2년인가.

그리 길지 않았다는 것만큼은 기억했다.

기억에 있는 것은 도장에서의 일뿐이고, 떠오르는 것은 사형제들이었다.

말만 많고 성미에 거슬리는 놈들이었다.

재능 있는 나를 찍어 누르면서 자기보다 앞서가지 말라고 엄명하는 놈들이었다.

나는 상하 관계라는 걸 싫어했다.

집을 뛰쳐나온 것도 아버지가 계속 찍어 눌렀기 때문이다.

그래도 아버지는 그나마 나았다. 이러니저러니 잔소리하면서도 반항할 수 없을 정도의 힘을 가졌다.

하지만 그 사형제들에게는 힘이 없었다. 말과 자존심만 발달한 꼬락서니였다.

내가 중급의 영역에 도달했을 때, 놈들은 초급의 출구 근처에서 얼쩡댈 정도로 수준이 낮았다.

도장주를 봐도 기껏해야 수신류의 상급검사로, 자신의 역량 부족은 뒷전이고 정신론만 떠들어대는 늙은이였다.

나는 그 녀석들에게 언젠가 내 실력을 보여 주기로 생각했다.

물론 내가 그놈들에게 내 실력을 보여 주는 일은 없었다.

수많은 것을 견디다 못 하여 괜히 리랴를 범하고 도망쳤다.

애초부터 노린 것도 있었지만, 그놈들 모두가 소중히 여기던 것을 짓밟아 주고 싶었다.

놈들은 내가 도망친 다음날부터 혈안이 되어 나를 찾아다녔다.

나는 놈들을 비웃듯이 국외로 도망쳤다.

생각해 보면 나도 철부지였다.

사형제 같은 건 아무래도 좋지만, 리랴에게는 미안한 짓을 했다.

"…음."

바람이 불었다.

눈에 먼지가 들어가서 얼굴을 찌푸렸다. 그러자 내 소매를 붙잡는 이가 있었다.

"아빠…. 여기, 어디…?"

"음?"

그러고 보니 나는 노른을 품에 안고 있었다.

그녀는 불안한 얼굴로 날 바라보았다.

그제야 간신히 나는 실내복 차림으로 초원에 서 있다는 걸 깨달았다. 발바닥에는 지면의 감각. 품 안에는 노른의 온기.

이건 꿈이 아니다.

"…대체 뭐지?"

내가 왜 여기에 있는 건지 모르겠다.

혼자라면 끝까지 꿈이라고 생각했겠지.

하지만 품에는 노른이 있었다.

3년 전에 태어난 노른. 조그만 노른. 나의 사랑스러운 딸.

나는 어지간해선 딸아이를 안아 주지 않는다. 엄격한 아버지를 목표로 하기 때문에 육체적인 접촉은 삼갔다.

그런 내가 왜 노른을 안고 있을까….

…그래, 떠올랐다.

방금 전까지 집에서 제니스와 이야기를 하고 있었다.

'딸은 크면 아버지와의 접촉을 꺼리게 되니까, 어릴 적에 안아 두는 편이 좋아.'

'아니, 나는 위엄 있는 아버지를 목표로 하겠어. 루데우스랑 달리 노른은 평범한 모양이니까, 노른에겐 위대한 아버지로 인식되어야지.'

'그래선 당신이랑 사이 나빴던 아버님하고 똑같지 않아?'

'…그렇군. 그럼 역시 좀 안게 해 줘.'

그런 식으로 별 것 아닌 대화였다.

근처에서는 리랴가 아이샤에게 뭔가를 가르치고 있었다.

리랴는 아이샤에게 영재교육을 시킬 생각이었다. 나는 더 자유롭게 마음껏 키워야 한다고 반대했지만 리랴는 귀기 어린 기색으로 밀고 나갔다.

아이샤는 성장이 빨랐다. 뭔가를 가르치면 금방 배웠고 걸음마도 일렀다. 리랴의 교육이 좋았던 걸지도 모르지만, 노른이 뒤떨어지는 게 아닐까 불안해질 정도로 우수했다.

리랴는 '루데우스 님 정도는 아닙니다. 노른 아가씨 정도가 보통입니다'라고 말했다.

보통이고 이상이고 다 좋지만, 장래 우수한 오빠와 동생 사이에 낄 노른을 생각하면 조금 걱정스러웠다.

그렇게 생각했을 때였다.

갑자기 하얀빛에 휩싸였다.

아, 기억난다. 기억은 계속 이어졌다. 그 증거로 노른을 품에 안고 있다.

이미 걸어다닐 수 있는 노른을 품에 안고 있다.

…무슨 일이 일어난 모양이다. 순식간에 그렇게 깨달았다.

"…아빠?"

내 얼굴을 보고 노른이 불안하니 말했다.

"괜찮아."

나는 노른의 머리를 다정하게 쓰다듬고 주위를 둘러보았다.

제니스와 리랴의 모습이 없었다. 근처에 있을까, 아니면 나만 날아온 걸까.

그럼 왜 노른이 함께 있는 걸까.

…기억나는 게 있었다.

미궁에서 딱 한 번 걸린 적 있는 흉악한 덫. 전이의 마법진에 걸렸을 때와 비슷했다.

당시에는 운 좋게 근처로 전이했지만, 옷소매를 붙잡고 있던 엘리나리제가 진심으로 화냈다.

운이 나빴으면 즉사하는 덫이었다.

척후인 원숭이가 발견할 수 없었던 바람에 걸렸으니까 죄다 그놈 잘못이지만….

그런 이야기는 아무래도 좋다. 결국 전이란 접촉한 상대만을 순식간에 이동시킨다.

그러니까 안고 있던 노른이 나를 따라왔다.

하지만 왜 그런 일이 일어났을까.

너무 갑작스러웠다. 누구의 짓일까?

솔직히 나는 각지에 적이 있다. 누가 무슨 짓을 해도 이상하지 않을 정도로 못된 짓을 했다.

하지만 전이라면 이야기는 다르다. 전이 마술 주문은 없다.

고로 마법진이나 마력부여품을 사용해야만 한다.

전이의 마력부여품은 세계적으로 봐도 금기되는 것으로, 전이 마법진 기술은 금기로 지정되어서 맥이 끊긴 지 오래다.

나 한 명에게 보복하기 위해서 왜 그런 위험한 다리를 건널 필요가 있을까?

그리고 왜 이렇게 아무것도 없는 장소로 날릴 필요가 있을까….

설마 당시 사형제 중 한 명이 범인일까?

그때의 일을 기억하고 있어서 리랴를 손에 넣기 위해 나를 전이시켰다.

이 장소인 것은 날 놀리는 짓이다. 집에 돌아가면 제니스와 리랴가 못된 남자들에게 당하고 있을지도 모른다.

제길, 놈들이 생각할 만한 짓이군.

"아빠…."

"노른, 괜찮아. 얼른 집에 돌아가자."

나는 오히려 스스로에게 들려주듯이 말하고 도시로 향했다.

다행스럽게도 무슨 일이 있었을 때를 위해 아슬라 금화를 칼집 고정쇠에 숨겨두었다.

모험가 시절의 버릇으로 검은 항상 몸에 지니고 다녔다. 잘 때도 끄르지 않는다. 끄를 때는 여자를 안을 때뿐이다.

칼집 고정쇠에는 모험가 카드도 달려 있었다.

이럴 때를 위한 것이었다.

나는 모험가 길드에 가서 아슬라 금화를 환전. 은화 아홉 닢과 대동화 여덟 닢을 손에 넣었다.

어느 틈에 수수료가 올랐지만 이 정도 있으면 충분했다.

모험가 길드의 의뢰를 스윽 확인해 보니 긴급한 배달 의뢰가 있었기에 그걸 수락했다.

접수 담당 아가씨는 갱신이 끊겨서 글자가 사라진 카드에 마력을 넣다가, 거기에 적힌 랭크가 S인 것을 확인하고 놀란 뒤에 S랭크 모험가가 왜 이런 퀘스트를 받을까 싶어서 거듭 놀랐다.

긴급 의뢰이기 때문에 관계없이 받을 수 있지만, 본디 E랭크의 의뢰다.

딱히 숨길 것도 없었지만, 설명하기도 귀찮아서 적당히 얼버무리고 말을 빌렸다.

긴급 배달 의뢰는 S랭크의 특전에 따라 말을 무상으로 빌릴 수 있다.

물론 의뢰 달성과 동시에 반납해야만 하지만….

이번에는 배달 의뢰와 반대방향으로 갔다. 의뢰인에게는 미안하지만 나도 시급했다.

길드에서 데려온 말은 꽤나 명마였다.

운이 좋았다. 그만큼 급한 일이라는 거겠지.

이래선 모험가 자격이 박탈될 가능성도 있겠다.

하지만 그래도 상관없다. 이미 모험가로 살아갈 생각도 없으니까.

노른을 말에 태우고 나도 뒤에 올라탔다.

그리고 곧바로 도시를 뒤로 했다.

도중에 노른의 몸이 안 좋아졌다.

승마 경험이 없는 노른은 밤낮을 가리지 않고 계속 이동하기에 아직 너무 어렸다.

간병하느라 시간을 빼앗겨서, 피트아령에 도착하기까지 두 달이 걸렸다.

처음부터 마차를 쓰면 좋았을 시간이었다.

배달 의뢰는 옛적에 실패로 끝났지만, 벌금은 대단한 금액이 아니었다.

"······."

하지만 나는 절망했다.

부에나 마을에 도달하기 전에 일의 중대함을 알았기 때문이다.

피트아령이 소멸했다.

나는 혼란의 극에 달했다.

무슨 일이 일어났을까, 부에나 마을은 어디로 갔을까.

제니스는? 리랴는?

성채도시 로아도 소멸했다…. 그렇다면 루데우스도 없나?

말도 안 돼…. 나는 무심코 지면에 무릎을 꿇었다.

'전이의 덫으로 전멸.'

그런 단어가 내 머릿속에 소용돌이를 틀었다.

모험가 시절, 미궁에 들어갈 정도로 강해진 뒤에 몇 번이나 들은 말이다.

전이는 가장 주의를 기울여야만 하는 덫. 파티는 뿔뿔이 흩어지고, 현재 위치도 알 수 없어진다. 절대로 걸려선 안 되는 덫.

당시에 그런 덫으로 전멸한 파티의 이야기라면 몇 번이나 들었다.

파티 전원이 마법진에 걸린 끝에 간신히 한 명과 합류하여 입구까지 돌아와보니, 자신들 이외의 파티가 전멸했다는 이야기를 멍한 얼굴로 말하는 남자를 본 적도 있었다.

하지만 설마 내가 이런 곳에서….

"아빠…. 집, 아직이야?"

나는 그런 말에 퍼뜩 정신을 차렸다.

내 옷자락을 붙잡은 세 살짜리 딸이 있었다.

"……."

나는 말없이 그녀를 껴안았다.

"아빠? 왜 그래?"

그래. 나는 아빠다. 아버지다.

딸은 아직 무슨 일이 일어났는지 모른다.

하지만 내가 있으니까 안심하고 있다.

나는 아버지, 아버지다.

약한 모습을 보여선 안 된다. 의연한 태도로 있어야만 한다.

그렇다마다.

전이는 분명히 두려운 뎦이고, 왜 이런 사태가 되었는지는 알
수 없다.

하지만 나는 살아 있다.

제니스도 예전에 모험가였고, 리랴도 후유증은 있지만 검을
다룰 줄 안다.

아이샤는… 떠올려. 그 때, 그 순간 리랴는 아이샤와 접촉하
고 있었나?

…떠오르지 않는다.

아니, 포기하지 마.

그때 리랴는 아이샤의 손을 잡고 있었다…. 일단 지금은 그렇
게 생각하자.

가장 가까운 도시에서 말을 반납하고 정보를 모았다.

전이의 피해는 피트아령 전역에서 일어났다.

필립도 사울로스도 행방불명, 현재는 필립의 형제가 영주가 되었다.

하지만 필립의 형제는 재해의 책임을 물어 당장이라도 실각할 기세였다.

자기 몸을 지키느라 바쁜 나머지 재해에는 손이 미치지 않는 모양이었다. 영민을 지키기보단 일단 자기 몸. 이러니까 아슬라 귀족은 마음에 안 든다.

정보를 모으는 가운데 알폰스라는 노인이 접촉해 왔다.

그는 필립을 모시던 집사 중 하나라고 했다.

보레아스 그레이랫 가문에 충성을 맹세한 그는 이런 상황에서도 자기 뜻을 바꾸지 않았다. 자기 재산을 써서 난민 캠프를 세우기 시작했다.

알폰스는 내게 그걸 거들어달라며 접촉했다.

왜 나한테 그런 말을 하냐고 물었더니, 필립에게서 내 이야기를 들었다고 대답했다.

필립이 평하기로 "여차할 때에 힘을 발휘하는 인물이지만, 앞을 내다보는 힘이 없기에 자기가 실수하여 그 여차할 때를 만들어내는 위험천만한 인물이다."라고 했다는 모양이다.

괜한 오지랖이다.

알폰스로서는 그렇게 평가가 박한 내게 접촉해야 할지 고민했나 본데, 루데우스의 아버지라는 점도 있어서 협력을 부탁한다는 말이었다. 편지로 근황을 들었을 뿐이지만, 아들과 그리 오래 알고 지낸 것도 아닌 이 집사가 그렇게 평가해 주는 건 고마웠다.

나는 쾌히 승낙하고 알폰스의 지시에 따랐다.

그렇게 한 달.

알폰스는 인맥이 제법이라서 곳곳에 손을 뻗어 인재를 모으고 난민 캠프를 세웠다.

훌륭한 솜씨였다.

나는 그렇게 모인 젊은이들을 지휘하여 '피트아령 수색단'을 조직했다.

각지에 전이해서 난민으로 변한 이들을 구하는 것이다.

물론 내 목적은 보도 못 한 남을 구하는 게 아니라 내 가족을 찾는 것이었다.

그 무렵에는 왕도 쪽에서도 권력다툼이 정리되었는지, 부흥자금이 알폰스 앞으로 나오게 되었다.

난민 캠프에 메모를 남기고 모험가 길드의 본부가 있는 미리스 신성국으로 향했다.

아슬라와 미리스, 이 두 대국의 정보망을 확보하면 어딘가에서 정보가 걸리겠지.

그런 판단이었다.

전원 다 금방 찾을 수 있다…. 그때는 그렇게 생각했다.
얕은 생각이었다.

★　★　★

미리스에서 활동하며 반년의 시간이 흘렀다.

상당한 인간이 미리스 대륙으로 전이했다.

나는 그들을 하나하나 모두 구조했다.

개중에는 노예로 팔려간 사람도 있었다. 노예를 억지로 해방
하는 것은 미리스의 법률에 저촉된다. 하지만 제니스나 리랴가
혹시 노예가 되었다고 생각하면 범죄라고 주저할 이유가 되지
않았다.

전원 구한다는 자세를 지킨다.

그러면 누가 어떤 상황이라도 대의명분이 선다. 구하지 못한
다는 전례는 만들지 않는다.

그렇게 생각하며 나는 제니스의 본가를 찾아갔다.

제니스의 집안은 미리스에서도 유력한 귀족이며, 우수한 기
사를 여럿 배출한 명문이었다.

그들에게 부탁해서 노예를 해방하기 위한 기반을 마련하였
다.

그 보람도 있어서 난민 구조는 순조로웠다. 서둘러 움직였기
때문에 난민이 되어 곤경에 빠진 사람들을 곧바로 찾을 수 있

었다.

그들을 구하면서 자기 발로 돌아가겠다는 사람에게는 여비를 주고, 수색을 거들겠다는 사람은 수색대에 합류시키고, 노인이나 아이에게는 살 곳을 제공했다. 노예는 돈으로 할 수 있다면 돈으로, 그렇지 않다면 처가의 권력으로, 그래도 안 된다면 틈을 봐서 납치하여 신병을 숨겼다.

물론 문제는 일어났다.

미리스 귀족들은 억지로 노예를 빼앗는 우리를 고깝게 여겼고, 사병을 동원하여 나를 공격하는 귀족도 있었다.

단원 중에 사망자도 나왔다.

하지만 나는 멈추지 않았다.

내게는 대의명문이 있었다. 사람들을 구한다는 대의명분이.

그러니까 단원들도 따라왔다.

나는 아슬라의 상급귀족인 그레이랫 가문의 이름, 제니스의 집안, 과거의 모험가로서의 명성, 온갖 것을 사용하여 문제를 해결했다.

하지만 한편으로는 제니스와 리랴의 정보가 전혀, 하나도 들어오지 않았다.

뿐만 아니라 루데우스도.

어디를 가도 눈에 띌 만한 아들의 정보마저도 전혀 들어오지 않았다.

★　　★　　★

　순식간에 1년이 경과했다.

　이 무렵이 되자 난민의 발견 보고도 현저하게 줄어들었다.

　중앙대륙 남부와 미리스 대륙에서 발견할 수 있는 이들은 대충 다 찾았다고 할 수 있겠지.

　아직 찾지 않은 마을이 몇 개 남았고, 노예를 놔주지 않는 놈들이 몇 명 있는 정도였다.

　노예 해방은 계획적으로 진행하고 있다. 신병을 확보하면 이쪽의 승리다.

　억지스럽다는 것은 안다. 일부 귀족들이 욕하고 눈을 부라리는 것도 이해한다. 그렇게 단원들이 습격을 받고 사망하거나 큰 부상을 입는 일도 있었다.

　단원들 중에는 그런 이유로 나를 탓하는 이도 있었다.

　네가 조금 더 잘했으면 이렇게 되지 않았다, 라고.

　무슨 소리를 들어도 내 행동은 변하지 않는다.

　이제 와서 바꿀 수는 없었다.

　최근 난민의 발견 보고보다 사망 보고가 많아졌다.

　아니, 최근이라는 말은 아닌가. 처음부터 사망 보고는 많았다.

　확실하게 말해서 생존자보다 사망자 쪽이 압도적으로 많았다.

에트, 클로에, 롤즈, 보니, 레인, 마리온, 몬티….

지인의 사망 보고를 들을 때마다 내 등골은 싸늘해졌다.

보고를 받고 울음을 터뜨리는 이도 있었다. 정말 한 발 늦어서 사망했다는 케이스도 있어서 내게 덤벼드는 이도 있었다. 왜 더 일찍 그 장소를 찾지 않았냐고 책망하는 사람도 있었다.

그때마나 뭐라고 할 수 없는 기분이 들었다.

그리고 시간이 흐르면 흐를수록 사망 보고조차도 애매모호해졌다.

죽었을지도 모른다. 그렇게 생긴 사람이 사체가 된 것을 보았을지도 모른다. 숲속에서 그 사람의 소지품을 보았을지도 모른다. 그런 보고였다.

실제로 가 보면 허탕인 적도 많았다.

내 가족에 관한 보고는 아직도 전혀 들어오지 않았다.

실수한 걸지도 모른다고 생각했다. 마대륙이나 중앙대륙 북부를 먼저 찾았어야 했을지도 모른다.

노예가 된다고 목숨까지 빼앗기는 건 아니다.

나중으로 미룰 수 있는 것은 미루고, 일단 위험한 장소를 찾아야 하지 않았을까.

…아니, 무리다. 수색단 멤버는 싸움에 익숙하지 않다.

태반이 원래 농민이나 시민. 모험가도 있지만 숫자는 적고,

아슬라 왕국에서 활동할 만한 모험가는 내 눈에 신출내기나 다름없었다.

그런 이들은 마대륙이나 중앙대륙 북부, 베가리트 대륙에서의 싸움을 버텨낼 수 없다.

우리가 조난할지도 모른다.

그러니까 잘못 판단한 건 아니라고 생각했다.

덕분에 수천 명 단위로 난민을 구할 수 있었다.

혹시 예전에 내 파티였던 '검은 늑대의 이빨'의 멤버들이 있으면 마대륙이나 베가리트 대륙도 수색해 주었겠지.

하지만 연락을 취해 온 것은 한 명뿐이었다. 그 한 명도 한 차례 연락을 취한 뒤로 훌쩍 사라져서 지금은 어디서 뭘 하는지 전혀 알 수 없었다.

박정한 놈들이라고는 생각하지 않았다.

애초부터 사이는 나빴고, 헤어질 때에도 싸움을 벌였다.

최악의 방식으로 헤어졌고, 전원이 나를 미워하더라도 이상하지 않다.

과거의 나는 왜 그런 식으로 헤어졌을까.

철부지였으니까…. 그렇게 후회해 봤자다.

1년 반이 경과했다.

요즘 들어 술에 의존하지 않으면 해먹을 수 없어져서 아침부터 밤까지 마셨다.

멀쩡할 때라곤 없었다.

이래선 안 된다고 생각하면서도 술이 깨면 도저히 힘들었다.

가족이 죽었다는 생각이 들었다.

어떻게 죽었을지, 사체는 어떻게 되었을지…. 그런 생각만 하게 되었다.

그렇게 우수한 아들조차도 소식 하나 없다.

생각하고 싶지 않았다.

생각하고 싶지 않지만, 아무래도 살아 있기 힘들었다.

분명 다들 1년 반 동안 내 도움을 기다리다가 울면서 죽은 것이다.

그렇게 생각하니 미칠 것만 같았다. 왜 나는 이런 곳에 있을까, 남의 일 같은 건 다 집어던지고 처음부터 위험한 장소를 찾아다녔으면 좋지 않았을까.

최악의 경우 나 혼자서라도 어떻게든 되었을 것이다.

선택 미스로 바로 곁에 있던 것이 사라졌다. 가장 소중한 것을 무참하게도 빼앗겼다.

그걸 믿고 싶지 않아서 나는 술을 마셨다.

취해 있을 때만큼은 행복했다.

일은 전혀 손에 잡히지 않았다.

반년 뒤, 미리스 대륙에서 발견한 사람들을 피트아령으로 돌려보내는 작전이 시작됐다.

노인이나 여자, 아이, 혹은 병으로 움직일 수 없는 사람들뿐이다.

돈이 있어도 긴 여행을 버틸 수 있을지 알 수 없는, 하지만 고향에 돌아가고 싶다고 비는 사람들.

그들을 호위하면서 피트아령으로 돌아가는 일이다.

그 계획이 진행되는 가운데, 나는 책임자인데도 불구하고 회의에도 참가하지 않고 하루 종일 마시며 지냈다.

나를 포함한 주요 멤버는 미리스에 남지만, 그 작전을 마지막으로 수색활동은 축소된다.

2년. 고작 2년으로 수색을 접는 것이다. 너무 이르다고 생각되지만, 결국 스스로도 이 정도라고 납득했다. 이 이상 수색을 계속해도 괜히 자금을 낭비할 뿐이라고.

결국 나는 가족 중 하나도 찾을 수 없었다.

글러먹은 남자다.

왜 나는 이렇게 틀려먹었을까. 아무리 세월이 지나도 어른이 될 수 없었다.

최근에는 단원들이 술에 절어 지내는 내게 거리를 두기 시작했다.

당연하다. 누구든 이런 주정뱅이 바보를 상대하고 싶지 않겠지.

물론 예외는 몇 명 있었다.

그중 하나가 노른이었다.

"아빠! 저기, 아까, 길에서! 커다란 사람이!"

내가 아무리 취했더라도 노른은 기쁜 듯이 말을 붙여 주었다.

노른은 내게 남은 마지막 가족이었다.

가장 소중한 것이다. 내게는 이제 노른밖에 없다.

그래. 마대륙이나 베가리트 대륙으로 가지 않았던 것은 노른의 존재가 있었기 때문이다.

당시에 아직 네 살이었던 딸을 어떻게 내칠 수 있을까.

어떻게 그녀를 놔두고 내가 죽을지도 모르는 위험한 장소에 갈 수 있을까.

"오오? 왜 그러지, 노른? 뭐 재미있는 거라도 있었니?"

"응! 아까 길에서 넘어질 뻔했는데 대머리 아저씨가 도와줬어! 그리고 이거! 받았어!"

노른은 그렇게 말하며 기쁜 듯이 손 안의 것을 보여주었다.

사과였다. 새빨간 사과였다.

실로 맛있어 보이는 색깔이었다.

"그래, 그거 잘됐구나. 고맙다고 말했니?"

"응! 고맙습니다, 라고 했더니 대머리 아저씨가 머리 쓰다듬어 줬어!"

"그래, 그래. 좋은 사람이구나. 하지만 대머리라고 하면 안 된다. 신경 쓸지도 모르니까."

딸과의 대화는 언제나 즐거웠다.

노른은 내 보물이다. 혹시 노른에게 손을 대는 놈이 있으면, 그게 미리스 교단의 교황이라도 싸움을 걸 각오가 되어 있다…라는 생각을 했을 때였다.

"단장! 큰일입니다!"

단원 중 하나가 내 방으로 뛰어들었다.

딸과의 대화가 끊겨서 나는 조금 기분이 상했다.

평소라면 고함을 지르며 쫓아냈겠지만, 딸의 앞이니 하찮은 자존심이 나를 냉정하게 만들었다.

"무슨 일이야?"

"일 나갔던 놈들이 습격을 받았어요!"

"습격이라고?"

습격이라니, 누구한테?

뻔하다. 그 하찮은 귀족들이다.

아슬라 왕국의 영민이 재해를 만나 노예로 전락한 것이라고 설명해도, 결코 신병을 넘기려고 하지 않았던 탐욕스러운 놈들이다. 분명히 오늘은 그 중 한 명을 구출하는 계획이었는데.

"좋아, 다들 장비 챙겨! 간다!"

서둘러서 거친 일을 맡는 단원에게 말했다.

그리 강한 녀석들은 아니지만, 상대도 미궁에 들어갈 만한 모험가는 아니다.

충분히 호각으로 싸울 수 있다.

그리고 그 녀석들을 데리고 문제가 일어났다는 장소로 향했다.

근처라고 할까, 바로 옆이었다.

수색단의 창고 중 하나로, 단원들의 의류품 등을 보관하는 장소였다.

여기를 들켰으면 문제다. 거점을 바꿀 필요가 있을지도 모르겠다.

"파울로 씨, 적은 한 명인데 강해. 조심해."

"…검을 쓰나?"

"아니, 마술사야. 아마 꼬맹이인데 얼굴을 숨기고 있어."

마술사 꼬마…. 게다가 별로 강하지 않다고 해도 어른을 몇 명이나 쓰러뜨리는 실력.

아마도 호빗이겠지. 녀석들은 어린애 같은 겉모습으로 태연하게 남을 속인다.

강한 호빗이라…. 술에 취했는데 이길 수 있을까.

어지간한 깡패들에게는 지지 않을 자신이 있지만….

아니, 문제없다. 수단이라면 얼마든지 있다.

그렇게 생각하며 나는 창고로 들어갔다.

제3화 부자 싸움

파울로가 묵는 객점 '문의 새벽 여관'.

그 옆에 있는 주점. 둥그런 나무 테이블이 열 개 정도 있는 가운데 나는 앉아 있었다.

눈앞에는 파울로가 앉아 있었다.

주점에는 파울로만 있는 게 아니었다. 아직 대낮인데도 모든 자리에 사람이 차 있었다.

방금 전에 기절시킨 녀석들도 파울로의 동료가 걸어준 치유 주문을 받고 앉아 있었다.

말할 것도 없는 일이지만, 내게 별로 좋은 시선을 하지 않았다.

여기에 있는 전원이 파울로의 동료라는 모양이었다.

그 동료들 중에서 특히나 신경 쓰이는 건 파울로의 대각선 뒤쪽에 앉은 여전사였다.

갈색 머리에 끝이 바깥쪽으로 뻗친 쇼트헤어, 튀어나온 입술. 매력적인 인상을 주지만, 특필할 것은 그 몸과 옷차림이었다. 빵빵하니 큰 가슴과 잘록한 허리, 살집 있는 엉덩이.

이걸 이른바 비키니 아머로 감싼 십대 후반의 소녀.

파울로가 베라라고 불렀던 여전사로, 내가 고전했던 상대다.

정말이지 파울로가 좋아할 만한 몸이고, 나조차도 일단 시선을 주면 못 박힐 만한 몸을 비키니 아머로 감쌌다.

비키니 아머란 것은 이 세계에서 그리 드물지 않다.

다소의 상처라면 치유 마술로 간단히 고칠 수 있는 세계다. 애초에 공격을 받는 것을 전제로, 더 경량의 장비를 원하는 전사도 많이 있다.

마대륙에서도 꽤 보았고, 아마 그녀도 그런 사람 중 하나겠지.

하지만 이렇게까지 가볍게 입은 건 또 처음이었다.

보통은 얇은 옷 위에 껴입는 법이고, 어깨나 팔꿈치 같은 관절에는 프로텍터를 단다.

지금은 주점이니까 벗었더라도 평소에는 외투를 걸치는 법이다.

적어도 여태까지 마대륙에서 보았던 누나들은 그렇게 했다. 아줌마들 중에는 별로 집착하지 않는 사람도 있었지만….

아니, 창고에서는 일단 겉옷을 걸쳤을 텐데, 왜 또 벗은 거야?

아무튼 구경은 하자. 눈보신이 된다…라는 마음으로 바라보다가 눈이 마주쳤다.

찡긋 윙크 해 오길래 나도 윙크를 돌려주었다.

"어이, 루디…. 루디?"

파울로의 말에 나는 여전사에게서 시선을 떼었다.

"아버님, 오래간만입니다."

"음, 뭐냐, 루디…. 용케 살아남아 주었구나."

파울로는 지친 목소리로 말했다.

뭐라고 할까, 꽤나 변한 모습이었다.

뺨은 푹욱 파이고, 눈밑은 거뭇거뭇하고 다박수염을 길렀고, 머리칼은 푸석푸석하고 술냄새가 나고, 전체적으로 몰락한 느낌이었다.

내 기억에 있는 파울로와는 전혀 닮지 않았다.

"어어…. 저기…."

도저히 머리가 쫓아갈 수 없었다.

왜 파울로가 여기에 있을까.

여기는 미리스 신성국. 아슬라 왕국과는 아프리카와 몽골만큼 떨어졌다.

나를 찾으러 와 준 걸까?

아니, 마대륙으로 전이했다는 건 모를 터다.

그럼 다른 일일까. 부에나 마을을 지킨다는 일은 어떻게 되었을까.

"저기, 아버님은 어떻게 여기에?"

일단 그것부터다. 그렇게 생각하고 묻자, 파울로는 의외라는 얼굴을 했다.

"어떻게라니, 전언을 봤을 거 아냐?"

"전언…이라고요?"

전언이라는 게 무슨 소릴까. 그런 걸 본 기억은 없었다.

물음표만 띄우는 내 얼굴을 보고 파울로는 얼굴을 찌푸렸다.

뭔가 거슬리는 소리라도 한 걸까.

"어이, 루디, 넌 여태까지 어떻게 지낸 거냐?"

"어떻게라고 해도 정말 고생이었죠."

사정을 듣고 싶은 건 오히려 내 쪽이라고 생각하면서도, 나는 여태까지의 과정을 이야기했다.

마대륙으로 전이해 어느 마족의 도움을 받아서 모험가가 되고, 에리스와 함께 1년에 걸쳐서 마대륙을 빠져나온 것.

돌이켜보면 제법 즐거운 여행이었다.

시작은 안 좋았지만, 반년 정도 지났을 즈음부터는 모험가로서의 생활에도 익숙해졌다.

그렇기에 나는 차츰 말이 많아졌고, 여태까지 여행에서 있었던 에피소드를 말하는 어조에 힘이 들어갔다.

이야기하는 건 완전 논픽션의 일대 스펙터클.

여행 내용은 3부에 걸쳤다.

제1부, 마음의 벗 루이젤드와의 만남, 그리고 리카리스 시에서의 대소동.

제2부, 루이젤드를 도우며 대마술사 루데우스가 세상을 바로잡는 이야기.

제3부, 비겁한 수족의 덫에 걸려서 포로가 되고 절체절명에 빠진 나.

일부 과장된 표현은 있었지만 내 입은 매끄럽게 움직였고, 손짓발짓을 섞고 과장스러운 의성어를 내면서 일대연설로 발전했다.

참고로 인신 이야기는 쏙 뺐다.

"그리고 웬포트에 도달한 우리가 목격한 것은…"

"……."

제2부 '마대륙을 셋이서 여행 — 인정편'이 끝날 즈음에 나는 말을 멈추었다.

파울로가 퉁명스러운 눈치였다.

얼굴을 찌푸리고 짜증내는 표정으로 테이블을 손가락으로 톡톡 두들기고 있었다.

뭐가 거슬린 걸까…. 나는 이해하지 못한 채로 이야기를 계속하려고 했다.

"그래서 그 뒤에 대삼림에 들어가서."

"이제 됐다."

파울로는 잔뜩 짜증난 목소리로 내 말을 끊었다.

"네가 요 1년 남짓한 동안 놀고 다녔다는 건 잘 알겠다."

파울로의 말에 나는 살짝 울컥했다.

"저도 고생이었는데요."

"어디가?"

"네?"

그런 반문에 나는 얼떨떨하니 말했다.

"네 어조를 보면 고생이라곤 쥐뿔만큼도 느껴지지 않아."

그건 그런 식으로 말했기 때문이다.

분명히 조금 신이 났던 걸지도 모르지만.

"어이, 루디, 하나 묻고 싶은데."

"예, 말씀하세요."

"너, 왜 마대륙에서 달리 전이한 사람들의 정보를 모으지 않았지?"

나는 입을 다물었다. 그럴 수밖에 없었다.

왜냐고 물어도 대답할 수 없었다.

대답이야 하나밖에 없다. 이유는 단 하나다.

잊어버렸기 때문이다.

처음에는 우리 문제만으로 빠듯해서, 하지만 여유가 생겼을 때에는 설마 우리 이외의 다른 이들이 마대륙에 있을 거라곤 생각 못 했다.

"이, 잊어버렸습니다…. 저기, 여유가 없어서."

"여유가 없어? 처음 보는 마족을 도와줄 여유는 있어도, 달리 전이했을 사람들을 신경 쓸 여유는 없었단 말이지."

나는 입을 다물었다.

우선순위가 틀렸다고 한다면 분명히 그럴지도 모른다.

하지만 나중에 그런 말을 해도 곤란하다.

그때는 정말로 잊고 있었다. 어쩔 수 없잖아.

"흥! 사람을 찾지 않고, 편지 하나도 보내지 않고, 귀엽고 귀여운 아가씨와 둘이서 소풍 기분으로 모험가 생활. 게다가 강력한 호위까지 데리고 있단 말이지. 흥, 그리고 미리시온에 와서 처음으로 한 행동이 유괴 현장을 보고 팬티를 뒤집어쓰고 정의의 사도 행세냐?"

파울로는 비웃듯이 숨을 내뱉더니 옆의 테이블에 있던 술병을 손에 들었다.

단숨에 절반을 비웠다.

그리고 나를 비웃듯이 탁 침을 내뱉었다.

노골적으로 바보 취급하는 그 모습에 화가 치밀었다.

술을 마시지 말라고는 하지 않겠지만, 지금은 중요한 이야기를 하는 거 아니었나?

"저도 정말 고생이었어요. 아무것도 모르는 상황에서, 하지만 에리스만큼은 지켜야만 한다는 마음에…. 다소 빠뜨린 게 있어도 어쩔 수 없잖아요?"

"딱히 잘못은 아니야."

비웃는 듯한 어조.

슬슬 나도 목소리가 거칠어졌다.

"그럼 왜 그렇게 말씀하시는 건가요!"

인내에도 한계가 있었다.

파울로가 왜 이런 소리를 하는 건지 알 수 없었다.

"왜?"

파울로는 다시금 침을 내뱉었다.

"너야말로 왜지?"

"왜라니 뭔가요?"

파울로가 무슨 소리를 하는 건지 이해할 수 없었다.

"에리스란 건 필립의 딸이지?"

"예? 아, 예, 물론 그렇죠."

"나는 본 적이 없지만, 꽤나 귀여운 아가씨겠지. 편지를 보내지 않았던 것은 아가씨의 호위가 늘어나면 둘이서 재미 볼 시간이 줄어든다고 생각했기 때문이냐?"

"그러니까, 그건 그냥 잊어버렸기 때문이라고 했잖습니까!"

그 이상은 생각나지 않았다.

분명히 에리스는 좋은 집안 따님이다.

그레이랫 가문은 크고 잘난 집안이다. 어쩌면 잔트포트의 영주 정도에게 이야기를 하면 호위 한둘 정도는 붙여 주었을지도 모른다.

하지만 그건 내가 수족 마을에 붙잡혔기 때문에 무리라고 제대로 설명…은 안 했나. 거기까지는 안 했다.

그렇더라도.

나는 나름대로 할 수 있는 일을 했다고 생각한다.

모든 일에 최선의 수를 쓴 건 아니지만, 그렇다고 해도 책망들을 이유는 없었다.

"단장. 그 정도로 하는 게 어떨까요? 아직 어리니까 그렇게까지 말할 것도 없잖아요."

내가 입을 다물자, 방금 전의 비키니가 뒤에서 파울로의 어깨에 손을 올렸다.

그걸 보고 나는 코웃음을 쳤다.

결국 이건가. 이 남자는 잘난 척 떠들어놓고서 여자라면 껌뻑 죽는 남자다.

그런 인간이, 그런 남자가 나한테 뭐라고 할 수 있어?

나는 에리스에게 일절 손을 대지 않았다.

분명히 위험한 순간은 있었다. 번뇌에 사로잡힐 뻔한 적도 있었다. 하지만 결코, 나는, 손을 대지 않았다.

"여자 문제로 아버님에게 잔소리 듣고 싶지 않습니다."

"…뭐?"

파울로가 눈을 부릅떴다.

나는 그걸 알아차리지 못했다.

"그 여자는 뭔가요?"

"베라가 뭐?"

"옆에 그렇게 예쁜 여자가 있다는 걸 어머님이나 리랴는 알고 있습니까?"

"…모르지. 알 리가 없잖아."

파울로의 얼굴이 후회로 일그러지는 것을 나는 보지 못했다.

그저 말싸움에서 이기고 있다고만 착각했다.

"그럼 마음대로 바람피우는 거군요. 그런 옷차림이나 시키고. 새 동생이 생기는 날도 머지 않겠네요."

어느 틈에.

어느 틈에 나는 얻어맞고 바닥에 쓰러져 있었다.

파울로가 증오 어린 얼굴을 하며 나를 내려다보고 있었다.

"헛소리 하지 마라, 루디."

얻어맞았다. 제길.

"어이, 루디. 여기에 왔으면 잔트포트에도 갔을 거 아니냐?"

"그게 어쨌는데요?"

"그럼 알 거 아냐!"

대체 뭘! 도무지 영문을 모르겠다.

그저 파울로가 뭔가를 숨기고 있고, 그걸 모르는 내게 당연히 알아야 한다고 규탄하는 것만큼 이해되었다.

헛소리 말라고.

나도 모르는 건 있어. 모르는 것 천지야.

"모른다고 했잖아요!"

나는 주먹을 쳐들고 파울로에게 덤볐다.

파울로는 피했다. 동시에 예견안을 켰다.

'다리를 걸려서 넘어진다.'

나는 힘껏 파울로의 다리를 밟고 몸을 돌리면서 파울로의 턱 끝을 노렸다.

'빗나가고 카운터를 맞는다.'

술에 취한 것치고 잘도 움직이네.

나는 오른손에 마력을 담았다. 육탄전으로 파울로에게 못 당한다면 마술을 쓰면 된다.

오른손에서 소용돌이를 만들어서 파울로에게 날렸다.

"우읏?!"

파울로는 빙그르 돌면서 날아가 카운터 안쪽에 처박혔다.

쨍그랑 소리와 함께 술병을 흩으면서 바닥에 떨어졌다.

"제길! 해 보자 이거지!"

곧바로 일어나긴 해도 다리가 휘청거렸다.

너무 마셨어, 멍청아.

과거의 파울로는 더 강했다. 아마 그런 자세에서도 내 소용돌이를 피했을 거야.

"너 이 자식, 루디…."

"단장!"

비틀거리는 파울로에게 다른 여자가 달려갔다.

로브 차림의 마술사였다.

자기는 여자에게 둘러싸여 있으면서 잘도 나한테 뭐라고 해 대는군.

"만지지 마!"

파울로는 그 사람을 뿌리치더니 내 앞까지 걸어왔다.

"파울로. 당신, 내가 없는 동안 여자를 얼마나 건드렸어?"

"입 닥쳐!"

'오른 주먹을 휘두른다.'

주먹을 쳐들어서 휘둘러 왔지만 정말 한심한 주먹이었다. 이게 정말로 파울로 맞나?

예견안 없이도 피할 수 있잖아.

"으아아아!"

나는 그 팔을 붙잡고 업어치기 한 판의 요령으로 내던졌다.

물론 나는 유도 따윈 못 한다.

바람 마술을 써서 반동을 주면서 억지로, 힘으로 지면에 패대기쳤다.

"끄어어…!"

낙법도 제대로 못 친 모양이다.

나는 꼴사납게 쓰러진 파울로의 위에 올라타서 에리스가 항상 그러듯이 무릎으로 두 팔을 눌러 저항할 수 없게 했다.

"나도! 열심히 노력했어!"

때렸다.

때렸다.

때렸다.

파울로는 이를 악물고 증오 어린 얼굴로 나를 노려보았다.

제길. 그 눈은 뭐야. 왜 그런 얼굴로 나를 바라보는 거야.

"어쩔 수 없었다고! 아무것도 모르는 곳에서! 아는 사람 하나도 없고! 그러면서 간신히 여기까지 왔어! 왜 내가 그런 소릴 들어야 하는데!"

"…너라면 더 잘할 수 있었을 거 아냐!"

"못 한다고!"

그리고 나는 말없이 파울로를 계속 때렸다.

파울로는 아무 말도 하지 않았다. 그저 입가에서 피를 흘리면서 나를 바라볼 뿐이었다.

짜증내듯이, 말이 안 통하는 녀석을 보듯이.

뭐냐고.

이런 얼굴을 하는 녀석이 아니었잖아… 제길… 제길.

"그만해애애!"

그때 옆에서 뭔가가 뛰어나와서 내게 부딪쳤다.

나는 그 반동으로 파울로의 위에서 비틀거렸고, 다음 순간 파울로는 나를 밀치고 일어섰다.

나는 추격타가 오겠다 싶어서 즉각 준비했다.

하지만 파울로는 움직이지 않았다. 우리 사이에 한 소녀가 가로막고 있었기 때문이다.

"이제 그만해!"

파울로와 비슷한 얼굴에 제니스와 많이 닮은 금발.

한눈에 알았다.

노른이다. 노른 그레이랫.

여동생이다. 내 여동생. 많이 자랐다. 지금이 분명히 다섯 살인가? 아니, 이미 여섯 살이 되었나?

왜 내 쪽을 보고 두 팔을 벌리고 있지?

"아빠를 괴롭히지 마!"

"…뭐?"

나는 멍하니 그 말을 들었다.

괴롭혀?

아니, 뭐야. 엉?

노른은 울 것 같은 얼굴로 나를 노려보고 있었다. 주위를 보니 왜인지 내게 비난의 시선이 모여 있었다.

"…이게 뭐야."

마음이 싸악 식었다.

수십 년 전의 일이 떠올랐다.

생전에 괴롭힘 당했을 무렵의 일.

그때도 내가 뭐라고 말대답만 하면 교실 안에서 비난의 시선이 모였다.

아, 그렇겠군. 내가 틀린 말을 했겠지.

포기했다. 마음이 꺾였다.

이제 됐다. 돌아가자. 아무것도 안 봤다. 나는 아무 짓도 안 했다.

숙소로 돌아가서 에리스와 루이젤드를 기다리자. 그리고 바로 여행을 떠나자. 내일이나 모레. 꼭 수도가 아니더라도 돈은 벌 수 있다. 웨스트포트라면 모험가 길드가 있을 것이다.

"루디, 전이한 건 너만이 아냐. 피트아령의 부에나 마을 사람들도 모두 전이재해에 휘말렸다."

파울로가 말하는 걸 멍하니 들었다.

"……."

음? 뭐?

지금 뭐라고 했어?

"잔트포트에도, 웨스트포트에도 전언을 남겼다. 모험가 길드에 말이지. 너 모험가가 되었잖아? 왜 못 봤지…?"

그런 소릴 들어도 잔트포트에서는 그런 건….

아니, 그래. 잔트포트의 모험가 길드에는 들르지 않았다.

루이젤드를 데리러 갔다가 그대로 돌디어족의 마을로 갔으니까.

"네가 느긋하게 여행하는 동안에 여럿이 죽었다."

여럿.

그 규모. 마력재해. 전이재해. 왜 깨닫지 못했을까. 인신도 '대규모의 마력재해'라고 말했다. 나는 어째서 부에나 마을이 무사하다고 생각했지?

그래. 모두가 행방불명….

"그렇다면… 실피도?"

그렇게 말하자 파울로는 또 짜증내는 얼굴을 했다.

"루디. 넌 네 어머니보다도 여자 걱정이냐?"

나는 숨을 삼켰다.

"어, 어머님도 발견되지 않았나요?!"

"그래. 전혀 보이질 않아! 리랴도!"

파울로의 비통에 젖은, 한 대 후려갈기는 듯한 말.

나는 충격을 받아 비틀거렸다.

다리가 후들거렸다. 쓰러질 것처럼 비틀거리며 물러난 곳에는 의자가 있었다.

간신히 거기에 매달렸다.

"우리는 전이한 사람들을 찾기 위해 이렇게 수색단을 조직했다."

수색단.

그런가. 이건, 여기에 있는 사람들은 수색단인가.

"수, 수색단이, 왜, 유괴를?"

"노예가 된 사람들도 있으니까."

노예.

전이에 휘말려서 어딘지 알 수도 없는 상태에서 속아서 노예가 되고….

그런 사람들이 많이 있다는 소리였다.

파울로와 다른 이들은 행방불명자의 리스트를 맞춰보고 노예를 한 명씩 방문하여 그 주인에게 해방하라고 부탁했다는 모양이다.

하지만 개중에는 그렇게 손에 넣은 노예를 내놓기 싫어하는 사람도 많았다.

미리스의 노예법에 따르면 어떤 사정이든 한 번 노예가 되면 그 사람은 주인의 소유물이다.

그러니 파울로는 억지로 노예를 유괴하는 수를 썼다고 했다.

노예를 훔치는 건 물론 범죄지만, 법에는 구멍이 있다.

파울로는 그 법의 구멍을 찔러서 노예를 몇 명이나 해방했다.

물론 원한다면 그대로 노예로 있도록 내버려두었다.

하지만 대부분의 노예는 고향으로 돌아가고 싶다고 눈물지으며 애원했다고 했다.

이번에 구출된 소년도 그중 하나.

어딘가에서 본 적 있다고 생각했더니, 그 소년은 예전에 실피를 괴롭혔던 애들 중 하나인 소마르였다. 그는 1년 동안 남창 같은 취급을 받았다고 했다.

노예가 된 자의 비통한 외침을 들으면서도, 개중에는 구할 수 없었던 이도 있었다고 했다.

일부 귀족들에게는 눈총을 받고, 단원들 사이에서도 그렇게 무리한 방식으로는 안 된다는 사람이 나왔다고 했다.

위에서도, 아래에서도, 옆에서도 책망을 들으며 파울로는 신경이 갈려나가는 듯한 매일을 보내면서도 결코 포기하지 않고 애써 왔다.

그저 마력재해로 전이한 사람을 구하기 위해서.

"루디. 너는 바로 사정을 파악하고 움직여 줄 거라고 생각했다."

파울로의 말에 나는 힘없이 고개를 숙였다.

말도 안 되는 소리 마…. 어떻게 사정을 알란 말이야.

아아, 하지만 그런가.

그래. 어쩌면 여태까지 여행해 온 마대륙의 도시에도 피트아령에서 전이한 사람이 있었을지 모른다.

그 사람들에게서 이야기를 들으면 재해의 규모가 어느 정도였는지 알았을지도 모른다.

나는 상황 확인을 게을리 하였다. 재해에 대해 알기보다 먼저 루이젤드를 우선했다.

실패다.

"그런데 느긋하게 모험이라니…."

느긋하게.

그래, 그렇다. 그렇군. 내가 에리스의 팬티에 흥분하거나 모험가 길드 누나의 몸에 흥분하거나 마계대제의 다리를 핥거나 고양이 귀 소녀의 몸을 만지작거리는 동안, 파울로는 열심히 가족을 찾고 있었다.

화날 만도 하겠지.

"……."

다만 나도 사죄의 말은 할 수 없었다.

아니, 어쩔 수 없잖아.

어쩌란 말이야.

그때는 그게 최선이라고 생각했다.

"……."

파울로도 아무 말 없었다.

노른도 침묵했다.

그저 그 시선에서는 강한 거절의 감정이 느껴졌다. 이 감정은 내 가슴을 후볐다.

마음을 후볐다. 영혼을 후볐다.

주위를 둘러보자, 파울로의 동료라는 단원들도 나를 탓하는 눈으로 보고 있었다.

뇌리에 과거의 일이 떠올랐다.

그건 불량배에게 당해서 알몸으로 매달렸던 다음날.

교실에 들어갔을 때의 모두의 시선….

머릿속이 새하얗게 되었다.

정신을 차리고 보니, 나는 내 숙소, 내 방에 돌아와 있었다.

침대에 쓰러졌다.

잘 모르겠다.

뭐가 어떻게 된 건지 모르겠다. 아무 생각도 들지 않았다.

"……?"

옷 안에서 바스락 소리가 났다.

뒤져 보니 편지지가 나왔다. 나는 그걸 우지직 구겨서 버렸다.

"하아…."

한숨을 내쉬고 다리를 끌어안아 침대 위에 앉았다.

아무것도 하고 싶지 않았다.

생각해 보면 부모님이 날 차갑게 대한 건 처음이었다. 전생에서도, 이번 생에서도.

이러니저러니 하면서도 부모님은 내게 잘해 주었다.

아까 파울로는 완전히 날 거절했다. 그 태도는 나를 집밖으로 내던졌을 때의 형의 태도였다.

뭐가 문제였을까.

모르겠다.

잘해 왔다고 생각했다.

돌이켜봐도 내 판단에 치명적인 미스는 없었다. 구태여 말하자면 처음에 루이젤드를 의지한 정도다. 신을 의심하면서도 조언에 따라서 루이젤드를 도왔다.

여행에 대해서도 최대한 즐겁게 말했다.

분위기를 타고 입이 가벼워지기도 했지만, 파울로를 걱정시킬 것도 아니라고 생각했고 자존심도 있었다.

나도 충분히 할 수 있다고 말하고 싶었다.

파울로가 보자면 재미없었을지도 모른다. 파울로의 동료들에게도 역시 재미없었겠지.

분명히 실언도 했다.

어머니보다도 실피를 우선할 생각은 없었다. 아니, 파울로와 노른이 있었으니까 보통은 제니스도 괜찮다고 생각할 거 아냐.

아니, 변명이지.

나는 그 순간 제니스 생각 따윈 없었다.

여자 운운은 파울로가 먼저 꺼낸 말이다. 나는 에리스에게 손도 대지 않았다.

그러니까 바람이나 피워대는 파울로에게 그런 소리를 들을 이유는….

아, 그런가. 어쩌면 파울로도 손을 대지 않았나.

과연, 그러면 화날 만하네.

오케이, 조금은 정리가 된 것 같다.

좋아, 내일 다시금 이야기하자.

파울로도 조금 감정적이 되었을 뿐이야. 전에도 이런 적 있었잖아.

대화를 나눠 보면 이해할 거야. 그래, 괜찮아. 나도 가족을 걱정하지 않은 건 아냐. 조사하지 않았던 건 사전정보에 다소 착오가 있었기 때문이야.

분명히 1년 반 동안 마대륙을 수색할 수 있었던 내가 아무것도 하지 않았던 것은 문제다.

하지만 나도 간신히 살아 있었다.

그렇다마다. 차근차근 찾아보면 괜찮아. 이렇게 넓은 세계에서 사람을 바로 찾을 수 없다는 정도는 파울로도 알겠지.

그러니까 파울로를 진정시키고 앞으로의 계획을 짜자.

아직 수색하지 않은 곳을 중점적으로.

나도 거들자. 에리스를 아슬라에 데려다주거든, 그 길로 북부나 다른 장소로 가면 된다.

그래, 일단은 파울로와 만나서… 그… 주점으로… 돌아가서…

파울로와 만나서….

"…우읍."

갑자기 구역질이 나서 나는 화장실로 달려갔다.

그대로 뱃속의 것을 죄다 꾸엑꾸엑 토해냈다.

머리로는 알고 있지만 마음은 풀리지 않았다.

오래간만에 가족에게 거절당해서 마음은 완전히 짓뭉개졌다.

오후. 루이젤드가 돌아왔다.

루이젤드는 평소보다 조금 더 기쁜 표정으로, 뭔가 손에 넣었는지 봉투 같은 것을 보여 주려고 했지만, 침대에 앉아 있는 나를 보고 얼굴을 찌푸렸다.

"무슨 일 있었나?"

내게 그렇게 물었다.

"이 도시에 아버님이 계셨습니다."

그렇게 대답하자 루이젤드의 표정은 더욱 험악해졌다.

"…뭔가 안 좋은 말이라도 들었나?"

"예."

"오래간만에 만난 것 아닌가?"

"예."

"싸웠나?"

"예."

"자세히 말해 봐라."

숨기지 않고 무슨 일이 있었는지 말했다.

처음부터 끝까지 다 이야기하자, 루이젤드는 '그런가'라는 한 마디.

대화가 끝나고 잠시 뒤에 그는 없어졌다.

저녁 무렵에 에리스가 돌아왔다.

무슨 일이 있었는지 꽤나 흥분한 기색이었다.

옷에는 나뭇잎이 묻어 있고, 얼굴에는 흙이 묻어 있고… 하지만 기쁜 기색이었다.

그 모습을 보면 고블린을 꽤나 잘 잡은 모양이다.

다행이다.

"어서 와요."

"나 왔어, 루데우스, 있잖아! 아…."

에리스는 웃으려다가 놀란 표정을 지었다.

그리고 그대로 달려오더니,

"누구야, 누가 이랬어!"

필사적인 표정으로 내 어깨를 흔들었다.

"아무것도 아니에요."

"그럴 리 없어!"

몇 번이나 그런 문답이 이어졌다.

너무 끈질기기에 파울로와 만났다고 말했다.

숨기지 않고 담담하게, 어떤 이야기를 하고 어떤 반응이 있었고 어떤 일이 일어났는지를 말했다.

"그게 뭐야!"

그러자 에리스는 크게 화를 냈다.

"그런 식으로 멋대로 말하다니, 용서 못 해! 루데우스가 얼마나 고생했는 줄 알아? 그런데 놀고 다녔다니…! 절대로 용서 못 해! 부친 실격이야! 죽여 주겠어!"

무시무시한 소리를 하면서 검을 한손에 들고 튀어나가려고 했다.

나는 막을 기력도 없어서 그냥 지켜보았다.

몇 분 뒤 에리스가 돌아왔다.

루이젤드에게 목덜미를 붙잡혀서 마치 고양이 같은 모습으로.

"놔 줘!"

"부자간의 싸움에 끼어들지 마라."

루이젤드는 그렇게 말하더니 에리스를 바닥에 내려놓았다.

에리스는 곧바로 몸을 돌려서 루이젤드를 째려보았다.

"부자간의 싸움이라고 해도 해도 되는 말과 안 되는 말이 있어!"

"그래, 하지만 내게는 루데우스 아버지의 마음도 이해된다."

"그럼 루데우스의 마음은 어떻게 되는데! 루데우스가! 항상 표표해서 걷어차도 태연한 루데우스가! 이렇게 약해졌잖아!"

"약해졌으면 네가 위로해 줘라. 여자라면 그 정도는 할 수 있 겠지."

"뭐?!"

에리스는 놀랐고, 루이젤드는 아래로 내려갔다.

"……"

방에 남은 에리스는 차분한 맛 없이 이리저리 왔다갔다.

힐끔힐끔 내 쪽을 보더니, 이따금 팔짱을 끼고 버티고 서서 입을 열려다가 말고, 또 왔다갔다.

가만히 있지를 못했다. 동물원의 곰 같았다.

최종적으로 에리스는 내 옆에 앉았다.

얌전하게, 아무 말도 없이 앉았다. 미묘하게 거리를 두고.

에리스는 어떤 얼굴을 하고 있을까.

잘 보지 않았다. 남의 얼굴을 볼 여유가 없었다.

"……"

한동안 시간이 지났다.

문득 깨닫고 보니 에리스는 옆에 없었다.

어디로 갔나 생각했을 때, 뒤에서 날 껴안았다.

"괜찮아, 내가 있으니까…"

에리스는 그렇게 말하고 내 머리를 껴안았다.

부드럽고 따뜻하고 조금 땀 냄새가 나고, 그 모든 것이 1년 동 안 익숙해진 에리스의 냄새였다.

마음이 놓였다.

가족에게 거절당한 불안감이, 공포심이 모두 씻겨나가는 느낌이 들었다.

에리스도 이미 내 가족일지 모른다.

혹시 전생에 에리스가 있었으면 나는 더 이른 단계에서 구원을 얻었을지도 모른다.

그렇게 생각되는 포옹이었다.

"고마워요, 에리스."

"미안해, 루데우스. 난 별로 이런 걸 잘 못 하니까."

나는 앞쪽으로 돌아온 에리스의 손을 잡았다.

검을 휘두르느라 굳은살이 있고, 힘이 세고, 귀족 집안 따님이라고 생각되지 않는 손. 노력의 손.

"아뇨, 덕분에 힘이 났어요."

"…응."

꺾인 마음이 이어지고, 조금 여유가 돌아왔다.

나는 그 사실을 실감하고 안도하면서 에리스에게 체중을 기댔다.

지금은 좀 기대고 있도록 하자.

제4화 파울로와의 재회

★ 파울로 시점 ★

주점.

이제 곧 해가 질 시간인 탓도 있어서 단원 이외의 손님이 늘어나기 시작했지만, 반대로 단원은 줄어들었다.

그런 가운데 나는 한 테이블 앞에 앉아서 계속해서 마셔댔다.

언짢은 분위기를 풍겼는지 아무도 가까이 오지 않았다.

"여어, 찾느라 고생했어."

그렇게 생각하는데 목소리가 들렸다.

고개를 들자, 원숭이 같은 얼굴의 남자가 웃고 있었다. 이 얼굴을 보는 건 1년 만이었다.

"기스…. 너… 어딜 갔었던 거야?"

"어이어이, 이건 뭐야, 여전히 퉁명스럽네."

"당연하지."

혀를 차면서 뺨을 긁적였다.

루데우스에게 맞은 곳은 아직도 아팠다.

괜히 폼 잡지 말고 치유술사에게 힐링을 걸어달라고 하는 게 좋았을지도 모르겠다.

제길, 루데우스 녀석. 뭐가 '마대륙 같은 곳도 제 마법이면 여유였지요'냐?

그렇게 여유롭거든 사람도 찾을 수 있었을 것 아냐.

뿐만 아니라 그레이트 토터스를 먹는 법에 대해 실컷 떠들더니 '혹시 흙 마술로 돌냄비를 만드는 법을 떠올리지 못했으면 1년이나 그 맛없는 구운 고기를 계속 먹어야 했겠죠'라는 소리까지 했다.

식재료를 찾을 틈이 있거든 다른 것도 할 수 있었을 것 아냐.

제길.

그러고선 나더러 바람을 피웠다고?

웃기지 마라. 전이한 뒤로 여태까지 여자 생각이라곤 한 번도 한 적 없어.

자기가 아무것도 못 했던 것은 무시하고 나만 탓하다니.

웃기지 말라고, 뭐가 몰랐단 말이냐. 네가 마대륙을 착실하게 조사했으면 지금쯤 제니스나 리랴와 재회했을지도 모르는데.

웃기고 있네.

"헤헹. 그 꼴을 보면 아직 만나지 않은 모양이군."

기스는 뭐가 기쁜 건지 실실 웃으면서 뭔가를 주문했다.

어차피 술이겠지. 이 남자는 드워프 탈핸드 이상으로 술을 좋아했다.

"파울로. 너 말이지, 내일 모험가 길드에 얼굴 좀 내밀어 봐."

"왜?"

"재미있는 사람이랑 만날 수 있을걸."

재미있는 사람.

내 기분이 나아질 상대와 기스가 오늘 얼굴을 내민 이유, 그리고 오늘 만난 인물.

세 가지를 맞춰 보니 자연스럽게 답은 나왔다.

"루디인가?"

그 말에 원숭이 얼굴은 입을 삐죽거리고 북북 얼굴을 긁적였다.

"뭐야, 알고 있었어?"

"만났어."

"그런 것치고 별로 기뻐하는 것 같지 않은데. 싸움이라도 했어?"

싸움?

…뭐, 싸움일까. 싸움이라고 할 것도 아니었지만.

제길, 떠올리니까 또 쑤시는군.

"무슨 일이 있었던 거야, 파울로? 말해 봐."

기스는 인상 좋아보이는 얼굴로 의자를 내 옆으로 붙였다.

이 녀석은 전부터 남의 고민을 잘 들어주는 녀석이었다.

이번에는 참견하고 끼어들어서 일부러 내 푸념을 들어주려는 거겠지.

"그래, 들어 봐라…."

나는 방금 전에 있었던 일을 기스에게 말했다.

만나서 기뻤던 것.

하지만 왠지 이야기가 잘 맞지 않아서, 루데우스에게 여태까지 어쩌고 지냈는지 물었던 것.

그러자 루데우스는 정말이지 기쁜 듯이 여행 이야기를 시작했다는 것.

하찮은 자랑이 끊임없이 계속되었다는 것.

그런 자랑보다 달리 할 수 있는 일이 있지 않았겠냐고 지적했던 것.

루데우스가 화를 낸 것.

여자 문제를 지적받아 화냈던 것.

싸우고서 진 것.

"…아하…. 과연…."

기스는 곳곳에서 맞장구를 치고 고개를 끄덕이면서 동의하거나 납득해 주는 느낌으로 들었지만, 마지막에는 이렇게 말했다.

"너 말이지, 아들한테 너무 기대가 큰 거 아냐?"

"…뭐?"

나는 스스로도 한심하게 느껴질 소리를 흘렸다고 인식했다.

기대가 너무 커?

뭘? 누구한테?

"내가? 루디한테?"

"그래. 잘 생각해 보라고."

당황하는 내게 기스는 계속해서 말을 이어갔다.

"그 애는 분명히 대단해. 무영창으로 마술을 쓰는 녀석은 본 적도 없어. 마술사의 몸으로 북성 갈스와 대등하게 싸우는 걸 봤을 때에는 진짜 등골이 떨렸어. 루데우스는 정말 백년에 한 번 나오는 천재겠지."

그래. 루디는 천재다.

천재란 말이다.

어렸을 적부터 뭐든지 척척 해내는 아이였다.

한때는 꽤나 서툰 면도 있다고 생각했지만, 필립이 딸을 줘도 좋다고 말했을 정도다. 나를 그렇게나 얕잡아보던 필립이 말이다.

"그래. 그 애는 대단해. 다섯 살 때는…."

"하지만 아직 애야."

말허리가 뚝 잘려서 나는 입을 다물었다.

"루데우스는 아직 열한 살짜리 애야."

기스는 곱씹듯이 다시금 말했다.

"너도 집을 뛰쳐나온 게 열두 살 때였지?"

"그래…."

"열두 살 미만은 애라고, 너 예전부터 곧잘 그랬지?"

"뭐야, 그게 어쨌단 말이야?"

루디는 이미 나보다 강하다고.

분명히 오늘은 술도 마셨지만, 그게 아니더라도 그 녀석은 강해졌다.

취했다고 해도 나는 진심으로 싸웠다. 쓰고 싶지도 않은 북신류 '네 다리의 자세'와 검신류 '무음의 검'까지 쓰면서 제대로 싸웠다. 그런데 내 검은 그 녀석이 뒤집어쓴 팬티의 끈을 끊었을 뿐이었다.

루디는 힘을 빼면서 싸웠다.

그 증거로 단원은 모두 경상으로 끝났다. 적당히 힘을 빼면서 싸우는 상대에게 진 것이다.

만나지 못했던 동안에 얼마나 강해졌는지는 모르지.

하지만 루디는 일곱 살 때 이미 나보다 훨씬 똑똑했다.

실력이 나보다 뛰어나고 머리도 나보다 좋다.

그럼 나 이상의 일을 해도 이상하지 않잖아.

나이가 다 뭐란 말인가.

"파울로, 너 열한 살 때 뭐 했지?"

"무슨 말이야…."

분명히 집에서 검술을 익히면서 매일 아버지에게 꾸지람 듣는 매일이었다.

일거수일투족, 모든 것에 잔소리를 듣고 얻어맞았다.

"그 무렵의 너더러 마대륙에서 살아남으라고 하면 할 수 있겠어?"

"흥, 기스, 그건 전제가 이상해. 루디는 말이지, 강한 마족이 호위로 붙었어. 인간어도 마신어도 수신어도 할 수 있고, A랭크의 마물도 혼자서 쓰러뜨리는 괴물 같은 놈이 호위로 붙었다고. 내가 아니더라도 마대륙 종단 정도는 할 수 있어."

"못 해. 너는 못 해. 절대로 못 해. 혹시 지금 네가 마대륙에 가더라도 혼자서는 못 돌아와."

그런 단언에 나는 머쓱해졌다.

기스는 여전히 실실 웃고 있었다.

이 녀석의 웃음은 여전히 짜증났다.

"흥! 그럼 더 그렇잖아! 내가 못 하는 일을 했어. 천재야. 루디는 천재라고! 내 아들은 천재야. 이미 훌륭히 한 사람 몫을 할 수 있어. 내가 뭐라고 할 것도 없지. 능력 있는 이에게 능력에 맞는 일을 기대하는 게 잘못인가? 어때, 기스, 내가 잘못한 거야?"

"잘못했지. 너는 항상 잘못을 저질러."

기스는 실실 웃으면서 그의 앞에 나온 맥주를 단숨에 마셨다.

"푸하, 맛있군. 역시 대삼림에선 이런 걸 못 마시니까."

"기스!"

"알고 있어. 시끄럽긴."

기스는 나무잔을 탕 소리 나게 내려놓더니 갑자기 진지한 표정을 지었다.

"파울로, 너 마대륙에 간 적 없지?"

"…그게 왜?"

나는 마대륙에 간 적이 없다.

그야 물론 남에게 들은 적은 있다.

위험한 곳이라는 소문이었다. 길을 가면 마물이 나오고, 마물을 먹지 않으면 살아갈 수 없다.

하지만 마물이 많은 정도라면 어떻게든 된다.

"알다시피 나는 마대륙 출신이야. 그리고 그런 내가 말하는데 마대륙은 위험해."

"그러고 보면 너한테 마대륙 이야기를 들은 적이 없었지. 어떻게 위험한데?"

"일단 가도가 없어. 길은 있지만, 미리스 대륙이나 중앙대륙에서 말하는 것처럼 마물의 숫자가 적어서 안전한 길이란 게 존재하지 않아. 어디를 걸어가도 C랭크 이상의 마물이 공격해와."

분명히 마물이 많다고는 들었지만 C랭크?

중앙대륙에서는 숲 속 깊숙한 곳에서나 나오는 상대다.

무리를 짓든가, 특수한 능력을 가진 녀석이 많다.

"그건 아무리 그래도 너무 과장 아냐?"

"아니, 진짜야. 나는 지금 거짓말이라곤 하나도 안 했어. 마대륙이란 그런 대륙이야. 아무튼 마물이 많아."

기스의 눈은 진지했지만, 이 남자는 이런 눈을 하면서 의외로 간단히 거짓말을 한다.

내가 속을까 보냐.

"그런 대륙에 우수하다고 해도 실전 경험이 없는 꼬맹이가 날아갔어."

"…그래."

실전 경험이 없다는 건 루디 이야기인가.

듣고 보니 그 녀석이 누군가와 싸웠다는 이야기는 들어본 적이 없군.

다만 유괴범은 잘 격퇴했다고 들었고, 거리만 벌리면 길레느에게도 이길지 모른다는 이야기는 들었다.

나는 길레느 이상의 검사를 모른다. 그 녀석이 접근할 수 없을 정도라면, 적절한 거리를 벌린 루디에게 이길 수 있는 이는 세계에 천 명도 안 된다.

그러니까 실전 경험이 없다는 건 관계없는 이야기다.

북신 2세, 알렉스 R 카르만도 첫 실전에서 검제를 베어 죽였다고 했다.

"그리고 거기서 도와주겠다는 어른이 나타나. 마족, 그것도 센 녀석이야. 스펠드족. 알고 있겠지? 바로 그 스펠드족이야."

"그래."

스펠드족에 대해서는 솔직히 반신반의였다.

마대륙에서 스펠드족은 이미 거의 남아 있지 않다고 들었고.

"여기가 어딘지도 모르는 상태에서 손을 내밀어 준 존재. 약해져 있는데 도와주는 존재. 하지만 스펠드족은 무서워. 거절했다간 무슨 짓을 당할지 모르지. 그럼 그 손을 잡을 수밖에 없겠지."

"…뭐, 그렇겠지."

"그리고 그렇게 도움을 받는 도중에 똑똑한 루데우스는 이렇게 생각하겠지. 이 녀석의 약점은 대체 뭘까? 라고."

그렇다.

루데우스라면 분명 그렇게 생각하겠지.

나로선 알아차리지 못하겠지만, 그런 점에서는 날카로운 녀석
이다.

과거에 리랴를 도와주었을 때에도 아이라고 생각할 수 없을
만큼 예민한 모습을 보였다.

"하지만 상대의 목적을 모르겠지."

그렇겠지.

상대의 목적을 모르니까 기스 같은 녀석이 살아갈 수 있다.

"지금은 자기를 도와주고 있지만, 언제 버림받을지 모른다….
그럼 루데우스는 생각하지. 버림받지 않도록 은혜를 베풀어두
자고."

"그게 뭐야? 은혜? 잘 될까?"

"농담하지 마. 은혜라는 말이 그렇다면 정에 호소한다든가,
동료의식을 심어준다든가, 그런 느낌이면 돼."

동료의식을 심어주는 건가.

과연.

그렇게 하면 루디의 행동도 납득이 간다.

지켜주는 마족에게 환심을 사고, 여차할 때를 위해 자기 실력
도 길러둔다.

합리적이다. 가장 안전한 길을 택했다고 할 수 있다.

흥, 역시나 대단하잖아.

"칫, 그 정도까지 생각할 수 있는데 왜 그 이상을 못 하는 거
지?"

그렇게 중얼거리자 기스는 손가락을 폈다.

그리고 그걸 하나씩 굽혔다.

"처음 가는 장소, 처음 하는 모험, 아무리 똑똑하다고 해도 모르는 것투성이야. 속지 않기 위해서 계속 배워야만 하지. 그러면서 언제 배신할지 모르는 마족을 상대로 신경을 기울이고, 등 뒤에는 꼭 지켜야만 하는 여동생 같은 아이…."

기스는 담담한 어조로 말하면서 손가락을 전부 굽혔다.

그리고 마지막으로 이렇게 마무리 지었다.

"이러면서 전이한 다른 사람들까지 찾아낸다면 그야말로 초인이야. 초인. '칠대열강'으로 꼽혀도 이상하지 않아."

칠대열강인가. 그리운 이름을 들었군.

예전에는 나도 그렇게 유명해지고 싶다고 생각했지.

부모로서의 편애를 빼고 봐도 루디는 그 정도가 될 만한 실력을 가졌다고 생각하는데.

"분명히 도를 넘었어. 루데우스가 아무리 천재라고 해도, 인간에겐 한계가 있다고. 하물며 그 애는 아직 꼬맹이야."

"거의 한계에 가까운 녀석이 왜 그렇게 즐겁게 모험 이야기를 떠들지? 그건 아무리 봐도 미궁에 소풍 가듯이 들어가서 입구 근처에서 놀다온 귀족 도련님이잖아?"

루디가 혹시 진짜로 힘들었다면 그런 식으로 말하지 않았으리라.

여행의 힘든 점, 괴로운 점을 말했겠지. 하지만 루데우스는 그런 걸 일절 말하지 않았다.

"그야 널 걱정시키지 않으려는 거지."

"…뭐?"

또 얼빠진 소리를 했다.

"왜 그 녀석이 날 걱정하는데? 한심한 아버지니까?"

"그래. 네가 한심한 아버지니까."

"칫, 그런가. 그렇겠지. 나는 한심하게도 술로 도망치는 약한 남자야. 천재의 눈에는 정말 가엾게 보였겠지."

"딱히 천재가 아니더라도 지금 넌 가엾게 보여, 파울로."

기스는 한숨을 내쉬었다.

"자기 얼굴은 스스로 못 볼 테니까 말하겠는데, 지금 네 얼굴은 아주 지독해."

"아들에게 동정 살 만한 얼굴인가?"

"그래. 지금 너하고 만났으면 싸우며 헤어지지도 않았을 거야. 너무 가엾어서 아무 말도 안 나올 테니까."

기스는 그렇게 말했다.

나는 내 얼굴을 만졌다.

며칠이나 깎지 않은 수염이 사그락 소리를 냈다.

"어이, 파울로. 다시 한 번 말할게."

기스는 당부하듯이 말했다.

"너는 아들에게 너무 큰 기대를 하고 있어."

기대해서 뭐가 잘못이란 말인가 싶었다.

루디는 태어났을 때부터 뭐든지 잘했다. 나는 아버지답게 행세하려다가 그걸 휘저었을 뿐이었다. 루디에겐 내가 필요 없었다.

"어이, 파울로. 왜 솔직하게 재회를 기뻐하지 않아? 루데우스가 어떤 여행을 했든, 한가하고 느긋하게 여행을 했든, 여자랑 노닥거리면서 여행을 했든 상관없잖아. 서로 건강하게 만났잖아. 일단은 그걸 축하해야지."

"……."

그래.

나도 처음에는 기뻐했을 것이다.

"아니면 팔다리라도 날아가고 눈도 먼 아들을 만나고 싶었어? 시체가 되어 재회할 가능성도 적지 않았잖아? …아니, 마대륙이면 시체도 안 남지."

루디가 죽어?

그렇게 건강한 루디를 본 뒤에는 현실감 없는 말이었다.

하지만 고작 며칠 전, 나는 그런 상상을 하며 우울하게 지내지 않았던가?

"아~, 아~, 불쌍하네. 힘들게 고생하며 여행해서 간신히 아버지와 재회했더니, 그 아버지는 술에 절어 지내는 쓰레기가 되어 있지. 그럼 나라도 연을 끊고 싶어지겠다."

칫, 무슨 연극처럼 떠들어대고.

"알았어, 기스. 네 말은 다 맞아. 하지만 딱 하나 이상한 게 있어."

"뭐가?"

"왜 루디는 부에나 마을의 정보를 몰랐지? 잔트포트에도 전언을 남겼을 텐데?"

기스는 '그거야'라고 말을 꺼내려다가 씁쓸한 얼굴을 했다.

이건 이 녀석이 뭔가를 숨길 때의 얼굴이다.

"운 나쁘게 못 봤던 거겠지."

"…기스, 넌 어디서 루디를 발견했지? 잔트포트에서 찾은 게 아닌가?"

기스가 요 1년 동안 어디서 뭘 했는지 나는 모른다.

하지만 루데우스는 북쪽에서 왔다.

북쪽에서 기스가 활동할 수 있을 만큼 큰 도시라면 잔트포트 정도다.

잔트포트에는 분명히 전언을 남겼다.

게다가 거기에는 단원이 머물고 있을 터다.

마대륙에서 누군가가 넘어왔을 때, 그 사람에게서 정보를 얻기 위해서다.

모험가라면 모험가 길드에 들르지 않을 이유가 없다.

"내가 루데우스와 만난 건 돌디어족의 마을이야. 깜짝 놀랐다고. 아니, 성수를 덮쳤다는 혐의를 쓰고서 알몸으로 감옥에 들어가 있었으니까."

"수족에, 알몸으로 감옥…? 진짜로?"

길레느에게 들은 적이 있었다.

돌디어족에게 있어서 알몸이 된다, 감옥에 갇힌다, 사슬에 묶인다, 찬물을 뒤집어쓴다, 이런 짓은 더없는 굴욕이다. 남에게는 어지간해선 안 하는 짓이고, 그런 짓을 당하면 죽을 때까지 기억한다.

장난삼아 길레느에게 물을 끼얹었었더니 진심으로 째려보았다.

"그, 그래서 어떻게 되었지?"

"뭐야, 루데우스한테 못 들었어?"

"마대륙을 여행했다는 이야기밖에 못 들었어."

그래, 왜 잔트포트에서 전언을 못 봤을까?

제일 중요한 부분을 못 들었다.

왜지…? 아, 내가 안 물었던가.

제길. 나란 녀석은 왜 이리 성격이 급할까.

진정해. 루디는 우수하다. 우수하지만 정보를 얻지 않았다.

그 사실을 더 냉정하게 생각해야만 한다.

잔트포트까지 가면 싫어도 귀에 들어올 것이다.

즉 잔트포트에서 어떤 사건에 휘말려들었다는 소리다.

돌디어족에게 붙잡힐 만한 사건… 큰 사건 아닌가.

2~3일만 더 있으면 잔트포트에 있는 단원이 정보를 가지고 돌아오겠지만, 저쪽에서 뭔가 사건이 일어났던 것 아닐까?

"아니, 나도 자세하게는 모르는데 말이야. 대삼림의 밀데트족 마을에 있을 때, 데돌디어 마을에 인간 꼬맹이가 잡혔다는 소문을 들었어.”

“음? 잠깐만. 너 지금 어디에 있었다고?”

밀데트족?

분명히 수족의 일종이었을 것이다.

토끼 같은 귀를 가진 종족이다.

“밀데트족 마을. 족장이 있는 곳이니까 꽤나 큰 곳인데….”

기스의 설명은 길고 짜증났다.

솔직히 중간에 ‘이젠 됐다’라고 끊고 싶어질 정도의 길이였다.

하지만 방금 전에도 루디의 이야기를 끝까지 듣지 않아서 중요한 부분을 모른 채 끝나 버렸다.

같은 실패만 거듭하는 나라도 같은 날에 두 번이나 반복하진 않아.

이야기가 끝났다.

정리해 보았다.

“기스, 그러니까 너는 대삼림의 각 부족에게 인간이 헤매들거든 미리시온까지 보내달라고 말하고 다닌 건가?”

“그래. 헤헷, 감사해도 좋아.”

“감사로 안 끝나지….”

가끔씩 대삼림 쪽에서 나를 찾아오는 난민이 있다 싶었는데, 그래, 그렇게 된 거였나….

“뭐, 그런 이야기는 됐고.”

“…그래.”

나중에 자세히 들어보겠지만, 지금은 일단 넘어가자.

"인간 아이라는 말에 딱 감이 오길래 나는 서둘러 돌디어 마을로 이동했어. 자랑은 아니지만 나는 인맥이 넓지. 돌디어 마을에는 지인도 몇 명 있어. 그 지인 중 하나, 친한 전사 하나한테 부탁해서 같은 감옥에 들어갈 수 있도록 했어."

"잠깐만. 왜 네가 들어갈 필요가 있지?"

"여차할 때 놓아 보내려는 거였지. 수족 감옥은 밖에서 열어주기보다 안에서 여는 편이 더 쉬우니까."

기스의 탈옥 실력은 나도 안다.

사기 치다가 붙잡혀도 태연하게 나오는 남자다.

"그리고 말이지. 붙잡힌 인간 아이가 슬픔에 울며 절망하고 있을 줄 알았더니… 키킥."

"뭐야, 어떻게 되었길래?"

"알몸으로 여유만만하게 드러누워서 '어서 오시오. 인생의 종착점에'라고 했다고. 뭐라고 대답해야 할지 몰랐다니까!"

기스는 낄낄 웃었다.

"웃을 일이 아니잖아."

"웃을 일이야. 나는 첫눈에 알았어. 이 녀석이 파울로의 아들이라고."

그게 뭐가 재미있다는 건지.

그보다 그런 것 중 어디에 내 아들이라고 단정할 부분이 있었지?

"예전에 너랑 똑같더만. 첫 대면인데도 뻔뻔한 점이라든가, 괜히 잘난척하는 거라든가, 수족 여자를 구워삶으려다가 '발정내가 난다'라는 소리를 듣고, 그러면서도 질리지 않고 야한 눈으로 쳐다본다든가!"

기스는 뭐가 그리 웃긴지 또 낄낄 웃어댔다.

예전의 일을 들먹이니 등골이 근질거렸다.

"뭐, 확신을 가지기까진 시간이 조금 더 걸렸지만."

기스는 그렇게 말하고 맥주를 비웠다.

"뭐, 그렇게 되었으니까 그 녀석이 정보를 모르는 건 틀림없어. 잔트포트에는 들르지 않았단 이야기였고."

"음? 잠깐만, 기스. 너 같은 감옥에 들어갔다고 했지. 그럼."

이 녀석이 설명했으면.

"아니, 부자지간에 응어리가 있을지도 모르지만, 여기선 내 체면을 봐서라도 화해해 주라."

기스는 재빨리 그렇게 말하고 자리에서 일어났다.

"어이, 기다려. 아직 이야기는 안 끝…."

"아, 그렇지. 깜빡했는데, 마대륙으로 엘리나리제가 갔다는 모양이야. 잔트포트에서 남자를 먹어치우는 엘프족 이야기를 들었으니까 틀림없어."

"엘리나리제가?"

그 녀석은 나를 제일 싫어한다고 생각했는데….

"헤헤, 이러니저러니 해도 그 녀석들도 너를 그렇게 싫어하는 게 아냐"

마지막에 그렇게 말하고 기스는 주점을 나섰다.

물론 돈은 내지 않았다. 저 녀석은 그런 녀석이다.

뭐, 오늘은 넘어가자.

내가 사야지.

좋아, 나도 이 정도 마셨으면 오늘은 이만 자기로 하자.

내일이라도 루디와 대화를 나눠 볼까….

"이제 그만 마셔. 내일 맨정신으로 '새벽빛 여관'으로 가라고.
알았지?"

기스가 돌아와서 그렇게 말했다.

"알고 있어!"

못을 박는 바람에 나는 한숨과 함께 잔을 내려놓았다.

생각해 보면 최근의 나는 너무 마셨다.

왜 이런 걸로 도망쳤을까. 해야 할 일은 아직 남아 있는데.

"저기… 파울로 단장, 이야기는 끝났습니까?"

그렇게 생각하는데, 한 여자가 미안하다는 기색으로 몸을 움
츠리고 있었다.

취한 얼굴로 그녀의 얼굴을 똑바로 바라보니 단원 중 하나인
베라였다.

"흥, 뭐야, 오늘은 꽤나 얌전한 차림이잖아."

"예, 그게…."

베라는 모호하게 끄덕이더니, 방금 전까지 기스가 앉아 있던

자리에 앉았다.

오늘 그녀는 평소처럼 공격적이고 자극적인 차림이 아니었다.

어디에나 있는 듯한, 평범하고 수수한 마을처녀의 옷차림을 하고 있었다.

"낮에 싸운 게, 어쩌면 제 탓이 아닌가 싶어서."

"네 탓? 왜?"

"아뇨, 저기, 제가, 이러니까… 아, 아드님이, 착각을 하시지 않았나, 싶어서."

"관계없어. 그 녀석은 네 커다란 가슴을 보고 멋대로 헛짚은 거야."

베라가 평소에 그런 옷을 입는 것에는 이유가 있다.

예전에는 평범한 모험가였던 그녀도 그 전이로 장비도 없이 미리스 대륙으로 날아와 도적에게 붙잡혀서 노리개가 되었다. 마음이 닫혀 버릴 만한 꼴을 겪었지만, 그녀는 엄청난 정신력으로 그걸 극복했다.

하지만 극복하지 못한 여자도 있었다.

베라의 여동생인 쉐라가 그렇다.

그 아이는 남자의 시선을 받으면 아직도 떨림이 멎지 않는다고 했다.

그런 건 단원 이외에도 몇 명 있었다.

베라는 그런 여성들을 남자의 시선으로부터 지키기 위해 남자의 시선이 자신에게 모이도록 항상 그런 옷차림을 한다.

또 비슷한 일을 겪어서 힘들어하는 다른 여자들을 정신적으로도 잘 돌봐준다.

치욕을 겪은 여자의 마음을 모르는 내게는 둘도 없는 부하 중 하나다.

물론 육체관계는 없다.

있을 리가 없다.

"알았으면 가 봐."

"…예."

베라는 풀 죽은 눈치로 여자들이 모인 자리로 돌아갔다.

"참나…."

주위를 둘러보니 걱정스럽게 나를 보는 눈이 참 많기도 했다.

"이상한 얼굴로 보지 말라고, 너희들! 내일이면 화해할 거야!"

나는 마지막으로 그렇게 말하고 자리를 떴다.

방으로 돌아가자, 노른이 혼자 자고 있었다.

나는 테이블에 있던 주전자에서 물을 컵에 가득 따랐다.

단숨에 마셨다.

미지근한 물은 진흙 같은 내 위장에 시원하게 흘러들었다.

천천히 술기운이 가셨다. 예전부터 나는 잘 안 취하는 체질이라서 대량으로 마시면 흠뻑 취할 순 있어도 오래 가진 않았다.

머리가 천천히 깨는 것을 자각하면서 담요를 껴안듯이 잠든 노른의 머리를 살며시 쓰다듬었다.

노른은 참 가엾은 아이라고 생각했다.

이런 아버지의 옆에 있으면 하고 싶은 말이 있을 텐데, 불평한 마디 없이 씩씩하게 행세했다.

혹시 노른이 죽으면 나는 살아갈 수 없다.

"으음… 아빠…"

노른이 몸을 뒤척였다.

깬 건 아니다. 잠꼬대겠지.

그녀는 평범한 아이다.

루디와 다르다. 내가 지켜주지 않으면….

"……"

문득 생각했다.

혹시 루디가 평범했으면 루디 또한 여기서 자고 있지 않았을까.

가정교사로 가지 않고 계속 가족과 살았고, 전이했을 때에 내 옷자락이라도 붙잡고 자기한테도 노른을 안게 해달라고 말했을지도 모른다.

평범한 루디다. 평범한 열한 살짜리 루디. 나는 그것을 지켜야 할 대상으로 이렇게….

다리가 떨렸다.

기스가 '열한 살짜리 아이다'라고 말한 이유를 간신히 알 수 있었다.

그래, 평범하든 천재든 뭐가 다른가.

똑같지 않은가.

혹시 노른이 천재였으면 나는 똑같은 말을 했을까?

노른에게, 아무것도 모르고 그저 느긋하게 여행을 하고 온 노른에게 그런 말을 했을까?

너한테 더 기대했다고 말했을까?

상상하니 잠이 오지 않았다.

누울 생각이 들지 않았다.

숙소 밖으로 나갔다.

화재용으로 준비된 물병의 물을 머리에 뒤집어썼다.

주점을 나갈 때의 루디의 얼굴을 떠올리며 토했다.

루디가 그런 얼굴을 한 건 누구 때문인가.

물통에 고인 물에는 멍청한 남자의 얼굴이 비쳤다.

세계에서 제일 아버지로 어울리지 않는 남자의 얼굴이었다.

"흥, 이거 글렀을지도 모르겠군…."

나였으면 이런 남자와는 연을 끊겠지.

★ 루데우스 시점 ★

다음날 아침.

나는 다소 상쾌한 기분으로 아침식사를 했다.

장소는 숙소 옆에 있는 주점.

미리시온의 식사는 꽤나 맛있었다. 대삼림에서 이쪽으로 이동하면 할수록 식사가 맛있어졌다.

오늘 아침식사는 갓 구운 빵과 깔끔한 맛의 투명한 스프에 생야채 샐러드, 그리고 두꺼운 베이컨이었다.

어제 저녁을 못 먹었지만, 저녁식사에는 디저트까지 나온다는 모양이었다.

최근 유행하는 나이 어린 마술사의 모험담 노래에 나오는 디저트로, 젊은 모험가에게 인기 있는 달달한 젤리라는 모양이었다.

기대하자. 🌢

밥을 먹는 것은 행복한 일이다.

배가 고프면 짜증이 나니까. 짜증이 나면 식욕이 없어지고, 식욕이 없어지면 배가 고프다.

멋진 악순환이다. 안드로이드도 기분이 상하겠지.

"…어서 오세요."

그런 생각을 하며 식후에 커피 같은 음료를 마시는데, 주점의 주인이 문득 입구로 눈을 돌렸다.

퀭하니 마르고 창백한 얼굴을 한 남자가 서 있었다.

나는 그 얼굴을 본 순간 노골적으로 움찔했다.

남자는 가게 안을 두리번거리고 나를 보았다.

그 순간 내 마음속에 어제의 감정이 떠올라서, 아무 말도 없었는데 자연스럽게 시선을 돌렸다.

"……"

그런 내 모습을 보고 동석한 두 사람은 곧 이 사람이 누구인지 알아차린 듯했다.

루이젤드가 눈썹을 찌푸리고, 에리스가 의자를 박차며 일어났다.

"너 누구야?"

이쪽으로 걸어오는 남자.

그 눈앞을 에리스가 가로막았다.

팔짱을 끼고 다리를 어깨 넓이로 벌리고 턱을 딱 치켜든 모습에 사나운 태도로, 자기보다 머리 두 개 정도는 더 높은 위치에 있는 남자의 얼굴을 노려보았다.

"파울로 그레이랫…. 그 녀석의 아버지다."

"알고 있어!"

내가 에리스의 등을 바라보고 있는데, 머리 위에서 목소리가 들렸다.

쓴웃음 짓는 듯한 목소리였다.

"뭐냐, 루디. 여자 뒤에나 숨고. 여자깨나 후렸구나."

그 목소리, 그 어조에 나는 조금 마음이 놓였다.

그래. 예전의 파울로는 이런 느낌으로 나를 놀렸다.

그립다.

나는 이 태도를 파울로 나름대로의 접근법이라고 생각하기로 했다. 아침에 일부러 주점까지 찾아와 준 것이다. 나도 이야기할 여유 정도는 있었다.

"루데우스가 내 뒤에 숨은 게 아냐! 내가 루데우스를 숨겨 주는 거야! 글러먹은 아버지한테서!"

에리스는 부들부들 주먹을 떨면서 당장이라도 파울로의 턱을 향해 주먹을 날릴 기세였다.

나는 루이젤드에게 눈짓으로 신호했다.

그러자 그는 눈치를 챘는지 에리스의 목덜미를 붙잡아 번쩍 들어올렸다.

"아니! 루이젤드! 이거 놔!"

"둘만 있게 해 줘라."

"당신도 어제 루데우스를 봤잖아! 저런 건 아버지도 아냐!"

"그렇게 말하지 마라. 아버지란 원래 저렇다."

그런 소리를 하면서 이 자리를 비워 주려고 했다.

루이젤드는 파울로의 옆을 지날 때 한 마디 했다.

"너한테도 할 말은 있겠지만, 그 변명이 통하는 건 아들이 살아 있을 때뿐이다."

"으, 음…."

루이젤드의 말은 무거웠다.

그는 스스로를 세계에서 가장 글러먹은 아버지라고 생각하는 모양이고.

마찬가지로 글러먹은 아버지로서 동지감 같은 게 느껴지는 걸 지도 모른다.

"루디, 연상에게 턱짓으로 지시하지 마라."

"아니에요. 턱짓이 아니에요. 신뢰의 아이콘택트지요."

"비슷한 거 아닌가."

파울로는 그렇게 말하면서 내 앞에 앉았다.

"저게 어제 말했던 마족인가…?"

"예, 스펠드족의 루이젤드 씨입니다."

"스펠드족이라. 꽤나 성격 좋아 보이는 녀석이잖아. 소문하고 실물은 다른 건가."

"무섭지 않나요?"

"멍청한 소리 마라. 아들의 은인이잖아."

어제의 의견과는 꽤나 다른 듯한데… 괜한 소리는 하지 말자. 어디.

"그래서 무슨 일로 오셨나요?"

생각 이상으로 딱딱한 목소리가 나왔다.

그러자 파울로는 몸을 움찔 떨었다.

"아니…. 저기, 사과할까, 하고."

"뭘 말인가요?"

"어제 일 말이야."

"사과할 필요 없습니다."

사과를 받는 건 좋지만, 나도 에리스의 가슴에 머리를 묻고 하룻밤 동안 꼬박 잠들면서 반성했다.

"딱 잘라 말해서 저는 여태까지 소풍 기분이었습니다."

처음에는 모를까, 여행이 대충 순조로워서 야한 쪽에 정신을 할애할 정도로 여유로웠다.

피트아령에 대한 정보 수집을 하지 않았던 것은 틀림없이 내 잘못이다.

잔트포트에서는 무리였지만, 웬포트에서는 다소 시간이 있었다.

거기서 정보상이랑 접촉을 했으면 다소 정보를 얻을 수 있었을 것이다.

듣고 보니 당연히 조사해야 할 것을 조사하지 않았다.

내 미스였다.

"그러니까 아버님이 화내시는 것도 당연합니다. 이런 중요한 시기에 저야말로 잘못했습니다."

피트아령이 소멸하고 일가가 뿔뿔이 흩어졌다.

그때의 파울로의 심경을 생각하면 탓할 수 없다.

나는 몰랐던 덕분에 느긋하게 지낼 수 있었다. 비극을 모르는 건 행복한 일이었다.

"아니, 그런 건 아니지. 루디야말로 고생했겠지."

"아뇨, 전혀요. 여유였어요."

루이젤드가 있었으니까.

리카리스 시를 나선 뒤로는 비교적 편했다.

마물의 기습을 받는 일도 없고, 아무 소리 없어도 식사거리를 잡아 오고, 에리스의 싸움은 막아 주고, 나로서도 편한 여행이었다.

이지 오퍼레이션이었다.

"그래, 여유인가…."

파울로가 무슨 생각을 하는지는 나로선 알 수 없었다.

딱 하나 말할 수 있는 것은 그 목소리가 다소 떨린다는 것뿐이었다.

"전언이란 것을 못 봤던 것은 죄송합니다. 뭐라고 남기셨나요?"

"…나는 괜찮으니까 중앙대륙 북부를 찾으라고."

"그런가요. 그럼 에리스를 피트아령까지 데려다 주거든 북부를 찾도록 할게요."

나는 기계적으로 그렇게 대답했다.

아무래도 내 말이 딱딱하게 느껴졌다.

긴장한 걸까.

왜일까.

나는 파울로를 용서했고, 파울로도 나를 용서했다. 예전처럼은 되지 않았지만, 지금은 긴급사태. 긴급사태니까 긴장한다.

당연한가.

"그건 그렇고, 피트아령이 지금 어떤지 다시금 자세히 얘기해 주세요."

"…그래."

파울로의 목소리도 딱딱하고 계속 떨렸다.

그도 긴장한 걸까.

아니, 그 이전에 나 역시 뭔가 이상했다.

평소처럼 행동할 수 없었다. 예전에는 파울로와 어떻게 이야 기했더라. 서로 농담을 주고받던 사이였을 텐데.

"일단 뭣부터 말할까…"

파울로는 딱딱한 목소리로 피트아령에서 무슨 일이 일어났는 지를 말해 주었다.

건물이 죄다 소멸한 것.

거기에 살던 사람들이 모두 전이한 것.

사망자도 여럿 확인되었다는 것.

아직 행방불명자가 많다는 것.

파울로는 뜻 있는 자를 모아서 수색대를 조직했다는 것.

그렇기 때문에 모험가 길드의 본부가 있고 정보를 모으기 쉬 운 미리시온에 거점을 두었다는 것.

참고로 또 다른 거점은 아슬라 왕국의 수도에 있고, 거기는 집사 알폰스 씨가 담당하고 있다. 알폰스 씨는 이 수색단의 총 책임자이며, 현재도 피트아령에서 난민 구조를 하고 있는 모양 이다.

그리고 파울로는 각지에 전언을 남겼다.

나에게 나뉘어서 가족을 찾자는 지시를 보낸 것이다.

어엿하게 독립한 장남의 의무로서.

나이를 보면 아직 어린애겠지만, 나도 정신적으로는 어른이다. 혹시 그 전언을 보았으면 일어나 행동했겠지.

제니스와 리랴, 아이샤는 발견되지 않았다.

어쩌면 마대륙 어딘가에서 엇갈렸을지도 모른다.

그렇게 생각하니 내 행동이 후회스러웠다. 여행을 서두른 나머지 한 도시에서 너무 짧게 머물렀다.

"노른은 무사했군요?"

"그래, 운 좋게 나랑 접촉하고 있었으니까."

파울로의 말로는, 전이란 몸 어딘가가 접촉해 있으면 같이 날아간다는 모양이다.

"노른은 건강한가요?"

"그래, 처음에는 모르는 동네라서 조금 당황한 모양이었지만, 지금은 단원들의 아이돌 같은 존재야."

"그런가요, 다행이네요."

그래, 노른은 건강한가.

응, 좋은 일이다. 그야말로 불행 중 다행. 기뻐해야 할 일이다.

하지만 왜인지 내 마음은 답답했다.

"……"

"……."

대화가 끊겼다.

묘하게 말이 이어지지 않았다.

나와 파울로의 관계란 이런 게 아니었을 것이다. 더 가벼운 느낌의 관계였을 것이다. 이상하다.

그 뒤로 얼마 시간이 지났다.

파울로는 무슨 말을 꺼냈지만, 나는 거기에 제대로 대답할 수 없었다.

생각 없는 딱딱한 대답을 할 뿐이었다.

어느 틈에 손님은 우리밖에 남지 않았다.

슬슬 음식을 준비해야 하니까 나가달라는 말이 나올 것 같았다.

파울로도 그런 눈치를 챈 모양이었다.

"루디, 너는 이제부터 어떻게 할 거냐?"

마지막에 내게 그렇게 물었다.

"…일단 에리스를 피트아령에 데려다주겠습니다."

"하지만 피트아령에는 아무것도 없는데?"

"그래도 돌아가겠습니다."

돌아가야만 한다.

필립도, 사울로스도, 길레느도, 아무도 찾지 못한 모양이었다.

아무도 없더라도 돌아가야만 한다.

그게 여행의 목적이니까.

초지일관. 일단은 피트아령에 가서 그 현황을 이 눈으로 목격한다. 그리고 중앙대륙 북부로 이동해서 수색하는 것도 좋고, 루이젤드에게라도 부탁해서 마대륙으로 돌아가 각지를 수색하는 것도 좋다.

일단 언어를 아니까 베가리트 대륙에 가는 것도 좋을지 모른다.

"그 뒤에 다른 장소를 찾겠습니다."

"…그래."

이렇게 대화는 곧 끊어졌다.

뭐라고 말해야 할지 모르겠다.

"자."

그때 주점 마스터가 우리 앞에 컵을 내려놓았다.

달그락 소리를 낸 나무컵에서 온기가 피어올랐다.

"서비스다."

"고맙습니다."

어느 틈에 목이 바싹 탔다.

손은 꾹 쥐고 있고, 손바닥에는 땀이 흥건히 배어 있었다.

동시에 등이나 옆구리가 묘하게 서늘한 것을 느꼈다. 앞머리가 이마에 달라붙어 있었다.

"으음, 꼬마야. 자세한 건 모르겠지만…"

"……?"

"얼굴 정도는 봐 줘라."

그 말에 처음으로 깨달았다.

나는 파울로의 얼굴을 한 번도 보지 않았다.

처음에 눈을 돌린 뒤로 한 번도 파울로의 얼굴을 볼 수 없었다.

꿀꺽 침을 삼키고 아버지의 얼굴을 보았다.

불안해하는 얼굴이었다. 당장이라도 울 것처럼 일그러진 얼굴이었다.

"뭔가요, 그 얼굴은?"

"뭐냐니, 뭐가?"

쓴웃음을 짓는 파울로의 얼굴에는 기운이 없었다.

그 표정도 그렇고, 야윈 얼굴 탓에 다른 사람으로 보였다.

하지만 비슷한 얼굴을 어디에선가 본 듯한 기분. 어디서였더라. 좀 되었는데….

기억났다.

우리 집의 화장실이었다.

괴롭힘 당해서 내 방에 틀어박힌 지 1년인가 2년.

아직 늦지 않았다고 생각하면서도 결코 메울 수 없는 골이 주위와의 사이에 생긴 것을 자각했던 무렵.

하지만 밖에 나가는 건 무서워서 조급함과 불안만 생겼다. 제일 정서가 불안정하던 무렵이었을 것이다.

그래, 그런 건가.

파울로는 지금 정서불안정이다.

찾는 사람은 발견되지 않고, 아무리 기다려도 소식이 없고, 걱정이 되고 자꾸만 걱정이 되어서. 혹시 다친 게 아닐까 싶어서, 혹시 아픈 게 아닐까 싶어서. 아니면 혹시 이미 한 발 늦어서…. 그런 생각에 걱정하고 또 걱정하고…. 간신히 내가 나타났다 싶었지만 너무나도 상상과 다르고 마음 편한 기색이기에 무심코 짜증이 났다.

나도 그런 기억이 있었다.

그건 골방지기 생활을 시작한 직후였다.

중학교 때 친구들이 찾아와서 학교에서 있었던 일을 이야기해 주었다.

내가 이렇게 풀 죽어 있는데, 이렇게 망가져 있는데, 상대가 너무나도 느긋하게 학교 이야기를 하기에 나는 위장이 아파서 짜증 어린 말을 내뱉고 화풀이했다.

그 다음날, 혹시 그 녀석이 또 오거든 사과하자고 생각했다.

하지만 그 녀석은 오지 않았다. 내가 만나러 가는 일은 없었다. 이상한 자존심이 있었다.

기억났다. 이 얼굴은 그때의 얼굴이었다.

"제안이 있습니다."

"루디?"

"상황이 이렇지요. 우리는 어른이 되어야만 합니다."

"그래, 음, 분명히 나는 어른스럽지 못했는데… 하고 싶은 말 있냐?"

가슴 속이 풀렸다.

간신히 파울로의 마음이 이해되었다.

그렇게 생각하니 뒷일은 간단했다.

예전 일을 떠올렸다. 파울로에게 꾸지람 듣고 고집스럽게 말 싸움을 벌였을 적의 일.

당시에는 어쩔 수 없는 녀석이라고 생각했다.

스물네 살이라서 아버지로서는 젊으니까 어쩔 수 없다고 생각 했다.

그로부터 6년, 파울로는 서른 살이 되었다.

생전의 나보다 아직 연하다.

그리고 생전의 나와 비교하면 훌륭했다.

나는 할 일도 하지 않고, 상대를 탓하는 것만 생각했다. 그와 비교하면 훌륭하다.

나는 그때와 다르다.

그렇게 맹세했다.

최근에는 잊고 있었지만, 같은 잘못은 거듭하지 않겠다고 맹 세했다.

이 세계에서는 성실하게 살겠다고 맹세했다.

이번에는 그 규모가 커졌지만 같은 짓을 했다.

6년 전과 같은 짓을 했다.

우리는 같은 실패를 거듭했다. 성장했다고 생각했고 앞으로 나아갔다고 생각했는데, 계속 같은 장소에서 발만 구르고 있었다. 솔직하게 반성하자.

그리고 반성했거든 전진하자.

"어제 일은 없었던 걸로 하죠."

나는 그렇게 제안했다.

이번에 나는 상처 입었다. 마음이 뚝 꺾일 뻔했다.

분명 당시에 날 걱정해 준 친구도 그런 기분이었겠지.

그리고 그런 마음인 채로 두 번 다시 만나지 않았다.

이번에는 그렇게 되지 않는다. 나는 파울로와의 관계를 결코 끊지 않는다.

"어제 우리는 싸움 같은 걸 하지 않았습니다. 지금 이 순간, 몇 년 만에 재회한 부자…. 그런 걸로 하지요."

"루디? 무슨 소리야?"

"됐으니까요. 자, 두 팔 벌리세요, 어서."

"으, 음?"

시키는 대로 팔을 펼치는 파울로.

나는 그 품에 뛰어들었다.

"아버님! 보고 싶었어요!"

후욱 술 냄새가 풍겼다.

지금은 말짱한 얼굴이지만, 숙취일지도 모르겠다.

아니, 예전에는 술 같은 건 한 방울도 안 마셨지….

"루, 루디?"

파울로는 허둥거렸다.

나는 파울로의 어깨에 턱을 올리고 천천히 말했다.

"자, 오랜만에 재회한 아들에게 한 마디 하셔야죠."

싸구려 연극이라고 생각하면서 다시금 파울로의 억센 몸을 힘껏 껴안았다.

얼굴은 야위고, 몸도 한층 작아진 것 같았다.

내 몸이 자란 탓도 있겠지만, 파울로도 나 이상으로 고생한 것이다.

파울로는 당혹스러워하면서도 조용히 중얼거렸다.

"나, 나도 보고 싶었다…."

한 번 입을 열자 뭔가가 무너진 듯싶었다.

"나도 만나고 싶었다…. 만나고 싶었어, 루디…. 계속, 아무도, 찾을 수 없어서, 죽은 게 아닐까, 생각하고… 네가, 네 모습, 보고…."

고개를 드니 파울로는 눈물을 흘리고 있었다.

얼굴을 잔뜩 일그러뜨리고.

다 큰 남자가 볼썽사납게 소리 내어 흐느껴 울고 있었다.

"미안, 미안하다, 루디…."

왠지 나도 눈물이 나왔다.

나는 파울로의 머리를 탁탁 두들기면서 한동안 둘이서 울었다.

이렇게 나는 약 5년 만에 아버지와 재회할 수 있었다.

제5화 방침의 재확인

그 날 꼬박 파울로와 이야기를 나누었다.

대단한 이야기를 한 건 아니고 그냥 평범한 이야기였다.

일단 부에나 마을이 어떻게 되었는가.

내가 성채도시 로아에 간 뒤 몇 년 동안, 파울로는 두 아내에게 둘러싸였으면서도 주지육림까진 갈 수 없었던 모양이었다.

제니스와 리랴 사이에서 몇 차례 이야기가 오가서, 기본적으로 리랴와의 성적인 접촉은 없음.

다만 제니스가 셋째 아이를 가져서 도저히 참을 수 없게 되면 허가를 얻는다는 흐름이 되었다나 보다.

제니스도 갈등이 있었던 모양이지만, 파울로에게는 좋은 결말로 끝났다.

부럽잖아.

"그래서 셋째 여동생은 태어날 것 같은가요?"

"아니, 그게 좀처럼…. 네 때는 한 방에 됐는데."

"한 방에 이렇게 우수한 아들이 태어나다니, 아버님도 운이 좋네요."

"멋대로 떠들어라."

열한 살짜리 아들과 아버지의 대화는 아니라고 생각하면서도 마음 편한 느낌이었다.

제니스나 리랴의 생사 이야기가 나오지 않은 것은 의도적이었다.

서로 알고 있었다. 생사에 대한 이야기를 해도 결코 즐겁지 않고 답답한 마음만 남으리란 것을.

"실피는 건강히 지내고 있었나요?"

"그래, 그 애는 대단해. 네게 교사로서의 재능을 느꼈다."

실피는 잘 지내던 모양이었다.

오전에는 달리기나 마력 단련을 하고, 오후에는 제니스의 밑에서 치유 마술을 배웠다.

아이샤가 어느 정도 자란 뒤로는 리랴에게 예의작법 등을 배웠다는 모양이다.

"외곬수라는 말이 있지. 곧잘 우리 집에 와서 루디의 방에서 뭔가를 했다."

"…실피가 거기서 뭘 찾진 않았나요?"

"무슨 소리야? 들키면 문제될 거라도 있었냐?"

"아뇨, 설마요. 그런 게 있을 리 없잖아요."

무슨 말씀을.

"뭐, 죄다 사라져 버렸지만."

파울로의 말에 따르면, 피트아령에 있던 물체는 대부분이 소멸해 버렸다는 모양이다.

깃털펜이나 잉크병 같은 자잘한 것부터 집이나 다리 같은 건축물에 이르기까지 모두 사라졌다는 것이다. 그리고 몸에 지니고 있던 것만이 유일하게 함께 전이했다는 소리다.

"그런가요."

그건 아쉽다.

뭐가 아쉬운 건지는 확실히 떠오르지 않지만, 마음속에서는 뭐라고 할 수 없는 적막함이 있었다.

"너는 어땠지?"

"로아에서 말인가요?"

그 질문에 나도 이야기했다.

첫날에는 에리스에게 흠씬 두들겨 맞아서 마음이 꺾일 뻔했던 것. **우연히** 유괴범에게 끌려가서 간신히 탈출한 것, 그것을 계기로 에리스와 조금 친해진 것, 하지만 수업을 듣지 않았던 것, 길레느에게 하소연한 것, 그녀 덕분에 에리스가 수업을 듣게 된 것, 그리고 조금씩 친해진 것. 함께 춤을 춘 것. 그리고 열 살 생일날의 일.

"생일이라, 그땐 미안했다…."

"뭐가 말인가요?"

"찾아 가지 못했지."

아슬라 왕국민에게 열 살은 지극히 중요한 나이다.

왜 중요한지는 아직 모르겠지만 운수와 관련된 거겠지.

성대하게 축하를 하고 선물을 준다.

"그건 괜찮아요. 에리스의 가족들이 많이 축하해 주었으니까요."

"그래. 뭘 받았는데?"

"값비싼 지팡이지요. '아쿠아 하티아'라는 좀 창피한 이름이지만요."

"그래? 멋지잖아."

멋져?

무슨 소릴? 닭살이 돋을 것 같은 이름이잖아.

하지만 이 세계에서는 성능이 뛰어날수록 거창한 이름을 붙이는 걸지도 모르겠다.

"그리고 알폰스에게 들었다, 루디. 그거 말고도 또 좋은 걸 받았다면서?"

"좋은 거요?"

뭘 받았지?

지혜와 용기와 무한한 파워일까. 어느 것이고 아직 부족한 것 같은데.

"필립의 딸 말이야. 아까 처음 봤는데, 아주 씩씩하고 귀여운 애 같더군. 너를 필사적으로 지키려고 하고…."

…받았다고 하자면 조금 다른 것 같은데.

아니, 분명히 필립에게서는 괜찮다는 허가를 받았지만, '감사히 받겠습니다'까지는 이르지 않았다.

그녀를 소중히 하고 싶다.

어제 일도 그렇다. 침울해졌을 때에 누군가가 다정히 안아 주고 잠들 때까지 머리를 쓰다듬어 준다는 경험은 처음이었다.

에리스를 결코 배신할 수 없다.

내가 열다섯 살이 된 뒤라는 약속도 있지만, 설령 열다섯 살이 되더라도 그녀가 싫어한다면 참을 수 있다.

성욕에 관해선 다소 폭주하곤 하는 나다. 4년 뒤에 아마도 지금보다 강한 성욕을 가진 상태로 참아낼 수 있을지는 모르겠지만… 적어도 지금은 그렇게 결의했다.

"에리스는 소중한 존재라고 생각해요. 하지만 무슨 물건처럼 받았다는 식의 말은 아닌 것 같네요."

"뭐, 데릴사위니까. 받았다기보다는 떠안겨졌다고 하는 게 올바를까."

"엥?"

이상한 소리가 나왔다.

사위?

"넌 필립의 비호를 받으면서 귀족이 되기로 했잖아?"

"그게 무슨 말인가요? 언제 그런 이야기가 오갔나요?"

"언제고 뭐고, 전이하기 1년 정도 전부터. 너랑 에리스가 사이 좋고 너 자신의 마음도 굳어지고 있으니까 사위로 데려가고 싶다는 편지가 왔는데? 나는 아슬라 귀족 따위 엿 같은 놈들이라고 생각하지만, 네가 그렇게 결정했다면 마음대로 하라고 답변을 보냈는데…."

과연. 즉 필립은 열 살 때 이미 파울로의 회유를 끝냈나.

혹시 거기서 거절했더라도 그 뒤로 몇 년 동안 이런 수 저런 수를 동원해서 나랑 에리스를 엮으려고 들었을 게 틀림없다. 뭐가 술자리에서의 이야기야?

그렇다면 파울로가 나와 에리스의 사이를 의심한 것도 고개가 끄덕여졌다.

결혼 약속을 한 두 사람, 불안하기 짝이 없는 두 사람. 서로를 좋아한다면 여행 도중에 러브러브가 되었다고 생각해도 이상하지 않다.

"보아하니 필립한테 속은 모양이군."

"그런가 보네요."

둘이서 나란히 한숨을 내쉬었다.

지금 나와 파울로의 뇌리에는 같은 남자의 얼굴이 떠올랐겠지.

필립. 아슬라 왕국의 상급귀족이자 진흙탕 같은 사교계를 뛰어넘을 힘을 가진 남자의 얼굴이다.

"그래서 그 아가씨랑은 그럭저럭 사이가 좋고, 실피 쪽은…. 아, 아니, 아무것도 아니다. 잊어 버려."

파울로는 실언이었다는 듯이 말을 흐렸다.

실피는 아직 발견되지 않았다. 적어도 파울로가 아는 범위로는.

아무것도 아니라고 했지만 나는 생각했다.

실피를 좋아하지만 에리스에게 느끼는 감정과는 조금 다르다.

실피는 어느 쪽이냐면 여동생이나 딸 같은 느낌에 가깝다. 괴롭힘 당하는 아이였고 가엾으니까 내가 키워 줘야 한다는 느낌이었다. 그 이상의 감정이 되기 전에 헤어진 탓도 있다.

에리스도 비슷한 느낌이었지만, 그녀에게 도움을 받은 부분도 많았다.

어느 쪽의 손을 들어줄 거냐고 한다면 에리스 쪽이겠지.

물론 그건 두 사람을 종합적으로 보고 판단한 게 아니다.

세월의 문제다.

역시 오랫동안 함께 있었던 게 컸다. 소꿉친구라는 존재는 여러 이야기에 나오지만, 기나긴 세월을 함께 보냈다는 것은 그만큼 강력하다.

실피보다도 에리스와는 두 배 가까운 기간을 함께 보냈다.

그 내용도 진하다.

그렇긴 해도 그렇다고 행방불명된 실피 걱정을 안 하냐면 또 다른 이야기다.

"실피가 무사하면 좋겠는데…."

"너 정도는 아니지만, 그 애도 애썼어. 무영창으로 치유 마술까지 쓸 수 있었지. 어디서든 살아갈 수 있을 거다. 치유 마술은 미리스 대륙이 아닌 한 아주 귀중하니까."

"그런가요…"

어라, 지금 왠지 흘려들을 수 없는 말을 들은 것 같은데?

"잠깐만요. 실피가 무영창으로 치유 마술을 쓸 수 있어요?"

"응? 어, 제니스가 놀라던데. 하지만 루디도 할 수 있잖아?"

"치유 마술은 못 써요."

나는 치유 마술을 무영창으로 쓸 수 없다. 원리를 이해하지 못했기 때문이다.

마술로 상처를 치료하는 매커니즘은 몇 번 써도 해명할 수 없었다.

"그래?"

"예, 주문을 외우면 할 수는 있지만…"

"뭐, 나도 마술에 대해선 잘 모르지만, 마술에는 상성이 있다고 그러니까. 실피한테는 그쪽의 재능이 있었던 게 아닐까?"

어쩌면 실피는 한동안 못 본 사이에 나 같은 것보다도 훨씬 강해진 게 아닐까?

만나는 게 조금 무서워졌다.

재회했더니 '루디, 하나도 성장하지 않았잖아' 같은 소리를 들으면 어쩌지….

그런 이야기를 하는 동안에 나와 파울로 사이에 있던 골은 완전히 사라졌다.

저녁, 파울로를 마중 나온 사람이 있었다.

전에 보았던 비키니 아머 차림의 누나랑 치유술사 누나였다.

오늘 비키니 누나는 비키니가 아니라 수수한 마을여성 같은 옷차림이었다.

어제 그건 대체 뭐였을까?

뭐, 싸움의 원인 중 하나이기도 하니까 자중한 걸지도 모르겠다.

"아버님."

"왜?"

"물론 저는 아버님을 믿고 있지만요, 어제 일도 있으니까 일단 거듭 여쭙겠습니다. 바람피운 건 아니죠?"

"염려마라."

그럼 안심이다.

나와 파울로가 어제 싸웠던 것은 의심과 의심의 충돌.

사실관계는 없이 서로의 여난을 지적하기만 한 결과… 아니, 없었던 일로 하기로 했지. 넘어가자, 넘어가.

뭐, 파울로도 여자랑 얽힐 틈은 없는 느낌이었다.

가정 붕괴의 방아쇠에 손가락이 걸릴 일도 없다.

나도 그걸 보고 배워서 앞으로는 다소 성욕을 억누르도록 하자.

"루디."

파울로는 마지막으로 내 마음을 확인하듯이 물었다.

"너는 에리스를 지키며 피트아령에 가는 거였지?"

"예."

나는 그 말에 힘주어 고개를 끄덕이면서 되물었다.

"아니면 저도 수색단에 참가하는 편이 좋을까요?"

"아니, 그럴 필요는 없다. 어찌 되었든 보레아스 집안 사람은 아슬라 왕국에 보내주어야만 하니까."

"…그런 말을 들으니 중요 임무 같은데, 저한테 맡겨도 되나요?"

"너 이상의 적임은 없겠지. 신뢰 관계도 있고."

꽤나 날 신뢰하는 모양이다.

문득 생각했지만, 파울로는 나를 너무 과대평가하는 거 아닌가?

아니, 어떤 평가를 받든지 기대에는 부응하고 싶었다.

"물론 단원 중에 호위를 몇 명 보내고, 너는 미리시온에 남아도 되는데?"

파울로는 히죽 웃으면서 꽤나 달콤한 제안을 내놓았다.

득실로만 생각하면 그것도 좋다.

물론 미리시온에 남는 게 아니라 에리스와 헤어져서 개별적으로 수색한다는 의미다.

지금부터 마대륙에 돌아가서 수색을 하는 것도 한 가지 수지만, 어디까지나 그건 득실만으로 생각했을 경우다.

에리스를 놔두고 나를 우선할 수는 없다.

나는 그녀를 지켜야만 한다.

게다가 뭔가를 방치하고 다른 뭔가에 착수해서 좋은 결과를 본 기억이 없었다.

나는 생전에 모든 것을 어중간하게 끝내 버렸던 인간이다. 양쪽 다 어중간한 결과로 끝날 게 틀림없다.

이번 경우라면 에리스는 피트아령에 도착하지 못하고, 나는 마대륙에서 아무런 성과도 올리지 못한 채로 끝난다.

그럼 하나씩 하자.

루이젤드 문제도 있고.

그 고집불통이 수색단 단원들과 친하게 지낼 거라곤 생각할 수 없고, 도중에 그만두겠다고 하면 전사가 할 짓이 아니라고 화낼 것 같다.

"아뇨, 역시 제가 데려다주는 쪽이 좋겠죠."

"뭐, 우리 단에는 너보다 강한 녀석은 없고, 너도 다른 사람에게 맡길 수 없겠지."

그렇게 말하면서 파울로는 복잡한 얼굴을 했다.

어쩌면 나랑 싸워서 진 걸 마음에 담아두는 걸지도 모르겠다.

술을 마셨으니까 노 카운트라고 생각하지만, 괜히 위로해도 체면이 아니겠지.

여기선 건드리지 않고 넘어가는 게 좋겠다.

"언제쯤 미리시온에서 떠날 거지?"

"그렇군요. 여비를 모으고 싶으니까 1개월 정도일까요?"

"여비라면 내주마."

파울로가 여자단원 둘을 돌아보더니 로브를 입은 치유술사 누나, 주근깨가 있는 얌전한 느낌의 여성에게 말을 걸었다.

"있었지?"

"보레아스 가문 사람들을 발견했을 때를 위해서 알폰스 님에게 맡은 자금이 있습니다."

알폰스는 미리스에서 누군가를 발견했을 때 힘들지 않게 이동할 수 있을 만한 돈을 파울로에게 챙겨주었다는 모양이다.

"그런 거다."

"그렇군요. 그 돈이 술값으로 날아가지 않아서 다행이네요."

"자금은 쉐라가 관리하니까."

자랑스럽게 말하는 우리 아버지의 한심함이란…. 아니, 말하지 말자.

"그게 어느 정도 금액인가요?"

"왕찰 20닢 정도입니다."

쉐라에게 물어보니 즉답이 돌아왔다.

왕찰은 미리스에서 제일 높은 화폐 단위다. 석전=1엔으로 환산해 보면 한 닢에 5만 엔.

그게 20닢이라면.

"백만 엔!"

"…그건 또 무슨 리액션이냐?"

한심하다는 얼굴의 파울로.

나는 그 돈 액수에 눈앞이 아찔해졌다.

나의 1년 반은 뭐야? 수전노처럼 돈 생각만 해 온 나, 그런 내게 갑자기 100만 엔이라니.

"그런 거금…. 평생 놀고 먹을 수 있잖아요!"

"뭐, 남부라면 집 정도는 지을 수 있겠지만, 평생 놀고 먹을 정도는 아니지."

어? 하지만 100만이라고요. 배액마안이라고요.

녹광전으로 쳐도 천 닢이야! 스펠드족도 배에 탈 수 있어!

그렇게 기뻐할 때 또 하나의 의문이 떠올랐다.

"아, 하지만 문제가 하나 더 있습니다."

"더 있냐?"

"예. 웬포트에서는 스펠드족이 바다를 건널 때 막대한 도항비용 청구가 있었거든요. 웨스트포트에서는 얼마나 들지 모르지만, 역시 거금을 요구할 것 같아요. 왕찰 20닢으로 될지…."

"그거 말인데…."

파울로가 팔짱을 꼈다.

설마 루이젤드를 두고 가라고 하진 않겠지.

"쉐라. 스펠드족이 바다를 건너는 데에 필요한 금액이 얼마지?"

파울로의 갑작스러운 질문에 쉐라는 고개를 끄덕이더니,

"예, 왕찰 100닢입니다."

라고 대답했다.

죄다 암기하고 있는 건가. 방금 전에도 그랬지만, 그녀는 우수한 모양이다. 생긴 것부터 비서란 느낌이고.

"……!"

순간 눈이 마주치자, 그녀는 살짝 비명을 지르며 고개를 숙였다.

어제 비키니였던 누나가 자연스럽게 내 시선을 가로막듯이 위치를 바꾸었다.

조금 쇼크.

"미안해. 이 애는 시선을 좀 힘들어하거든. 너무 보지 말아줘."

"하아…."

어제 비키니였던 누나의 말에 나는 모호하게 대답했다.

파울로와의 사이는 회복되었지만, 다른 단원에게는 계속 미움을 샀나.

뭐, 그건 됐어.

하지만 왕찰 100닢이라. 약 500만 엔이로군.

간단히 모을 수 있는 금액이 아니다.

한숨이 나왔다.

"왜 스펠드족만 그렇게 비싼 걸까요?"

"그 법률이 규정되었을 무렵은 스펠드족의 박해가 가장 심했던 시기라서 그렇습니다."

비키니였던 누나 뒤에서 쉐라가 당연하다는 듯이 대답했다. 웬포트의 관문을 지키던 사람도 모르는 사실을 아주 간단히 대답했다. 가슴은 작지만 뇌세포는 빵빵한가.

"게다가 거기 세관을 맡은 귀족은 마족을 싫어하기로 유명해. 돈을 쌓아 줘도 이런저런 핑계로 통과시키지 않을지도 몰라."

"그런가요…. 어어, 외가 쪽의 힘으로도 어떻게 안 될까요?"

"미안하지만, 이번 일로 그쪽도 꽤나 아슬아슬한 처지야. 이 이상 폐를 끼칠 수 없다."

그렇다면 또 밀항인가.

밀항에는 안 좋은 추억이 있고, 가능하다면 그 방법은 쓰고 싶지 않았다.

애초에 같은 대륙에서 일어난 일이니까 밀항조직 사이의 정보망에서 우리가 블랙리스트에 올랐을 가능성도 있겠지.

스펠드족과 도항비용, 생각하면 생각할수록 머리가 아플 것 같았다.

"알겠습니다. 도항비용에 대해서는 제가 대책을 짜 볼게요."

"미안하다."

그렇게 말하더니 파울로는 씨익 웃었다.

그리고 뒤쪽에 있는 두 여자를 자랑스러운 얼굴로 돌아보았다.

"어때, 내 아들? 든든하지?"

"하아."

"저기…."

두 여자는 쓴웃음을 지으며 서로의 얼굴만 바라보았다.

아니, 그 아들이랑 한심하게 싸움이나 벌인 게 누군데?

"아버님. 숙녀에게 아들 됨됨이를 묻는 천박한 짓은 하지 마세요. 그레이랫 가문의 품성이 의심받습니다."

"네 발언 쪽이 훨씬 천박해."

그렇게 말하며 우리는 함께 웃었다.

두 여자는 얼떨떨한 기색이었지만 개의치 않았다.

"자, 루디. 나는 이만 가 보마."

"예."

파울로는 일어서서 우두둑우두둑 어깨를 풀었다.

꽤나 오랫동안 떠든 모양이었다.

카운터를 보니 마스터의 쓴웃음이 보였다. 런치타임에도 계속 앉아 있었기 때문일까. 돈을 좀 넉넉하게 줘야지.

"여행 일정이 정해지거든 연락해라. 출발하기 전에 노른하고 같이 밥이라도 먹자."

"예, 알겠습니다."

그렇게 말하고 나는 파울로를 보냈다.

두 여자를 데리고 주점을 나가려는 파울로의 뒷모습을 보며 '이렇게 보면 정말로 여자나 밝히는 한심한 아버지구나'라고 생각하면서.

★　　★　　★

파울로가 돌아가고 얼마 뒤에 에리스와 루이젤드가 돌아왔다.

에리스는 눈가에 커다란 멍이 생겼고, 루이젤드가 복잡한 얼굴을 하고 있었다.

"어떻게 된 건가요, 두 사람 다?"

"아무것도 아냐. 그래서 그 남자랑은 어떻게 됐어?"

에리스가 정말 퉁명스럽게 말하더니 팔짱을 끼고 흥 하고 콧김을 내뿜었다.

"화해했습니다."

그러자 에리스의 눈썹이 순식간에 곤두섰다.

"뭐라고!"

움켜쥔 주먹으로 쿵 소리 나게 테이블을 후려치자, 빠각 하는 큰 소리와 함께 테이블이 갈라졌다.

우와, 파워풀하네….

"그래. 화해했나."

반대로 루이젤드는 기쁜 눈치.

"루데우스!"

에리스는 내 두 어깨를 붙잡고 힘껏 조여댔다.

힘이 장난 아니었다.

"왜!"

"왜냐뇨, 뭐가 말인가요?"

다소 당황하면서도 나는 그렇게 물었다.

"어제 그렇게 힘이 없었잖아!"

"예, 어제는 고마웠습니다. 에리스가 안아준 덕분에 꽤나 진정할 수 있었어요."

오늘 파울로의 얼굴을 볼 수 있었던 것은 틀림없이 에리스 덕분이다.

혹시 그 포옹이 없었으면 나는 한동안 여관방에 틀어박혀 있었을지도 모른다.

"그게 아냐! 그 남자는 루데우스의 열 살 생일에도 안 왔어! 게다가 마대륙에서 그렇게 힘든 여행을 하고! 대삼림에서는 감옥에도 들어가고! 그러면서 간신히, 간신히 만났는데! 네가 그렇게 풀 죽을 짓을 했어! 거부하듯이 말했다고! 왜 용서하는데!"

단숨에 떠들어대는 에리스.

그녀의 말도 이해할 수 있었다.

분명히 그런 식으로 말하자면 파울로는 최악의 아버지다.

나를 싫어한다고 단언했더라도 믿을 수 있었다.

내가 평범한 아이였으면 파울로를 결코 용서할 수 없었겠지.

하지만 파울로가 나에게 실수하는 건 어쩔 수 없는 일이었다.

나는 생전의 기억을 이어받아서 좋은 결과를 거두어 왔다. 그렇게 이상한 아들에게 평범한 대응을 하는 게 무리다. 파울로는 나와의 거리를 재기 힘들어했고, 나를 어떻게 대할지 고민하기도 한다. 게다가 내가 말하기도 그렇지만, 올바른 아버지란 어떤 것인지 좀처럼 모를 부분도 있다.

그게 잘못이라고는 생각되지 않았다.

나로서는 아들이라는 입장의 인간으로서 관대하게 지켜볼 뿐이다.

파울로가 나에게 아무리 실패하더라도 좋다.

내 마음은 이제 꺾이지 않는다. 얼마든지 받아 주지.

물론 곧 헤어지겠지만.

"에리스."

"뭐야…."

뭐라고 해야 할지 망설였다.

에리스는 나를 위해 화냈다.

하지만 나에게는 이미 해결된 일이다.

"아버님도 한 명의 인간이에요. 실패 정도는 할 수 있어요."

나는 그렇게 말하고 에리스의 눈가에 힐링을 걸어 주었다.

에리스는 얌전히 힐링을 받았지만, 그 표정을 보면 납득하지 않았다는 게 그대로 보였다. 치료가 끝나자 울컥한 표정인 채로 숙소의 자기 방으로 돌아갔다.

그 모습을 눈으로 쫓으면서 나는 루이젤드에게 물었다.

"그리고 루이젤드 씨."

"뭐지?"

"저 멍은 뭔가요?"

에리스 눈가의 멍, 어제는 그런 게 없었을 텐데.

"막느라고 힘들었다."

그는 태연하게 말했다.

보통 아이를 때리면 불같이 화내는 남자지만, 무슨 심경의 변화일까.

도저히 파울로를 용서할 수 없다고 에리스가 날뛰었겠지. 하지만 에리스와 루이젤드는 사제지간이니까 두 사람이 훈련을 하면서 에리스가 다친 적도 처음이 아니다.

아니, 잘 보자.

루이젤드의 얼굴, 태연하지 않았다. 별로 표정이 풍부하지 않은 이 남자도 지금은 다소 힘든 눈치였다. 내키지 않는 기색이었다.

어쩔 수 없었나.

무슨 일이 있었을까, 무슨 대화가 있었을까. 어떤 경위로 이렇게 되었을까.

나로선 전혀 모르겠다.

딱 하나 말할 수 있는 건 있다. 루이젤드와 에리스가 싸운 건 나 때문이다.

나는 파울로와 화해했다…. 그럼 내가 할 말은 감사의 말뿐이다.

"감사합니다. 덕분에 아버님과 화해할 수 있었습니다."

"인사는 필요 없다."

하지만 지금의 에리스는 루이젤드가 때리지 않으면 막을 수 없나.

모르는 사이에 점점 강해지는구나.

그리고 시간을 조금 보낸 뒤에 작전회의를 열었다.

"자, 그럼 미리시온에서의 제2회 작전회의를 하겠습니다."

장소는 주점.

생각해 보면 나는 오늘 주점에서 한 걸음도 움직이지 않았다.

여기 주점은 아늑했다. 손님도 적고. 주인으로서는 내키지 않을지도 모르지만.

"그저께 했잖아."

에리스는 더 이상 화내지 않았다.

토라져서 방에 틀어박혔나 싶었는데, 10분 정도 만에 돌아왔다.

이렇게 마음의 정리가 빠른 점은 보고 배우고 싶었다.

"상황이 변했습니다. 구체적으로는 돈을 벌 필요가 없어졌습니다. 그러니까 조만간 미리시온을 뜰까 합니다."

왕찰 20닢을 받을 수 있으니 돈을 벌 필요가 없어졌다.

정보수집도 파울로에게 얼마든지 들었으니 일단은 필요 없다. 스펠드족의 명예 문제를 일단 보류한다면 이 도시에서 할 수 있는 일이 얼마 없다는 사실을 대략적으로 말했다.

피트아령의 현황에 대해서 에리스에게 말해야 할지 망설였다.

하지만 일부러 말하기로 했다.

실제로 현지에 도착해서 절망적인 기분을 맛보기보다 지금부터 각오해두는 편이 낫다.

"에리스, 우리의 고향은 더 이상 존재하지 않는 모양이에요."

"그래."

"필립 님도, 사울로스 님도 아직 발견되지 않았다고 해요."

"어쩔 수 없어."

"길레느가 어디 있는지도 모른다고 하고, 어쩌면…."

"있잖아, 루데우스."

에리스는 팔짱을 끼고 고개를 빳빳이 쳐들며 나를 보았다.

"그 정도는 각오하고 있었어."

에리스의 눈에 망설임은 없었다.

평소처럼 힘 있고 오만불손하고, 자신의 미래에 일절 의심도 품지 않는 눈이었다.

잊었던 것이 아니라 각오하였다고, 그렇게 말했다.

"길레느는 어딘가에 살아 있을 거라고 생각하고, 아버님이나 할아버님은 돌아가셨어도 이상하지 않아."

콧김을 한 차례 내뿜더니 그렇게 말했다.

즉 자신이 마대륙에 전이해서 고생했으니까, 다른 사람이 죽었을지도 모른다고 이미 예상했다는 것일까.

아니, 허세 부리는 것뿐일지도 모른다.

에리스는 허세를 부릴 때와 진짜로 자신이 있을 때를 구분하기 힘들다.

"루데우스가 숨기고 있더라도 다 아니까."

뭘 아는 건지는 모르겠지만, 허세를 부린다는 느낌은 아니었다.

에리스는 에리스대로 여러 생각을 한 것이다.

즉 당사자이면서 피트아령 문제를 까맣게 잊고 있었던 것은 나쁜.

조금 창피해지네.

"그런가요. 알겠습니다."

에리스는 역시나 대단하다고 생각하면서 말을 이었다.

"일단 1주일 정도 뒤에 이 도시를 뜰까 합니다만…."

"괜찮겠나?"

그렇게 물은 것은 루이젤드.

"뭐가 말인가요?"

"여행을 떠나면 아버지와 두 번 다시 못 만날지도 모른다."

"또 그런 불길한 소릴…."

루이젤드가 말하면 무게감이 다소 다르다.

하지만 지금은 딱히 전쟁 중인 것도 아니다.

"지금 찾지 않으면 두 번 다시 못 만날지도 모르는 가족이 있으니, 그쪽을 우선할까 합니다."

"그런가, 그렇군."

루이젤드가 납득했기에 본론으로 들어갔다.

"앞으로의 여행에서는 정보 수집을 중심으로 가지요."

한 도시에 체재하는 기간은 역시 1주일 안팎.

하지만 그동안 돈벌이가 아니라 정보 수집을 주로 한다.

주로 전이한 사람들을 찾는다.

미리스에서 아슬라까지 가는 노정.

그것은 이 세계에서 가장 왕래가 많고, 가장 상인들이 많이 산다는, 이 세계의 실크로드. 당연히 수색대의 조사가 있었겠지만, 어쩌면 그들이 발견할 수 없었던 뭔가를 찾을지도 모른다.

스펠드족의 명예 회복은 그런 작업 도중에라도 어떻게든 된다.

물론 미리스나 중앙대륙에서는 '데드엔드'의 이름이 별로 알려지지 않았다.

어떻게 하면 이름을 팔 수 있을지 또 생각해야만 할지도 모르겠다.

"문제는 도항비용이네요."

제일 큰 문제다.

이 세계에서 바다를 건넌다는 것은 나름대로 특별한 의미가 있는 모양이다.

육로로 다른 나라에 들어갈 때에는 얼마든지 잔재주를 부릴 수 있다지만, 바다만큼은 간단히 건널 수 없다.

특히나 스펠드족은.

"그것 말인데. 루데우스, 이걸 좀 봐라."

그러면서 루이젤드가 꺼낸 것은 종이 한 장.

어제 내게 보여주려다가 말았던 그 봉투였다.

받아들고 보니, 앞쪽에는 휘갈겨 쓴 필적으로 '바크시르 공작에게'라는 글.

뒤쪽은 붉은 밀랍으로 봉인되어 있었다. 거기 찍힌 건 가문의 문장이겠지만 실로 투박한 느낌이었다.

"이건?"

"어제 지인에게 받은 것이다."

지인…. 그러고 보면 루이젤드는 지인을 만나고 오겠다고 그랬다.

"지인이 대체 어떤 사람인가요?"

"가슈 블라슈라는 남자다."

"직업은?"

"모른다. 하지만 꽤나 높은 느낌이었다."

아무래도 가슈와는 40년 전에 만났다는 모양이었다.

마대륙에서 말이다.

루이젤드는 마물의 습격으로 전멸하려는 무리를 구했는데, 그중에 가슈가 있었다는 모양이다.

당시의 가슈는 아직 어린애라서 루이젤드를 보고 공포와 적개심 어린 눈을 하였지만, 헤어질 때에는 꽤나 친해졌다는 모양이었다.

도시까지 도달했을 때 그는 혹시 미리시온에 올 일이 있으면 찾아와달라고 했지만 기회가 없어서 잊고 있었는데, 모험가 구역의 입구에 들어가기 위해 바깥을 돌고 있을 때 문득 '눈'에 비쳐서 떠올랐다나.

그래서 일단 찾아가 볼 생각을 했다지만, 혹시 상대도 잊어버렸을지 모른다는 불안을 가슴에 품고 막상 가 보니, 그쪽은 당연하다는 듯이 기억하고 있어서 성대한 환영을 받았다고 했다.

처음에는 인사 정도로 끝낼 생각이었는데 의기투합.

여태까지의 여행담을 이야기하자, 그럼 웨스트포트에서 바다를 건널 때 이걸 보여주라면서 편지를 한 통 써 줬다는 것이다.

루이젤드와 의기투합.

수족의 규스타브 같은 느낌의 사람일까. 즉석에서 편지를 써 주는 걸 보면 꽤나 높은 위치의 사람인 듯한데….

무슨 내용인지 들여다보고 싶지만, 분명히 이런 건 봉인을 뜯으면 무효가 되던가.

"그 가슈라는 사람, 귀족일까요?"

"글쎄, 수하는 많이 있던데…."

수하.

루이젤드다운 말이었다.

하인이나 그런 걸까. 많다는 말도 애매모호했다.

아무튼 루이젤드의 지인이다. 마음 착한 왕을 꿈꾸는 마왕 후보 중 한 명이라고 해도 이상할 것 없다.

"집까지 갔나요?"

"그래."

"컸나요?"

"컸다."

"어느 정도인가요?"

"키시리스 성 정도는 아니더군."

키시리스 성.

그보다 작다는 걸 보면 호수 중심에 있는 화이트팰리스는 아니겠군.

역시나 왕족은 아닌 모양인데, 그걸 비교대상으로 삼을 정도의 건물인가.

으음.

루이젤드의 지인이니 나쁜 사람은 아닐 듯한데….

파울로가 말하기로, 세관의 책임자인 귀족은 마족을 싫어한다고 했다. 어중간한 사람이면 편지를 줘서 문제가 생길 가능성도 있을 수 있다.

가슈라는 사람이 어떤 인물인지 조사하는 쪽이 좋을까.

아니, 편지를 내밀 때의 루이젤드의 기쁜 표정.

괜히 의심했다가 또 신용 운운하는 이야기가 되어도 문제다.

뭐, 좋아. 어찌 되었든 달리 방법도 생각해야 한다. 여기선 루이젤드의 체면을 세워주자.

그리고 가슈라는 이름에 대해서 나중에 파울로에게 몰래 물어보자.

"알겠습니다. 그럼 이 편지의 힘을 빌려 보죠."

내 말에 루이젤드는 고개를 끄덕였다.

출발은 1주일 뒤.

그때까지 여기서 할 수 있는 일을 끝내두자.

"나는 내일 출발이라도 좋은데!"

에리스의 말에 쓴웃음을 지으면서 작전회의는 끝났다.

제6화   미리시온에서의 1주일

나는 앞으로의 일정을 말하기 위해 수색단의 거점을 찾아갔다.

특이한 데라곤 전혀 없는 2층짜리 건물.

거기의 회의실 같은 장소에서 파울로는 실로 성실하게 일하고 있었다.

십여 명의 남자들 가운데에서 뭔가 이야기를 나누고 있었다.

귀를 기울여 보니 커다란 프로젝트가 움직이는 듯했다.

미리시온에 온 뒤로는 술에 절어 있든가 숙취라는 패턴밖에 보지 못했지만, 이렇게 일하는 모습을 보면 내 아버지는 꽤나 듬직하고 멋있었다.

만나는 타이밍이 안 좋았을 뿐이지, 딱히 매일 술만 마시고 주정만 부리는 것은 아니었다.

그렇게 생각했지만, 이야기의 내용을 들어 보니 아무래도 요한 달 정도는 계속 술에 절어서 제대로 일도 하지 않았다는 모양이었다. 그러다가 어제부터 갑자기 기운을 되찾고 예전처럼 돌아왔다고.

분명 내게 좋은 모습을 보여주고 싶은 거겠지. 즉 저 인간이 일하는 건 나 덕분이다.

하아, 이거야 원. 나도 참 죄 많은 남자구나.

보란 듯이 한탄한 뒤에 파울로가 한가해질 때까지 기다리기로 했다.

가만히 있는 것도 그래서 건물 안을 살펴보다가, 어느 방에서 노는 노른을 발견했다.

주위에는 노른과 비슷한 또래의 아이들도 있었다. 그들은 즐겁게 나무 블록 같은 것으로 놀고 있었다. 아마도 여기는 놀이방 같은 거겠지.

"안녕."

노른과 눈이 마주쳐서 가볍게 손을 들며 말을 걸었다.

그러자 그녀는 놀란 얼굴을 하다가 곧바로 나를 노려보며 손에 들었던 블록을 내게 던졌다.

멋지게 캐치.

"저리 가!"

분명한 거절이었다.

으음, 나는 그녀에게 미움 살 짓을 했던가. 짚이는 거라면 파울로를 때린 것 정도다.

응. 바로 그거겠지.

"저기, 아버님이랑은 분명히 화해했거든요?"

변명을 해 보았지만,

"거짓말!"

노른은 커다란 목소리로 말하더니 재빨리 도망쳤다.

아무래도 꽤나 미움을 산 모양이다.

조금 쇼크.

날 미워하는 상대의 근처에 있기도 그러니까 대합소 같은 장소로 돌아가서 잠시 동안 파울로를 기다리기로 했다.

구석에 앉아 있자니 힐끔힐끔 나를 보는 시선이 느껴졌다.

시선 중에는 어제 유괴를 실행한 이들도 섞여 있었다.

역시 나는 여기서 미움받는 걸까.

불편한 기분을 느끼는데, 피부색이 꽤나 눈에 띄는 사람이 들어왔다.

그녀는 어제의 수수한 차림은 뭐였나 싶은 비키니 아머 차림으로 주위의 시선을 모으다가, 문득 나를 발견하고 다가왔다.

"안녕하세요."

"안녕하세요. 오늘은 어쩐 일인가요?"

비키니 누나는 밝게 미소를 지으면서 고개를 갸웃거렸다.

"예, 아버님을 만나러 왔습니다. 어어."

어어, 이 사람의 이름이 뭐였더라.

아직 못 들었지.

"이런, 자기소개가 아직이었군요. 루데우스 그레이랫이라고 합니다."

일어서서 가슴에 손을 대고 귀족식 인사.

그러자 베라는 당황한 기색으로 손을 흔들면서,

"아, 저기…. 저, 저는 베라입니다. 파울로 단장의 부하 중 한 명입니다."

다소 허둥거리면서 대답했다.

고개를 숙이면 필연적으로 심연의 밑바닥이 보인다.

이건 눈에 독이다. 그리고 독은 때로는 약이 되고, 약은 보양이 된다.

삼가자고 결심했다. 별로 보고 싶지는 않지만, 눈에 들어오면 아무래도 보게 된다.

마음속으로 아무리 뭐라고 결심했더라도 내 시선은 내쫓기는 여우처럼 어느 한 점으로 끌려갔다.

비겁하다.

"어제는 실례했습니다. 아버님은 여난이 다소 안 좋아서 조금 오해를 했습니다."

"아, 아뇨, 괜찮아요. 저도 이런 차림을 했으니까 어쩔 수 없지요."

횡설수설 대답하면서 베라는 설레설레 고개를 내저었다.

그러자 어느 부분도 출렁출렁 흔들렸다.

비키니 아머란 일단 고정은 되는 모양이지만, 진동이 있으면 그게 전해져서 파도친다. 크니까.

아니, 이러면 안 돼… 간신히 시선을 떼어냈다.

"그런 차림으로 너무 남자 앞을 오가지 않는 편이 좋겠어요. 다른 사람들도 눈 둘 곳이 없겠죠. 하다못해 외투를 걸치면 어떨까요?"

"…이유가 있어서요."

베라는 쓴웃음을 지으면서 그렇게 말했다.

기분 탓인지 다른 단원들의 시선이 모인 듯했다.

내가 뭔가 안 좋은 말을 한 걸까…. 모르겠다. 나중에 파울로에게라도 물어보자.

"아버님은 언제쯤 일이 끝날까요?"

화제를 바꾸자 베라는 고개를 갸웃거렸다.

"저기, 한 달 정도 일이 쌓였으니까 한동안은 바쁘시겠죠."

"그런가요…. 일단 저는 7일 뒤에 미리시온을 떠날 예정이니까, 그렇게 전해주시겠습니까?"

"7일인가요? 꽤나 급하네요."

"저희는 항상 이렇거든요."

"그런가요…. 알겠습니다. 지금 쉐라를 불러오겠습니다. 잠시만 기다려 주세요."

그렇게 말하더니 그녀는 서둘러 건물 안쪽으로 뛰어갔다.

잠시 뒤에 로브 차림의 치유술사를 데리고 돌아왔다.

그녀는 내 시선을 받자 신음을 흘리고 베라의 뒤에 숨었다.

"단장의 예정은 꽉 차 있지만, 4일 뒤의 밤에는 시간이 납니다. 식사라면 그때로 부탁하겠습니다."

"억지로 그럴 것까진 없는데요?"

"당신과 말할 때의 단장은 아주 쌩쌩했습니다. 그러니까 억지로라도 부탁드립니다."

쉐라는 뒤에 숨으면서도 담담한 어조로 대답했다.

꽤나 날 싫어하는군. 아니, 무서워하는 걸까?

나로선 뜻밖이지만… 뭐, 됐어.

"4일 뒤의 밤이로군요. 알겠습니다. 숙소로 가면 될까요?"

"평소에 저희 단이 쓰는 레스토랑을 예약해 둘 테니까, 그쪽으로 직접 와 주세요."

쉐라는 담담히 장소와 시간을 알려 주었다.

'레이지 미리스'라는, 상업 구역에 있는 레스토랑이라고 했다.

일단 물어보았는데, 드레스코드는 없는 모양이었다.

하지만 마치 대기업 사장과의 식사 약속이 잡힌 기분이었다.

비서한테 스케줄을 관리하게 하다니, 파울로도 아주 출세했네.

"일행은 있습니까?"

마지막에 그런 질문을 받고 문득 에리스의 얼굴이 떠올랐지만, 동시에 '죽여 주겠어'라고 말하던 것도 떠올랐다.

"아뇨, 혼자서 가겠습니다."

그걸로 이야기는 끝, 나는 건물을 나섰다.

★　　★　　★

1주일은 짧으니까 의미 있게 써야만 한다.

그렇게 생각하여 미리시온의 모험가 길드에 가 보았다.

본부인 만큼 꽤나 거대한 건물이었다. 2층짜리 건물이라서 여태까지 본 길드 중에서 가장 컸다.

그렇긴 해도 나도 거대 건축물이라면 몇 개 보았으니까 그리 감동은 없었다.

일단은 정보부터 모아야지.

주로 피트아령에 대한 것이었지만, 파울로에게 들은 것 이상의 정보는 얻을 수 없었다. 이런 쪽으로 가장 밝은 것은 역시 파울로의 수색단이겠지.

다음으로 조사한 것은 미리시온 주위에 출몰하는 마물의 정보.

마대륙과 비교하면 위협도가 크게 다른 듯했다.

자이언트 로커스트라는 이름의 커다란 메뚜기, 미트컷 래빗이라는 이름의 육식 토끼, 록 웜이라는 이름의 거대한 지렁이 등등.

뚜렷하게 위험성이 낮은 생물이 많았다.

마대륙과 비교하면 사이즈도 작았다.

그 시련의 땅에서는 마물의 크기가 인간의 몇 배나 되는 경우가 흔했다. 우리가 전멸 직전에 몰렸던(과장) 그 파크스 코요테조차도 몸 길이는 2미터 이상.

애시드 울프 등은 3미터 이상의 크기였다.

그레이트 토터스 정도 되면 평균 8미터 안팎, 최대 20미터 이상이었다.

대삼림의 우기에 본 마물도 인간과 비슷한 크기를 가진 마물이 많았다.

그와 비교하면 미리시온 주변의 마물들은 인간의 무릎 정도밖에 안 오는 크기의 생물이 많았다.

크다고 꼭 강한 건 아닌 모양이지만, 크기라는 것은 그것만으로 무기가 된다.

말하자면 미리시온 주변의 마물은 약하다.

안전한 것은 좋은 일이다.

다음으로 스펠드족의 명예 회복에 대해 생각했다.

하지만 이 문제는 어려웠다.

왜냐하면 미리시온에서는 마족을 배척하려는 파벌이 있는 모양이었다.

그걸 선도하는 것이 미리스 성기사단 중 하나인 신전기사단이었다.

그들은 미리스 대륙에서 마족을 배척해야 한다고 소리 높게 주장했다.

그렇기는 해도 현재 미리시온에서 가장 강한 세력을 갖는 것은 그 파벌이 아니라 마족과의 공존을 주장하는 일파였다. 그 수장이 현재의 교황이기 때문에 신전기사단도 눈에 띄게 마족을 배척하지 않았다.

하지만 마족이 시내에서 문제를 일으키면 바로 달려와서 트집을 잡는다는 모양이었다.

대의명분을 얻으면 입장이 약하더라도 세게 나갈 수 있다는 소리다.

루이젤드가 '스펠드족'이라고 주장하고 당당히 활동하면, 당장 신전기사단에게 찍히겠지.

시내에서는 항상 신전기사단의 눈이 번뜩인다.

그렇다면 시외는 어떨까 생각한 나는 어떤 의뢰를 받아보았다.

갓 나붙은 B랭크 의뢰.

근처 마을에서 마물 한 마리가 소동을 부리고 있으니 퇴치해 달라는 것.

거리적으로는 당일치기가 가능한 장소였다.

토벌 대상은 리프 타이거.

본디 대삼림 남부에 생식하는 마물인데, 어떤 이유로 대삼림에서 내려와 이 근처에 정착했다는 모양이다.

그 마물은 녹색 반점을 바탕으로 갈색 무늬가 들어갔기 때문에, 숲속에 숨어 있으면 풍경에 완전히 감춰진다. 그 높은 은밀성과 몇 마리씩 무리지어서 행동하는 탓에 B랭크에 상당하는 마물로 꼽혔다.

하지만 이번 대상은 한 마리고 평지니까 애시드 울프보다도 위험성이 낮다고 할 수 있었다. 위험도로 랭크를 매긴다면 기껏해야 D랭크라고 해야겠지.

마대륙에 있을 무렵에는 이런 의뢰를 보면 기뻐했다.

얼른 가 보니, 마침 녹색 호랑이가 닭을 입에 물고 느긋하게 마을을 나가는 참이었다.

이쪽을 보더니 사냥감을 내려놓고 으르렁거렸지만, 에리스가 맡겨달라고 하더니 얼른 달려가 순식간에 두 동강 냈다.

의뢰 완료, 간단했다.

마을사람들에게 성대한 감사 인사를 받았다.

이 호랑이는 최근 이 근처에서 날뛰면서 가축이나 마을사람들에게도 적지 않은 피해를 냈다는 모양이었다.

평소에는 성기사단이 이 마을 경호에 나서는데, 얼마 전에 이 부근에서 무녀가 습격을 받는 대사건이 있었다나.

신전기사단의 경호는 부대장을 남기고 전멸.

무녀는 아슬아슬하게 목숨을 건졌지만, 부대원을 죄다 잃은 부대장은 그 책임을 물어서 경질되었다는 모양이었다.

최근에는 노예 유괴 같은 수상쩍은 사건도 많아서 기사단도 신경이 바짝 곤두선 판국에 그런 사건이 발발. 그 탓에 교단도 기사단도 정신이 없었다. 그런고로 B랭크라는 위험도 높은 마물이 방치되었고, 어쩔 수 없이 모험가 길드에 의뢰를 냈다고 했다.

뭐, 기사단 운운은 우리랑 관계없는 이야기겠지.

자, 정보를 얻었으면 실험 개시다.

그들에게 스펠드족을 선전한다.

사실 루이젤드는 스펠드족이고, 스펠드족은 전 세계 사람들과 친하게 지내기 위해 선행을 쌓으며 다닌다.

스펠드족은 언뜻 보기엔 접하기 까다로운 종족이지만… 거기서 이 석상의 등장.

이걸 보여 주고 루이젤드의 이름을 말하면, 아무리 무서운 외모의 스펠드족이라도 순식간에 태도가 누그러지고, 손자를 본 완고한 영감님처럼 얼굴이 풀어지고 몇 분 뒤에는 백년지기 소울 브라더가 되겠지.

그렇게 설명했다.

내가 한 말이지만 정말 완벽한 세일즈 토크라고 생각했다.

하지만 촌장은 미묘한 얼굴을 했다.

루이젤드 개인에게는 감사하지만 이 정도로는 마족 전체에 대한 편견이 사라지지 않고, 미리스 교도인 자신들이 마족의 석상을 갖는 것에는 거부감이 있다.

그렇게 말하며 석상을 도로 밀어냈다.

실험은 잘 되지 않았다.

역시 첫 걸음부터 잘 풀리진 않는 모양이었다.

아니면 역시 미소녀 피겨가 아니면 안 되는 걸까.

지금부터라도 루이젤드 피겨의 여체화를 검토해야 할까.

아니, 그래선 의미가 없다.

"이런 것을 만들었나…."

미리시온으로 돌아오는 도중에 루이젤드가 피겨를 뚫어지게
바라보며 감탄했다.

"그래, 루데우스는 이런 걸 아주 잘 만드니까!"

그리고 그걸 보며 왜인지 에리스가 자랑스러워했다.

이번에는 거절당했지만, 내 피겨는 상당한 가격으로 팔 수 있
다.

수족의 검왕님이나 어느 나라 왕자의 눈에도 드는 걸작이고.

왕실에 납품하는 퀄리티라고 해도 과언이 아니다.

…그렇게 생각하면서 콧대가 높아졌는데,

"하지만 이 자세는 빈틈투성이로군."

"그래, 자세는 좋지 않아. 더 자세를 낮추고…."

마지막에는 안 좋은 소리를 들었다.

뇨롱～.

★　　★　　★

사흘 뒤, 회식 전날.

가족과의 회식이지만 입고 갈 옷이 없었다.

드레스코드는 없는 모양이지만, 마대륙에서 구입한 옷은 이 부근에서는 다소 꾀죄죄하게 보였다.

그런고로 에리스와 옷가게를 보러 다녔다.

말하자면 데이트다.

하지만 그렇게 대단한 것은 아니었다.

에리스는 옷을 산다는 것에 대해 그리 적극적이지 않아서 아무래도 좋다는 느낌이었다. 그런 그녀의 옷도 구입하고 싶었다.

앞으로는 인간의 영역. 선입관은 겉모습에서 시작된다고 하고, 하다못해 첫인상으로 얕보이고 싶지 않을 정도의 옷차림을 하고 싶었다.

이 자리에 누군가 최근 옷에 대해 잘 아는 사람이라도 있으면 조언을 구하겠지만, 내가 아는 사람이라고 해도 원숭이 얼굴의 신입이나 베라 정도였다. 원숭이 얼굴의 신입은 어디에 있는지 모르겠고, 베라와는 뭘 부탁할 만큼 친한 것도 아니다.

그러니까 길을 가는 사람들의 복장을 보고 판단하기로 했다.

에리스와 둘이서 길가에 앉아 '취미는 인간 관찰입니다'라고 말하듯이 사람들을 구경했다.

다소 푸른빛의 옷을 입은 사람이 많았다.

그 위에 겉옷을 걸치거나 아니거나. 날씨가 좋은 덕분에 겉옷을 입더라도 얇은 편이었다.

"최근 유행은 파란색인가 보네요."

"루데우스한테 파랑은 안 어울려."

에리스는 그렇게 잘라 말했다.

뭐, 유행의 최첨단을 따를 생각은 애초에 없지만.

"그럼 어떤 게 어울린다는 말인가요?"

"기스한테 받은 거 있잖아. 그거면 돼."

그 모피 조끼 말인가.

다만 그건 사이즈가 조금 컸다. 품이 남아서 코트 같은 꼴이 된다.

그렇긴 해도 착용감이 나쁘진 않으니까 다소 쌀쌀한 날에는 입지만….

"그것도 나쁘진 않지만, 조금 크니까요."

"그래. 분명히 조금 길었어. 자르면 어때?"

"아깝잖아요. 키도 자랄 텐데."

그런 대화를 주고받으면서 살 것을 정했다.

그리 시간이 걸리지 않았던 것은 역시 나와 에리스가 옷차림에 대해 관심이 없다는 걸 보여 주겠지.

그렇게 생각했지만, 에리스는 마지막에 검은색 원피스를 샀다.

꽤나 멋스러운 느낌의 옷으로, 검은 천에 하얀 장미 자수가 들어갔다.

"에리스, 그거 살 건가요?"

"…뭐야, 안 돼?"

"아뇨, 잘 어울리겠어요."

"흥, 그런 빈말 필요 없어."

그런 대화로 그 날의 쇼핑은 끝났다.

회식날.

나는 출발 전에 루이젤드와 에리스에게 한마디 했다.

"오늘 밤에는 아버지와 식사를 하고 오겠습니다."

그렇게 말하자 루이젤드는 안도한 표정을 지었다.

"그래, 다녀와라."

따스한 눈이었다.

이런 얼굴을 하는 것은, 역시 루이젤드로서는 내가 파울로와 화해하길 바라기 때문이겠지.

그런 말을 들을 것도 없다.

오늘은 파울로와 오붓하게 친목을 다지고 돌아오기로 하자.

"나도 갈래!"

그 말에 고개를 돌려보니, 에리스는 팔짱을 끼고 평소의 포즈로 날 내려다보고 있었다.

"저기…"

"뭐야, 안 돼?"

저번 일이 없었으면 쌍수 들고 환영하겠는데, 에리스는 아직 파울로에게 적의를 품고 있었다.

살의라고 바꿔 말해도 좋을 정도로 강했다.

마음을 이해하지 못할 건 아니지만, 나는 파울로와 화해하기로 결심했다.

그것뿐이라면 에리스와 파울로를 친하게 만들기 위해 이것저것 수도 써 보겠는데, 이번에는 일단 몇 년 만의 가족모임이었다.

나와 노른의 사이도 개선해야만 한다.

내친 김에 말하자면 혼자서 가겠다고 말했고.

"에리스는 숙소를 지켜 주면 안 될까요?"

그러니까 에리스더러 한 발 물러나달라고 했다.

폭탄을 껴안고 불바다에 뛰어들 순 없다.

그녀와 함께 현장에 가는 건 내가 에리스와 더 친해진 뒤의 일이다.

"싫어! 나도 갈래!"

뭐, 에리스라면 그렇게 말하겠지.

에리스는 '사양'이란 말을 모른다.

"루이젤드 씨도 뭐라고 좀 해 주시면 안 될까요?"

"……."

내가 한 마디 하자, 루이젤드는 생각하듯이 턱에 손을 대었다.

노려보는 듯한 눈초리로 나와 에리스를 교대로 보았다.

"아니, 화해했으면 문제없겠지? 둘이서 다녀와라."

오오. 적으로 돌았나.

저번에는 에리스를 때려서라도 막아 주었는데….

어쩔 수 없지. 2대1, 이번에는 민주주의에 따르기로 하자.

"루이젤드 씨가 그렇게 말한다면…."

"흥, 당연해!"

"다만 에리스, 저는 아버님과 관계를 개선하고 싶으니까요. 예의바르게 굴어 주세요."

"…알았어!"

내 경험상 이건 '모를 때의 알았어'인데….

괜찮으려나.

그 뒤로 나는 새로 산 옷을 입고 새로운 나, 뉴데우스가 되어서 레스토랑으로 향했다.

지난번에 산 원피스를 입은 뉴에리스와 함께.

최대한 큰길을 따라서 갔다.

뒷골목에는 유괴범이 많고, 경우에 따라서는 피의 비가 내리기 때문이다.

피로 옷이 더러워지면 큰일이다.

대로도 위험이 많았다. 식사 때인 탓도 있어서 노점에서 고기 꼬치 같은 걸 산 사람들이 다녔다. 쿵 하고 부딪쳤다가 철퍽 하는 건 자명한 이치다.

또 에리스와 그들이 부딪쳤다간 보레아스 펀치로 피가 튀어서 우리의 옷도 새빨갛게 물들겠지.

고로 나는 마안의 봉인을 풀었다.

1초 앞을 보면서 인파를 멋지게 피했다.

그런 식으로 괜하게 능력을 사용하는 도중에 도착했다.

'레이지 미리스.'

예약이라고 그래서 잔뜩 긴장했는데 극히 평범한 가게였다.

여관에 딸린 게 아닌 주점으로, 도시 사람들이 많은지 손님 층에 살벌한 느낌이 없었다.

가게 직원에게 이름을 말하자, 나와 에리스는 쉽사리 자리로 안내받았다.

두 사람이었는데도 딱히 아무 말 없었다.

"죄송합니다, 조금 늦었나요?"

쓴웃음 짓는 파울로와 뚱한 표정의 노른이 앉아 있었다.

"아니…. 미안하구나. 쉐라가 잔뜩 기합이 들어가서 말이지. 그냥 항상 보던 데서 봐도 된다고 했는데…."

"가끔씩은 좋잖아요."

그렇게 말하면서 나도 자리에 앉으려다가, 에리스가 노른과 비슷한 표정으로 뚱하니 있는 것을 보고 멈추었다.

첫 대면인 건 아니지만 제대로 소개하는 편이 좋겠지.

"저기, 아버님, 이쪽은 에리스. 저번에도 말했지만, 필립 씨의 따님으로 보레아스의…"

"아니, 됐어. 알고 있다."

파울로는 나를 제지하듯이 일어섰다.

에리스와 마주보며 똑바로 서서 가슴에 손을 대고 인사 정도로 고개를 숙였다.

필립과 맞먹게 세련된 인사였다.

"인사드립니다. 루데우스의 아버지, 파울로 그레이랫입니다."

"…에, 에리스 그레이랫이야…입니다."

에리스는 한방 먹은 듯한 얼굴로 나를 보려고 했지만, 그래도 파울로에게서 시선을 떼지 않았다.

뚱한 표정인 채로 스카트 자락을 잡고 어색하게 인사했다.

날뛸 타이밍도, 소리칠 타이밍도 놓친 느낌이었다.

제법이군, 파울로. 여자를 다루는 법이 역시나 능숙하잖아.

아니, 그런 인사도 할 수 있었나?

"자, 앉을까."

아무튼 이렇게 그레이랫 가문의 회식이 시작되었다.

일단 나와 에리스는 자리에 앉았다.

에리스는 지금으로선 조용하지만 무슨 일이 생기면 금방 이빨을 드러내겠지.

파울로도 어색한 표정.

노른도 고개를 돌린 채였다.

아무래도 분위기가 안 좋았다. 역시 에리스를 이 자리에 데려온 게 잘못이었을까.

그렇게 생각한 건 나만이 아니었던 모양이다. 파울로도 난처한 얼굴로 노른에게 말을 붙였다.

"자, 노른. 오빠다. 인사해야지."

"싫어. 아빠를 때린 사람하고 밥 먹기 싫어."

그 말에 에리스가 울컥한 표정으로 입을 열려고 했지만, 그전에 파울로가 노른을 야단쳤다.

"그런 말 하면 안 되지. 아빠도 잘못을 해서 맞은 거야."

"아빠, 나쁘지 않아."

노른은 볼을 불룩 부풀리면서 실로 귀엽게 토라졌다.

"아빠랑 오빠는 이미 화해했어. 그렇지, 루디?"

어차, 갑자기 나한테 공이 넘어왔나.

하지만 여기선 위트 넘치는 대답으로 나의 탁월한 커뮤니케이션 능력을 보여 줘야겠지.

"물론이지요. 뭣하면 키스도 할 수 있어요."

"어?"

"어?"

자리가 얼어붙었다.

아들과의 키스는 싫다는 말인가…라고 생각했지만, 나도 아버지와의 키스는 싫군.

실언이었다.

"어, 어어… 아빠랑 오빠는 화해했으니까, 노른도 오빠랑 화해해야지, 응?"

"싫어."

파울로가 노른의 머리를 가볍게 쓰다듬었다.

노른의 머리칼은 아름다운 금발.

이 머리를 보니 제니스가 떠올랐다.

제니스도 마음에 들지 않는 일이 있으면 이런 식으로 토라져서 파울로를 난처하게 만들었다.

이런 점은 부모의 피를 물려받은 걸지도 모른다.

노른은 한동안 파울로의 손길을 가만히 받아들였지만, 나를 날카롭게 노려보았다.

살짝 올려다보는 눈초리. 자기 딴으로는 무섭게 한다고 했을지 모르지만 그저 귀여울 뿐이었다.

"아빠 정말 애썼어."

그게 나를 향한 말이라는 건 금방 알 수 있었다.

그래서 나는 대답했다.

"예, 알고 있어요."

"여자랑 논 적 없어."

"들었어요. 의심해서 미안해요."

"나한테도 잘해 줬어."

노른의 눈에 그렁그렁 눈물이 맺혔다.

이런. 안 좋은 말을 했을까. 울리면 안 되는데.

"아빠, 항상 울 것만 같았어!"

"…그런가요?"

"아니, 최근에는…."

노른이 울려고 하는 바람에 나와 파울로는 허둥거리며 문답했다.

"아빠는 불쌍해!"

"……."

"……."

"그런데 때리다니, 못됐어!"

나는 그걸 보고 마음속으로 깊이 한숨을 내쉬었다.

파울로와 노른은 함께 전이했다. 그 경위에 대해서는 들었다.

도중에 노른이 앓기도 했고 마물의 습격도 받은 모양이었다.

그걸 지켜 온 것은 파울로였다.

어머니와 떨어져서, 메이드와 떨어져서, 여동생과 떨어져서, 불안이 가슴을 조이는 가운데 파울로는 유일한 아군이었고 유일하게 기댈 수 있는 가족이었다.

그걸 느닷없이 나타난 남자가 올라타고 두들겨 팼다.

트라우마가 될지도 모르는 상황이었다.

"노른, 그건 아빠가…."

"아버님, 어쩔 수 없어요."

하다못해 조금만 더 컸으면 대화로 풀 수 있을지도 모른다.

하지만 이 나이에는 어렵겠지.

서로 잘못한 부분이 있고, 그걸 서로 인정하며 납득했다―라고 이해시키기에는 아직 너무 어리다.

"노른은 아직 어리고, 혹시 제가 반대 입장이었으면 아버지를 때린 녀석을 용서하지 않았을 테니까요."

여기서 노른에게 미움을 사는 건 어쩔 수 없다.

앞으로 몇 년 지나고 천천히 이야기를 나누면 된다.

그때는 노른도 분명 알아주겠지.

시간은 유한하지만, 만사를 진정시키는 힘이 있으니까.

"아니."

하지만 파울로는 그렇게 생각하지 않은 모양이었다.

"어쩌면 이제 단둘뿐인 남매일지도 모르지. 화해해야 해."

단둘뿐인 남매일지도 모른다.

그 의미를 생각하고 나는 눈썹을 찌푸렸다.

"아버님이 그렇게 불길한 말씀 하지 마세요."

"…그렇군. 미안하다."

어차, 이런.

분위기가 무거워졌다.

여기선 분위기를 읽자.

"그런데 아버님, 이 가게의 명물은 뭔가요? 오늘은 점심을 걸렀더니 배가 고픈데."

노골적인 화제 변경이었지만 파울로도 눈치 빠르게 받아주었다.

어색한 미소를 지으면서도 대답해 주었다.

"음, 그렇군. 남쪽 바다에서 잡은 어패류 스튜가 맛있지. 그리고 소고기. 이 근처에는 소를 치는 농가가 많아. 아슬라 소고기는 맛이 달라서 푹 고는 경우가 많지만 진한 맛이 중독성 있어."

"그거 기대되네요. 마대륙에선 진짜 고기가 맛이 없어서."

"그레이트 토터스였나? 마물 고기는 보통 맛이 없지."

그런 느낌으로 파울로와는 대화가 잘 통했는데, 노른은 고개를 돌린 채였다.

파울로가 말을 걸면 대답은 하지만, 내 쪽은 결코 보지 않았다.

어쩔 수 없다, 어쩔 수 없다 생각하면서도 좀 느껴지는 바가 있었다.

저번에 내가 파울로를 상대로 한 짓이다. 가슴이 아프다. 파울로에겐 미안한 짓을 했다.

에리스는 그런 노른의 태도가 마음에 들지 않는지, 노른 쪽을 바라보았다.

싸우진 말아 줬으면 싶은데… 일단은 그냥 놔두자.

"그러고 보면 아버님, 여쭙고 싶은 게 있는데요."

"뭔데?"

"가슈 블라슈라는 사람을 아시나요?"

"…아니, 모르겠군. 어디서 들은 이름이지?"

그래서 나는 루이젤드가 가져온 편지에 대해 물어보기로 했다.

일단 문장도 베껴 그려 왔기에 그것도 보여주었다.

"양, 매, 검인가. 수호기사의 가문이로군. 하지만 가슈 블라슈라는 이름은 기억에 없다. 나도 미리스 귀족에 대해 그리 밝은 게 아니까…."

"그런가요…. 쉐라 씨한테 물어보면 알려나요?"

"글쎄. 나중에 물어보지."

루이젤드가 가져온 편지에 일말의 불안을 느끼면서도 그 이야기는 거기서 끝났다.

그 뒤에는 또 잡담.

생일 이야기.

내 열 살 생일 한 달 전부터 숲의 마물이 활성화되었다고 했다. 파울로와 제니스는 그 대응에 쫓겨서 생일 선물을 보낼 틈이 없었다는 모양이었다.

마물의 활성화 자체는 생일 전날에 수습되었다지만, 슬슬 선물을 보낼까 싶었을 때에 전이했다고.

에리스는 그 이야기를 듣고 입을 오리처럼 삐죽 내밀었다.

그러고 보면 내 열 살 생일 때 파울로가 못 온다는 말을 듣고 슬픈 얼굴을 했었지….

"그런데 뭘 주실 생각이었나요?"

"나는 팔보호대였지. 창고 안에서 발견한 거라서 미안하다 싶었지만, 일단 미궁 안에서 발견한 마력부여품이야. 깃털처럼 가볍지만 나한테는 사이즈가 안 맞아서 루디한테는 맞을까 싶어서 말이다."

"헤에, 그런 것도 있었나요."

"그래. 제니스 쪽은 비밀이라고 했는데, 리랴는 잠겨 있는 작은 상자를 만족스럽게 바라보았으니까 그거겠지."

"상자인가요?"

대체 뭐였을까, 조금 궁금해지는 이야기다.

뭐, 손에 넣을 수 없었던 것을 가타부타 말해 봤자 소용없지.

이야기는 차츰 제니스의 집안 화제로 넘어갔다.

제니스의 본가는 우수한 기사를 여럿 배출한 명가라는 모양인데, 제니스는 거의 연을 끊은 상태라서 내 조부모님은 수색에 그리 협력적이지 않았다는 모양이다.

하지만 노른을 보고 태도를 확 바꾸었다고 했다.

어느 세계든지 조부모는 손주에게 약한 법이다.

"제가 얼굴을 비추면 자금을 더 받을 수 있을까요?"

"아니, 너라면 역효과겠지…."

"…그렇겠죠."

손주의 귀여움을 연기할 수는 있지만, 못자리를 파는 꼴이 되겠지.

그만두자.

그런 이야기를 하는데 식사가 나왔다.

"자, 먹자. 뭐부터 먹을까…."

보란 듯이 포크를 이리저리 움직이는 파울로.

"분명히 배가 고프네……!"

에리스도 그렇게 중얼거리면서 테이블에 차려진 요리를 빛나는 눈으로 둘러보았다.

이 두 사람 쪽이 부모자식 같군.

파울로와 필립은 사촌이라고 했으니까 닮은 걸지도 모르겠지만.

뭐, 지금은 노른의 앞이다. 오빠다운 모습을 보여줘야겠지.

"아버님, 예의가―."

"아빠, 그럼 안 돼! 먹기 전에 기도 안 하면 안 돼!"

내가 말하려는 때에 노른이 반사적으로 그렇게 말했다.

노른이 놀란 얼굴로 내 쪽을 보았지만, 곧 휙 고개를 돌렸다.

"하하, 이거 한 방 먹었군."

"…알고 있어."

파울로는 뒤통수를 긁적이면서, 에리스는 떨떠름한 느낌으로 다시금 의자에 앉았다.

그 뒤에 다 같이 미리스식 기도를 했다.

두 손을 모으고 몇 초 동안 눈을 감을 뿐인 기도.

나도 에리스도, 그리고 아마 파울로도 미리스 교도가 아니지만, 먹기 전의 '잘 먹겠습니다'와 비슷하다. 로마에 가면 로마 법을 따르라. 아무도 군소리 없이 그 포즈를 취했다.

하지만 기도를 마쳤을 때 왠지 모르게 노른과 에리스의 기분이 나아진 듯했다.

그 뒤에 또 잡담을 나누면서 즐겁게 식사를 마쳤다.

즐겁다고 해도 대화가 오간 것은 나와 파울로뿐이지, 결국 노른은 끝까지 고개를 돌린 채였고 에리스도 시종일관 침묵을 지켰다.

파울로도 몇 번이나 그녀에게 말을 붙이려고 했지만, 그녀에게서 날아오는 살기를 느꼈는지 결국에는 말을 거는 일이 없었다. 긁어 부스럼을 만들 것도 없지.

에리스는 레스토랑을 나온 뒤에 "흥, 이번에는 주먹이 나오지 않았네."라고 작은 목소리로 말했다.

파울로가 나를 때리거나 고함을 질렀으면 에리스가 어떻게 움직였을지 상상하기도 싫다.

하지만 아무 일도 없었기에 파울로를 향한 에리스의 살기가 다소 누그러진 듯했다.

그럼 의미 있는 식사 자리였다고 할 수 있겠지.

순식간에 1주일이 지나갔다.

여행을 떠나는 날, 장소는 모험가 구역의 입구.

마차를 타고 출발하려는 때에 파울로가 배웅 나왔다.

"루디. 조금 더 있다 가도 좋지 않냐?"

파울로는 그렇게 붙잡는 말을 했지만 이미 때늦은 말이었다.

"조금 더, 조금 더 하다가 1년 정도는 머물러 있을 것 같아요."

"노른이랑도 화해 못 했잖아."

"노른과의 관계는 나머지 가족들을 찾은 뒤라도 늦지 않아요."

그리고 나는 에리스를 슬쩍 보았다.

에리스는 루이젤드에게 목덜미를 붙잡힌 모습으로 악귀 같은 얼굴로 파울로를 노려보고 있었다.

마음 전환이 빠르다고 생각했는데, 그것도 아니었던 모양이다.

"가족을 만나고 싶은 건 꼭 저만이 아니고요."

"그래, 하지만 보레아스 가문은 아마….'

"그만두세요."

복잡한 표정을 하는 파울로의 말을 나는 손으로 제지했다.

"정보가 오지 않았을 뿐이지 우리가 피트아령에 도달할 무렵에는 필립 님이나 사울로스 님도 돌아왔을지도 모르지요."

"…그래. 그렇군. 하지만 말이다, 루디."

파울로는 진지한 얼굴로 말했다.

"너무 낙관하진 마라. 혹시 필립이나 다른 이들이 무사히 돌아왔다고 해도 그 정도 규모의 재해면 어떻게 될지 모른다."

"무슨 의미인가요?"

파울로는 다소 목소리를 낮추어서 말했다.

"필립의 형 제임스가 자기 몸을 지키려고 모든 책임을 누군가에게 뒤집어 씌울 가능성이 크다는 소리야."

듣고 보니 분명히 그럴 듯한 이야기였다.

영주 사울로스와 시장 필립. 그들은 영지의 책임자다.

무사히 돌아와도 영토, 영민을 잃은 책임은 돌아온다.

아슬라 왕국의 법에서 귀족의 책임을 어떻게 묻는지는 모르지만, 적어도 두 사람이 무사히 고향에 돌아왔다고 해도 영주로의 힘을 제대로 발휘할 수는 없겠지.

어쩌면 필립의 형을 방해하고 정치적으로 두들기기 위해 혼란을 틈타 두 사람을 모살할 가능성도 크다.

"무슨 일이 있든 그 아가씨는 네가 지켜 줘라. 귀족의 의무를 들먹이는 녀석이 있을지도 모르지만, 신경 쓸 것 없으니까."

"예. 명심하겠습니다."

나는 긴장한 얼굴로 끄덕였다.

파울로도 자랑스러워하는 표정으로 끄덕였다.

"그리고 그 편지의 주인 말인데, 쉐라도 모른다는 모양이야."

"그런가요…."

"위험인물은 아닐 거라고 했는데."

"알겠습니다. 고맙다고 전해 주세요."

파울로는 고개를 끄덕였다.

그리고 뒤를 돌아보더니 거기에 있는 소녀에게 말을 건넸다.

"자, 노른. 오빠한테 인사해야지."

"…싫어."

노른은 파울로의 뒤에 숨어 있었다.

고개를 반쯤 내민 모습이 참 귀여웠다.

장래에는 제니스를 닮은 미인이 되겠지.

"노른, 몇 년 뒤일지 모르겠지만 또 만나요."

"……싫어."

노른은 끝까지 나를 똑바로 쳐다보지 않았다.

나는 쓴웃음을 지으면서 마차로 돌아갔다.

이렇게 나는 미리시온을 떠났다.

★ 파울로 시점 ★

루데우스가 떠났다.

여전히 우수한 녀석이다.

차례로 척척 결단하고 척척 행동한다.

엘리나리제는 나더러 너무 성급하게 산다고 말했지만, 루데우스를 보면 뭐라고 생각할까.

만나게 해 주고 싶은데….

아니, 만나지 않는 편이 좋아.

나는 엘리나리제의 아버님이 되고 싶지 않아.

그런 생각을 하는데 어깨를 두드리는 손이 있었다.

돌아보니 원숭이 얼굴의 남자가 히죽히죽 웃고 있었다.

"여어, 파울로. 아들과의 작별은 끝냈어?"

"기스…."

이 원숭이 얼굴의 남자에게는 아무리 감사해도 부족하다.

이 녀석이 없었으면 나는 루데우스와 사이가 틀어진 채였겠지.

"너한테는 신세졌군."

"됐어."

그때 나는 기스가 여행자 차림새인 것을 깨달았다.

"뭐야, 기스. 어디 가려고?"

"어디로 갈 건지는 아직 안 정했지만, 아직 못 찾은 곳은 많잖아?"

그 말에 나는 기스가 수색을 계속해 준다는 것을 깨달았다.

충격이었다.

기스는 파티 해산으로 가장 고생한 남자였다.

싸울 힘은 없고, 뭐든지 할 수 있지만 아무것도 못 한다. 다른 파티에도 들어갈 수 없고 혼자서 의뢰를 처리하지도 못하는, 모험가를 단념할 수밖에 없었던 녀석이었다.

나를 가장 원망해도 이상하지 않을 녀석이었다.

"너, 왜 그렇게 열심히 찾아 주는 거야?"

그렇게 묻자, 원숭이 얼굴의 입가를 일그러뜨리면서 평소처럼 허무한 느낌으로 웃었다.

"징크스야."

여느 때처럼 그렇게 말하고 등을 돌렸다.

나는 허리에 손을 짚으며 쓴웃음을 지었다.

저 녀석의 징크스는 너무 많아서 알 수가 없다.

하지만 뭔가 마음 따뜻한 것을 느끼면서 기스의 뒷모습이 보이지 않게 될 때까지 지켜보았다.

"좋아."

나는 기세 좋게 말하고 노른을 어깨 위에 태웠다.

의욕이 넘쳐났다.

일단은 난민의 이동을 성공시키자. 그 뒤에 반드시 가족을 찾아내 주지.

그렇게 결의하고 도시로 돌아갔다.

막간 에리스의 고블린 토벌

갑작스럽지만 크리프 그리몰이라는 소년의 이야기를 하자.

크리프는 현재 12세. 에리스와 루데우스의 딱 중간 나이이다.

그는 철들 무렵에 고아원에 있었다.

미리시온의 고아원으로, 미리스 교단의 위신이나 권위의 상징이라고 할 수 있는 고아원이었다.

당연히 경제적으로 고생할 일은 없는 곳으로, 아이들도 불편

함 없이 성장하여 양부모를 만나게 된다.

그런 유복한 고아원에서 자란 크리프는 다섯 살 때 현재의 양부모 밑으로 들어갔다.

해리 그리몰이라는 이름의 노인이었다.

그는 미리스 교단 안에서도 높은 지위를 가진 인물이었다.

크리프는 해리와 가족이 된 뒤로 영재교육을 받아서 몇 년 만에 치료, 해독, 신격 마술을 상급까지 습득. 공격 마술도 모든 속성에서 중급까지 다룰 수 있고 불 마술의 경우는 상급까지 쓸 수 있었다.

크리프는 천재였다.

주위에서는 칭찬이 쏟아졌고, 장래에는 분명 훌륭한 사람이 될 게 틀림없다며 모두에게 기대를 모았다.

루데우스와 많이 비슷한 유년기였다고 할 수 있겠지.

하지만 전생의 기억을 가진 루데우스와 달리 크리프는 콧대가 높아졌다.

콧대가 이마 위까지 올라갈 정도로 잘난 척했다.

교사진 중에서도 크리프만큼 다채롭게 마술을 다루는 이가 없었다. 치유 마술을 성급까지 다루는 사람은 있었다. 해독 마술을 성급까지 다루는 사람도 있었다. 하지만 모든 마술을 상급까지 쓰는 건 크리프뿐이었다.

그 다채로움 덕분에 현자의 가능성이 엿보인다는 이야기까지 들었다.

크리프는 더욱 콧대가 높아졌다. 교사의 이야기를 차츰 듣지 않게 되었다.

장래에 크리프는 양아버지의 직업을 잇게 된다.

크리프는 그걸 이해했지만, 그는 현재 모험가를 동경하고 있었다.

왜 모험가일까.

그건 고아원에서 지냈던 시기의 사건에 이유가 있었다.

고아원 출신 중에는 모험가가 많다. 고아원의 아이는 열 살까지 양부모를 찾지 못하면 미리스 교단이 경영하는 학교에 들어갈 수 있다.

거기서 5년 동안 훈련을 받는다. 검술이나 마술처럼 싸우기 위한 수업이다. 그렇게 자신의 재능에 맞는 직업으로 나아간다.

공부도 검술도 마술도 우수하면 기사가 될 수 있지만, 대부분의 사람은 모험가가 되었다.

고로 고아원 출신에는 모험가가 많고, 그들은 곧잘 고아원을 찾아왔다.

과거의 선생님에게 인사하는 동시에 고아들에게는 즐거운 모험담을 들려주었다.

고아들은 그걸 듣고 모험가를 동경했다.

크리프도 예외는 아니라서 모험가를 동경했다.

물론 크리프는 그 꿈이 이루어지리라고 생각하지 않았다.

동경하긴 했지만, 자신의 현재 상황도 잘 이해했다. 고아원 출신인 이상 제멋대로 굴 수 없었다.

참았다…. 그래, 처음에는.

답답한 생활은 크리프의 마음에 울분을 쌓았고, 계속 칭찬받는 매일은 크리스를 거만하게 만들었다.

크리프는 어느 날 집을 뛰쳐나가서 모험가로 등록하기로 했다.

힘을 조금 시험해 볼 생각이었다.

교사들 중에는 과거에 모험가로 유명한 사람도 있었다. 자기도 젊을 적에 그런 경험을 쌓아두고 싶은 거라며 스스로를 설득하고 준비를 개시.

열 살 생일에 양아버지에게 받은 지팡이를 손에 들고 신성 구역을 나와 모험가 구역으로 들어가서 마술사답게 로브를 구입. 파랑색으로 했다.

그대로 모험가 길드로 들어갔다.

치유술사로 등록하면 금방 교단에게 들킬 테지만, 마술사라면 괜찮다.

그런 얕은 생각을 하면서 모험가 등록을 마쳤다.

이걸로 나도 어엿한 모험가.

아직 못 본 세계를 향한 대모험이 기다리고 있다.

두근거리는 마음으로 주위를 둘러보니 하나 같이 건장한 남자들이었다.

전사나 검사들이란 게 한눈에 보였다.

크리프는 고아원 선배에게서 어떤 파티든 우수한 마술사를 애타게 탐낸다는 이야기를 들었기에, 자기가 마술사라고 밝히면 금방 파티에 들어갈 수 있을 거라고 생각했다.

크리프는 모험가 랭크의 이야기를 흘려들었던 것이다.

그는 파티란 것을 랭크에 관계없이 짤 수 있다고 생각했다.

"아니, 무리야."

당연하게도 거절당했다.

매몰차게 거절당했다. 계속해서 거절당하다가 네 번째에 크리프는 인내심의 한계에 도달했다.

"대체 뭐야! 왜 내가 파티에 못 들어가는데!"

"그러니까 랭크가 다르다고 말했잖아."

"랭크가 다 뭐야! 사실 난 A랭크 정도로 강해! 하지만 어쩔 수 없으니까 너희로 참아 주겠다고 하는 거잖아!"

"뭐라고…. 꼬맹아, 너무 잘난 척 마라! 마술사가 이 거리에서 싸움을 걸고 이길 수 있을 줄 아냐…."

"검밖에 쓸 줄 모르는 멍청이 주제에 떠들지 마!"

"이 썩을 놈이…."

크리프는 멱살을 잡혔다. 하지만 이 녀석을 물리치면 자신의 힘을 보일 기회라고도 생각했다.

"그만둬. 어른스럽지 않게."

그렇게 말하며 끼어든 것은 크리프와 비슷한 나이의 빨강머리 소녀였다.

★　　★　　★

이야기는 되돌아간다.

에리스 보레아스 그레이랫은 루데우스나 루이젤드와 헤어진 뒤에 모험가 길드로 발을 옮겼다.

그녀는 옆에서 보면 미소가 절로 나올 정도로 히죽거리면서 재빨리 대로를 걸어갔다.

복장은 평소처럼 모험가풍 복장.

두꺼운 옷에 가죽 프로텍터. 가죽 바지에, 바닥은 얇지만 튼튼한 소재로 만들어진 부츠. 허리에는 검을 차서 한눈에 검사라고 알 수 있었다.

평소에 쓰는 후드는 쓰지 않았다. 모험가 길드에서 그 후드를 쓰면 마술사로 오해를 사서 이상한 남자들이 꼬여든다는 건 1년 동안 몇 번이나 경험했다.

에리스는 모험가 길드 앞에 도착했다.

미리시온의 모험가 길드는 대로 안쪽에 있었다.

본부인 만큼 모험가 구역에서 가장 큰 건물이었다.

그 위풍당당하고 거대한 모습에 기죽는 일도 없이 에리스는 안으로 들어갔다.

그리고 그 광대한 로비를 보며 무심코 팔짱을 낄 뻔했다. 왜냐면 거기는 로아에 있는 저택의 홀 정도가 아니라 여태까지 본 어떤 모험가 길드보다도 넓었기 때문이었다.

혹시 처음 모험가가 되려는 소년소녀가 있다면 그 널찍한 모습을 목격하고 주저하겠지.

하지만 지금 여기에 있는 건 에리스다.

그녀는 A랭크. 부족함 없는 모험가. 곧 목적하는 곳으로 발을 옮겼다.

의뢰 게시판이었다.

다른 곳보다도 훨씬 큰 그 게시판에는 의뢰가 비좁게 붙어 있었다.

에리스는 팔짱을 끼고 그것을 보았다.

평소에 보던 B랭크 의뢰가 아니라 이번에는 E랭크 부근.

그중에서도 자유의뢰로 분류된 것을 찾았다.

자유의뢰란 나라가 정기적으로 발행하는 의뢰다. 보수는 적지만 긴급도가 높기 때문에 어느 랭크의 모험가라도 받을 수 있다.

마대륙에서 이걸 볼 수 없었던 것은 나라가 없기 때문이다.

에리스는 그중에서 목적하던 것을 찾아냈다.

프리

- 일 : 고블린 토벌
- 보수 : 귀 하나당 미리스 동화 10닢

- 일의 내용 : 고블린 숫자 줄이기
- 장소 : 미리시온 동쪽
- 기간 : 딱히 없음
- 의뢰주의 이름 : 미리스 성당기사단
- 비고 : 신인은 때때로 발생하는 홉고블린에 주의. 또한 이 의뢰는 떼어내지 말고, 수집한 것을 카운터에 그대로 가져오세요.

고블린은 숲과 평원의 경계 부근에 사는 마물이다.

인간의 형태를 하고 간소한 무기를 쓰지만, 인간의 말을 알아듣지 못한다. 몇 마리 정도라면 내버려둬도 좋지만, 그냥 놔두면 계속 불어나 주변 마을을 습격하기 시작해서 피해를 낸다.

그렇다고 해도 숲의 경계에 살기 때문에 숲에서 발생하는 마물의 방파제 구실을 한다.

또한 고블린은 약해서 검에 조금 익숙한 정도의 소년이라면 충분히 상대할 수 있다.

모험가 길드는 그걸 이용해서 신인에게 짭짤한 보수를 준비하고 토벌 계열 의뢰의 입문으로서 고블린 토벌을 알선하고 있다.

또한 이건 에리스가 모르는 일이지만, 고블린이란 것은 적국의 스파이에 대한 고문도구로도 사용된다.

이러한 이유로 미리스에서는 고블린을 근절하지 않고 적당히 숫자만 조절했다.

이미 루이젤드가 인정한 실력, 어지간한 C랭크 모험가 정도라면 맨손으로 제압할 수 있는 A랭크 모험가인 에리스가 왜 이제야 그런 의뢰를 받는 걸까.

이유는 두 가지.

에리스는 단순히 동경하고 있었다.

과거에 아주 짧은 기간이지만 학교에 다닐 적에, 같은 반 남자애가 모여서 뭐라고 이야기하던 화제에.

그 화제란 자기가 모험가가 되면 어떻게 할 거냐는 것이었다.

처음에는 고블린을 사냥하고, 그걸로 힘과 돈을 모아서 차츰 중앙대륙 남부로 진출해서 높은 랭크의 의뢰나 미궁에 도전하겠다는 꿈이었다.

에리스는 그걸 옆에서 들으면서 언젠가 자기도 그러기를 꿈꾸었다.

망상은 부풀었고, 즐겁게 이야기하는 남자에게 자기도 대화에 끼워달라고 말하다가 여러 이유로 싸움이 시작되어 세 명을 다 때려눕혔다.

그 뒤로 학교에서 퇴학당했고, 길레느를 만나 그녀에게 이야기를 들을 때마다 모험가에 대한 마음은 강해졌다. 루데우스를 만난 뒤로는 그와 함께 모험에 나서는 것만 꿈꾸었다.

검사인 자신과 마술사인 루데우스.

둘이서 미궁에 도전하는 것이다.

하지만 실제로 여행에 나서 보니 꿈과는 달랐다. 특히나 루데우스는 상상 이상으로 현실적으로 냉정했다. 위험하니까 미궁에는 일절 가까이 가지 않았다. 고블린 사냥 같은 걸 제안하면 뜨악한 얼굴로 '뭣 때문에요?'라고 묻겠지.

에리스도 마대륙에서 모험가 생활을 해 온 여자다.

실제로 고블린을 사냥하는 것에서 의미를 찾을 수 없었다.

하지만 의미는 둘째 치고, 고블린 사냥은 에리스가 '모험가가 되면 하고 싶은 일'의 1순위였다.

설령 의미가 없다고 해도 해 보고 싶은 일이었다.

그게 이유 중 하나고, 또 하나의 이유는… 비밀이다.

"해가 지기 전에 돌아갈 수 있으려나…?"

에리스는 의뢰를 바라보며 돌아갈 시간을 생각했다.

이번에는 도보 여행이다. 지금 시간은 아직 아침이지만, 여유를 가지고 행동하는 편이 좋겠지.

"…음?"

문득 F랭크 바깥, 게시판 바깥쪽에 어떤 메모가 붙어 있는 걸 발견했다.

'피트아령 출신 난민은 아래쪽으로 연락할 것.'

거기까지 읽은 에리스는 시선을 돌렸다.

이 메모는 잔트포트의 모험가 길드에서도 보았다.

루데우스는 피트아령 이야기를 입 밖에 내지 않았다. 분명 자신을 불안하게 만들지 않으려는 배려라고 에리스는 생각했다. 오늘 별개행동을 한 것도 이것 관련으로 뭔가를 하려는 생각이 겠지.

에리스는 스스로가 어려운 이야기를 이해할 수 없다고 생각했다.

자기가 깊게 생각하지 않더라도 루데우스가 잘 생각해 줄 테고, 때가 오면 루데우스는 자기도 알아들을 수 있는 말로 잘 이야기해 줄 거라고 생각했다.

설마 루데우스가 이런 메모의 존재를 모른다고는 꿈에도 생각하지 않았다.

"그러면!"

의뢰를 확인하고 에리스는 의기양양하게 길드를 나서려고 했다.

이제는 그저 동쪽으로 가서 고블린을 사냥하기만 하면 된다.

지금 에리스의 의욕이라면 둥지 한둘 정도는 괴멸하겠지. 이미 그녀의 앞길을 막을 수 있는 것은 없었다. 불쌍한 고블린에게 레퀴엠을.

"대체 뭐야!"

그렇게 생각했는데, 갑자기 들려온 고함소리에 에리스의 발이 멎었다.

그쪽을 바라보니, 소년 하나가 자기보다 두 배는 될 만한 덩치의 남자들에게 에워싸여 있었다.

"왜 내가 파티에 못 들어가는데!"

소리친 소년은 파랑색 로브를 걸치고 있었다.

키는 루데우스보다 다소 작고, 머리카락은 다크브라운.

긴 앞머리로 눈을 가렸다. 지팡이도 루데우스의 '아쿠아 하티아' 정도로 대단한 건 아니지만, 마석의 크기를 보면 나름 비싼 재료를 사용한 것을 알 수 있었다.

우리 집 쪽이 더 위라고 에리스는 자연스럽게 생각했다.

"사실 난 A랭크 정도로 강해! 하지만 어쩔 수 없으니까 너희로 참아 주겠다고 하는 거잖아!"

그런 교만한 말에 남자들도 당연하게 열받았다.

에리스도 그런 소리를 들었으면 말없이 후려갈겼겠지.

"뭐라고…. 꼬맹아, 너무 잘난 척 마라! 마술사가 이 거리에서 싸움을 걸고 이길 수 있을 줄 아냐…."

"검밖에 쓸 줄 모르는 멍청이 주제에 떠들지 마!"

"이 썩을 놈이…."

남자에게 멱살을 잡힌 소년은 아직 여유로운 얼굴이었지만, 다소 다리가 떨리는 것을 에리스는 놓치지 않았다. 에리스는 발을 옮겨서 두 사람 사이에 끼어들었다.

"그만둬. 어른스럽지 않게."

혹시 여기에 루데우스가 있었으면 눈을 동그랗게 떴겠지.

어른스럽지 않다. 평소의 에리스에게서는 상상도 할 수 없는 말이라고.

참고로 에리스는 자기 행동에 취해 있었다. 자기는 A랭크 모험가고, 화난 남자들보다 위. 남자가 신인을 괴롭히고, 그걸 나무라는 자신. 멋지다.

평소에 루이젤드가 자기에게 했던 행동이지만, 그런 건 완전 무시.

"…칫, 그렇군. 분명히 어른스럽지 않아."

남자는 순순히 소년에게서 손을 떼었다.

에리스는 마음속으로 이미 남자와 전투에 들어가는 것도 상정했기 때문에 조금 김이 샜다.

"어이, 가자."

남자들은 떠나가고 거기에는 소년만이 남았다.

에리스는 태연한 얼굴로 소년의 인사를 기다렸다.

'도와줘서 고마워. 당신은?'

'이름을 댈 만한 사람이 아냐.'

'하다못해 이름만이라도.'

'그래. '데드엔드'의 루이젤드라고 말해둘까?'

그런 대화를 생각했다.

참고로 루데우스가 이따금씩 하던 것이었다.

"누가 도와달라고 했어?"

소년이 그런 말을 내뱉고, 에리스의 자랑스러운 얼굴이 얼어붙었다.

"그 정도는 내 마법이면 얼마든지 돼! 멋대로 나서서 멋대로 해결하지 마! 못생긴 게!"

그는 행복했다.

왜냐면 일격에 기절했으니까. 그리고 방금 전의 남자들이 아직 근처에 있었으니까.

남자가 격앙한 에리스를 필사적으로 말리지 않았으면 분명 소년은 남자로서 중요한 곳을 잃었겠지.

★　★　★

에리스는 다소 기분 상한 채로 미리시온 성문까지 도착했다.

마음 전환이 빠른 그녀지만, 아직도 기분이 안 좋았다. 그건 왜일까.

"잠깐! 기다려 주세요!"

기절에서 깨어난 소년이 쫓아왔기 때문이다.

"방금 전에는 미안했습니다. 조금 제정신이 아니라서…."

소년은 그렇게 말하며 예의 바르게 고개를 숙였다. 그 덕분에 에리스의 마음은 '다소 불쾌함'의 범위에 머물렀다. 소년은 구사일생을 얻었다. 물론 혹시나 일격에 기절하지 않으면 에리스를 쫓아간다는 만행을 저지르지 않았겠지만.

"나는 크리프입니다. 크리프 그리몰!"

"…에리스야."

에리스는 '데드엔드' 이름을 쓸까 하다가 그만두었다.

참다못해 패 버린 상대에게 루이젤드의 이름은 꺼낼 수 없었다.

"에리스 씨! 아주 좋은 이름이군요! 그 모습을 보면 검사인 거죠? 꼭 저와 파티를 짜 주세요!"

길 한복판에서 시끄럽게 떠들어대는 크리프를 에리스는 반사적으로 패 버릴까 생각했지만, 일단 참았다.

"싫어."

에리스는 휙 고개를 돌리고 걷기 시작했다.

솔직히 이런 상대는 익숙하지 않았다.

때려도 또 다가오려고 하는 건 루데우스 정도다.

"그런가요, 그럼 하다못해 뒤에서 원호하게 해 주세요! 저도 세간에서는 현자의 소질이 있다는 말을 듣습니다. 분명 도움이 될 겁니다!"

혹시 이 자리에 루데우스가 있었으면 에리스에게 맹렬하게 대시하는 그를 상대로 '뭐가 현자야. 현자라도 다른 현자겠지, 이 동정 자식아!'라며 핀잔을 날렸겠지. 마음속으로.

에리스는 그런 천박한 핀잔을 하지 않는다.

그냥 확 박살내서 다시는 빛을 못 보게 해 줄까, 하는 생각을 했을 뿐이다.

"에리스 씨도 저 정도 마술사는 본 적 없을 거라 생각합니다. 어지간한 A랭크 마술사보다도 위니까요."

그런 말을 듣고 에리스는 울컥했다.

그녀의 안에서 최고의 마술사라면 다름 아닌 루데우스다.

루데우스는 저 루이젤드조차도 한 수 접어줄 정도의 마술사다. 분명히 A랭크지만, '어지간한'이라는 말로 싸잡히는 건 원치 않았다.

"꼭 그 눈으로 확인해 주세요!"

그럼 어디 봐 주마, 에리스는 그렇게 생각했다.

"알았어. 그럼 따라와."

"예!"

이렇게 에리스와 크리프는 고블린 사냥을 위해 출발했다.

고블린 일곱 마리가 한꺼번에 불타 버렸다.

"어떤가요! 대단하죠! 어지간한 마술사는 이렇게 안 됩니다!"

크리프는 어떠냐는 듯이 전멸한 고블린을 둘러보았다.

고블린들은 완전히 숯이 되어서 귀도 떼어낼 수 없는 상태였다.

"그래? 하나도 대단할 거 없는데?"

괜히 잡아떼는 게 아니었다. 에리스는 진심으로 그렇게 생각했다.

상급 화염 마술 '엑조더스 프레임'.

이 마술이라면 루데우스가 쓰는 걸 본 적이 있었다. 크리프처럼 길게 주문을 외우지도 않았고, 위력도 더 강했다. 하지만 루데우스라면 분명히 고블린을 상대로 그런 마술을 쓰지 않는다.

루데우스라면 분명 귀를 떼어낼 수 없게 되는 실수를 저지르지 않는다.

또 일단 크리프의 힘을 보기 위해 주문이 끝날 때까지 에리스가 고블린을 맡았는데, 주문이 끝날 때 크리프가 아무 말도 없었기 때문에 자칫하면 휘말릴 뻔했다.

루데우스라면 그런 위험한 짓을 절대로 하지 않는다.

"에리스 씨는 마술에 대해 잘 모르는 모양이군요. 알겠습니까, 마술이란 것은 애초에…."

크리프는 '마술에는 초급부터 상급, 그 이상이 있고, 지금 내가 쓴 것은 상급 마술이고 어지간한 어른도 못 쓰는 고도의 마술이다'라고 설명했다.

물론 에리스는 알고 있었다. 루데우스의 수업에서 배운 적이 있으니까.

그리고 크리프의 설명보다도 루데우스의 수업 쪽이 열 배는 알기 쉬웠다.

"내가 얼마나 대단한지 알겠습니까?"

에리스는 한 대 확 패 버릴까 생각했다.

모처럼 동경하던 고블린 사냥인데 이 녀석 때문에 망쳤다고 느꼈다.

고로 에리스는 팔짱을 끼고 버티고 선 자세인 채로 크리프에게 냉혹하게 말했다.

"이제 됐어. 넌 도움도 안 될 것 같으니까 돌아가."

혹시 루데우스가 있었으면 여기선 일시적인 철수를 선택하겠지.

하지만 크리프는 분위기를 전혀 읽지 못했다.

"무슨 말입니까! 고블린 몇 마리에 고전하는 에리스 씨를 그만 내버려둘 수 없었습니다!"

정신을 차리고 보니 주먹을 휘두른 뒤였다.

크리프는 코피를 줄줄 흘리면서 얼굴을 눌렀다. 그는 바로 힐링을 외워서 코피를 멈추었다.

"무슨 짓입니까!"

"칫."

에리스는 혀를 찼다.

평원에서 기절시킨 채로 놔두고 갈 수도 없어서 적당히 때렸는데, 괜히 기만 살려 주는 결과가 된 모양이었다.

어쩔 수 없기에 한 대 더 때리려고 주먹을 쥐었더니 크리프도 간신히 사태를 알아차렸다.

"예, 물론 알고 있지요! 에리스 씨가 강한 걸 잘 알고 있습니다. 그럼 이번에는 숲 쪽으로 가보죠. 고블린으로는 내 진가를 발휘할 수 없으니까요."

크리프의 말에 표리는 없었다.

그는 에리스에게 멋진 모습을 보여주고 싶은 것이었다.

하지만 그건 결코 좋아하는 여자애한테 멋진 모습을 보여주자는 게 아니었다.

단순히 강한 자신에게 취하고 싶을 뿐이었다.

"숲은 안 돼."

에리스는 짧게 말했다.

숲은 안 된다. 그건 루데우스가 항상 하던 말로, 루이젤드도 거기에 동의하였다.

그러면 에리스는 순순히 따를 뿐이었다.

"에리스 씨 정도 되는 사람이 무서워하는 겁니까?"

"무섭지 않아!"

하지만 에리스도 단순한 아이다. 이런 식의 말을 들으면 간단히 낚인다.

보레아스 집안은 신출내기 모험가 따위에게 얕보여선 안 된다.

"숲이란 말이지! 좋아, 가자!"

이렇게 두 사람은 어둑어둑한 숲으로 발을 들여놓았다.

"숲이라고 해도 미리스에서는 대단할 것 없네."

에리스는 그렇게 말하면서 우탄이라고 불리는 숲의 마물을 베었다.

D랭크의 마물이지만 에리스의 상대는 못 되었다.

"그렇지요, 내 적수도 못 됩니다!"

크리프 또한 중급 바람 마술로 우탄을 쓰러뜨리면서 숲 속으로 쑥쑥 들어갔다.

"아."

에리스가 그런 소리를 내었다.

"무슨 일인가요, 에리스 씨!"

크리프가 기쁜 듯이 에리스에게 다가왔다.

에리스는 노골적으로 싫은 얼굴을 했다.

그리고 팔짱을 끼고 다리를 어깨 넓이 정도로 벌리고 턱을 쳐들어서 크리프를 내려다보았다.

"너, 돌아가는 길은 제대로 파악하고 있어?"

"아닌데요?"

크리프는 당연히 그런 걸 파악하지 않았다.

돌발적인 생각으로 행동했기 때문에 숲에 들어오는 장비 같은 걸 가지고 있지도 않았다.

"그래, 그럼 미아네."

에리스는 태연하게 말했다.

"······."

크리프는 침묵했다. 그리고 순식간에 창백해졌다.

"어, 어쩌죠."

에리스가 태연했기 때문에 크리프는 그녀에게 무슨 방책이 있다고만 생각했다.

하지만 에리스도 속으로는 일 났다고 생각하고 있었다. 숲속에서 미아가 되었다는 걸 알면 두 사람이 한숨만 내쉬겠지. 고블린을 사냥하러 가서 왜 숲에 들어갔냐며 한숨을 내쉬겠지.

물론 결코 태도로는 드러내지 않았다. 그레이랫 가문의 숙녀는 항상 태연해야만 한다.

"크리프, 잠깐 하늘로 떠올라서 위에서 도시 방향을 확인해."

"어떻게 그런 게 가능하단 말입니까."

"루데우스라면 해."

"루데우스? 그게 누굽니까?"

"내 선생님이야."

"엉?!"

에리스는 한숨을 내쉬었다. 말싸움을 해도 소용이 없었다. 이럴 때는 어떻게 할까.

그리고 떠올렸다. 길레느에게 미아가 되었을 때 어떻게 할지를 배웠다.

분명히 나뭇가지를 모아서 불을 피운다.

연기가 하늘로 올라가서 멀리서도 보인다.

하지만 누가?

루이젤드는 볼일이 있다고 했다. 루데우스도.

아무도 알아차리지 못한다.

"……."

에리스는 무심결에 팔짱을 끼고 입을 일그러뜨리며 버티고 섰다.

눈을 감고 잘 생각했다. 길레느는 불안한 때야말로 냉정해지라고 말했다.

그러니까 그녀는 어떤 때라도 허둥대지 않는다.

"에, 에리스 씨, 어떻게 하죠?"

"이 숲에는 다른 모험가가 있을 거야."

"과, 과연, 그들에게 부탁하면…. 찾아보죠."

크리프는 다급히 뛰어가려고 했지만 에리스는 움직이지 않았다.

루이젤드에게 배웠다. 이럴 때는 움직여선 안 된다. 움직이지 말고 기척을 느끼는 거라고.

기척을 찾는 법도 배웠다. 제3의 눈이 없더라도 소리와 공기, 그리고 마력의 흐름은 느낄 수 있다.

에리스는 미숙하지만 매일 연습을 했다.

"에리스 씨…?"

"조용!"

에리스는 심호흡을 하고 눈을 감은 채로 마음을 예민하게 했다.

숲의 소리. 나뭇잎이 스치는 소리. 동물이 움직이는 소리. 벌레가 나는 소리. 그리고 희미하게 들리는 금속의 소리.

"찾았어. 이쪽이야."

결단했으면 바로 행동한다. 에리스는 망설이지 않고 걸어갔다.

"뭔가요? 뭘 발견했습니까!"

"사람이야, 저쪽에 있어."

"어떻게?!"

"기적을 찾았어."

"그것도 선생님에게 배운 겁니까?!"

그 말에 에리스는 잠시 생각했다.

루이젤드는 선생님일까. 선생님이겠지. 길레느 정도는 아니지만, 그에게도 많은 것을 배웠다. 선생님, 아니, 스승이라고 불러도 지장없는 인물이었다.

"그래."

"대단하네요, 그 루데우스란 사람은…."

"응? …그래, 루데우스는 대단해."

왜 갑자기 루데우스의 이름이 나오는지 모르는 채로 에리스는 앞길을 재촉했다.

숲을 빠져나간 순간, 바퀴 자국 한가운데에 마차가 쓰러져 있는 게 보였다.

"엎드려!"

"꾸엑!"

에리스는 재빨리 크리프의 머리를 붙잡고 지면에 처박더니 자기도 엎드려서 상황을 확인했다.

"……."

서 있는 사람은 여섯 명.

한 명은 투구까지 갖춘 전신갑옷의 기사.

기사는 나무에 등 뒤를 맡기듯이 서서 검을 들고 있었다.

그 주위에는 시커먼 옷차림의 남자들이 다섯 명. 그들이 기사를 포위하고 있었다.

주위에는 세 개의 사체. 전원이 포위된 기사와 같은 갑옷을 입고 있었다.

검은 옷들은 슬금슬금 포위망을 좁혔다.

이미 전력차는 역력한데도 왜 저 기사는 도망치지 않을까.

잘 보니 기사의 뒤에 있는 나무. 그 밑에 한 소녀가 웅크려 있었다.

불안과 절망이 뒤섞인 그 얼굴은 눈물로 젖어 있었다.

"에리스 씨, 저 갑옷은 신전기사단이에요!"

크리프가 작은 목소리로 말했다.

에리스의 심장이 고동쳤다.

신전기사단, 들은 적 있다. 미리스에 있는 세 개의 기사단 중하나.

미리스의 자국방위를 맡는 엘리트 집단, 성당기사단.

전 세계에 미리스의 가르침을 퍼뜨리고 그 위광을 알리려고 용병처럼 활동하는 교도기사단.

그리고 이단심문관을 데리고 이교도를 단죄하는 공포의 대명사, 신전기사단.

성당기사단은 흰색.

교도기사단은 은색.

신전기사단은 청색의 갑옷을 입는다.

멀리서도 알 수 있는 푸른 하늘색의 갑옷.

틀림없다. 지금 포위당한 것은 신전기사다.

"네놈들! 이분이 누구신지 알고 하는 짓이냐!"

그 말에 처음으로 알았다.

포위된 기사는 여자였다. 검은 옷차림의 남자들은 서로 시선을 주고받더니 훗 하고 웃었다.

"물론이다."

"그럼 왜!"

"말할 것도 없겠지."

"네놈들! 교황파인가!"

에리스로서는 그들의 말을 이해할 수 없었다.

하지만 검은 옷의 악당들이 저 소녀를 죽이려고 한다는 건 알았다.

에리스는 허리의 검으로 손을 뻗었지만 크리프가 그걸 제지했다.

"뭐, 뭘 할 생각인가요, 에리스 씨. 아무래 봐도 위험해요. 저애는 다음 교황 후보라고 일컬어지는 무녀입니다. 그럼 저 검은 옷들은 분명히 미리스 교황 밑의 암살집단입니다. 강하다고요. 아무리 나라도 승산이 없습니다⋯."

크리프가 왜 그리 잘 아는 건지 에리스는 의문도 품지 않았다. 그녀는 그저 지금 자기가 돕지 않으면 저 소녀가 죽는다는 생각뿐이었다.

그리고 에리스는 '데드엔드'의 일원이다. 아이를 저버렸다는 걸 알면 루이젤드를 볼 낯이 없다. 루데우스도 항상 사람을 도우라고 말했다.

"여기선 들키지 않도록 그냥 무시하죠…."

"안 돼. 이미 들켰어."

에리스는 알고 있었다. 저 검은 옷 중 한 명은 크리프가 엎드릴 때 이쪽을 알아차렸다.

검은 옷이 무슨 생각을 하는지는 모르지만, 무슨 생각이든 에리스는 선수를 칠 생각이었다.

"크리프는 거기에 숨어 있어!"

"에, 에리스 씨!"

에리스는 검을 뽑고 뛰쳐나갔다.

검은 옷들이 순식간에 흩어졌지만….

"느려!"

에리스의 속도는 검은 옷들의 예상을 훨씬 능가하였다.

검신류 상급기 '무음의 검'. 빛의 검의 하위에 위치하는 이 기술은 바람소리를 일체 남기지 않는다.

에리스의 검술 실력은 길레느와 루이젤드의 가르침으로 상당히 늘었다.

그녀의 검이 암살자 중 한 명의 어깨로 파고들어서 갈비뼈를 간단히 양단하고 비스듬히 베었다.

에리스는 처음으로 사람을 벤 감촉에 허둥대는 일 없이 다음 상대에게 검을 돌렸다.

검은 옷들은 에리스는 포위하듯이 움직였지만, 에리스의 움직임은 그 이상으로 빨랐다.

그녀는 루이젤드에게서 다수에게 포위되었을 때의 움직임을 잘 배웠다.

마물에는 무리 짓는 놈들도 많다. 포위되기 전에 쓰러뜨리는 게 정석이다.

"하아아압!"

검은 옷 한 명이 눈 깜짝할 사이에 쓰러졌다.

남자들 사이에 동요가 일었다. 에리스의 리듬은 변칙적이라서, 의식 밖에서 예비동작 없이 공격이 날아왔다. 회피에 전념해도 피하기 어려운 것을 다른 행동을 하면서 피할 수 있을 리가 없었다.

하지만 검은 옷들도 프로였다.

한 명을 희생하여 포위가 완성되었다. 검은 옷 두 명이 시간 차이를 두며 에리스에게 덤볐다.

빠르다. 하지만 루이젤드 정도는 아니었다.

마대륙에 있는 파크스 코요테처럼 상하의 연대가 있는 것도 아니었다.

그리 강하지 않았다.

"그놈들의 단도에는 독이 묻어 있다! 조심해!"

등 뒤로 소녀를 숨기던 기사는 그렇게 외치면서 포위 밖에서 남자 한 명에게 검을 휘둘렀다.

에리스는 그녀의 움직임을 통해 그 뒤의 검은 옷들의 움직임을 정확하게 예측하면서 포위망의 허점을 노렸다.

이길 수 있다고 확신하는 동시에 한 명을 베어 버렸다. 남은 건 둘.

"큭, 물러난다!"

검은 옷 중 한 명이 그렇게 외치자, 두 사람은 순식간에 발을 돌려서 도망치기 시작했다. 하지만 에리스는 마무리가 허술한 여자가 아니었다. 순식간에 한쪽을 따라잡아서 그 등에 날카로운 공격을 날렸다. 검은 옷은 상반신과 하반신이 떨어져서 내장을 쏟으며 쓰러졌다.

나머지 한 명은 뒤를 돌아보지도 않고 평원 저편으로 사라졌다.

"흥!"

에리스는 콧방귀를 한 번.

검을 한 차례 휘둘러서 피를 털어내었다.

겉보기로는 평소와 똑같았지만 심장은 벌렁벌렁 뛰고 있었다.

생각해 보면 사람을 상대로 한 실전은 처음이었고 사람을 죽

인 것도 처음이었다.

더군다나 상대는 독 묻은 단도를 가졌다. 일격이라도 맞았으면 치명상이 되는 무기였다.

루데우스나 루이젤드처럼 뒤를 지켜줄 사람도 없었다. 생각 없이 나섰지만, 저 여기사가 없었으면 죽었을지도 모른다.

하지만 에리스는 그런 기색을 전혀 보이지 않았다.

검을 칼집에 수습하고 여기사 쪽을 돌아보았다.

"미안해. 한 명 놓쳤어."

그 말에 여기사는 얼떨떨한 기분이 되었다.

아직 성인도 되지 않은 듯한 소녀가 결사적인 수라장을 한바탕 쓸어버리고서 너무나도 태연한 모습이었으니까.

여기사는 투구를 벗는 일도 없이 배 앞에 주먹을 대고 미리스 기사의 정식 인사를 했다.

"도와주셔서 감사합니다."

"아이가 무사하면 됐어."

에리스는 답례하지 않고 평소 루이젤드가 하던 말을 퉁명스럽게 내뱉었다.

"나는 신전기사단의 테레즈 라트레이아라는 자입니다. 모험가 이신 듯한데, 성함을 여쭤어도?"

"나는 에…."

에리스는 본명을 말하려다가 말을 멈추었다.

그게 아니다. 루데우스는 그러지 않는다.

"'데드엔드의 루이젤드'. 이렇게 보여도 스펠드족이야."

스펠드족이라는 말에 테레즈는 험악한 표정을 지었다.

에리스는 모르는 일이지만, 신전기사단은 마족의 배척을 주장한다.

물론 에리스에게 스펠드족의 특징은 없으니 테레즈도 표정을 풀었다.

본명을 대지 않고 신전기사가 좋게 보지 않는 종족을 댄 것을 보아 자신들, 그리고 이번 건에 관해서 깊이 관여할 생각이 없다는 뜻으로 판단한 것이다.

요인을 돕고서도 대가를 요구하지 않는 그 태도를 테레즈는 좋게 여겼다.

"그렇습니까. 알겠습니다…."

테레즈는 팔짱을 풀고 노려보는 에리스를 똑바로 바라보아 그 얼굴을 기억했다.

그리고서 휘파람을 불었다.

그러자 숲 안쪽에서 말 한 마리가 달려왔다. 마차가 쓰러졌을 때 도망쳤던 말이 훈련받은 대로 돌아온 것이다.

그녀는 소녀를 말에 태우더니 자기도 뛰어올랐다.

"무슨 곤란한 일이 생기거든 신전기사 테레즈의 이름을 대시길!"

테레즈는 그런 말을 남기고 말을 몰아 달려갔다.

에리스는 그걸 묵묵히 지켜보았다.

그리고 이런 난리법통에 겁에 질린 채로 서지도 못하는 소년은 달려가는 말 위의 기사와 그걸 지켜보는 겁 없는 빨강머리 검사를 마치 옛날이야기의 한 장면이라는 양 그저 지켜볼 뿐이었다.

★　★　★

미리스 교단의 어느 사제가 호빗 여성과 사랑에 빠졌다.

두 사람 사이에 태어난 아이가 성장하여 한 여성과 결혼. 그렇게 태어난 것이 크리프다.

크리프가 태어났을 무렵, 그 사제는 권력싸움의 한가운데에 있었다.

크리프의 부모는 거기에 휘말려서 사망했다.

사제는 손자인 크리프가 권력싸움에 휘말려들지 않도록 일단 고아원에 맡겼다.

그리고 사제는 권력다툼에 승리하여 교황이 되어서 크리프를 맞아들였다.

즉 크리프 그리몰은 교황의 손자다. 물론 그걸 아는 자는 교단 안에서도 극소수다.

그런 크리프는 지금 습격을 받은 게 누군지 잘 알았다.

현재진행형으로 할아버지와 다투는 대교주파의 카드이며, 기적의 힘을 가졌다고 일컬어지는 무녀.

면식도 있다. 그런 아이가 왜 이런 곳에 있는지는 크리프도 모르지만, 저 검은 옷의 집단은 잘 알았다.

크리프를 가르친 교사들이었다. 그들이 그런 일을 담당하는 것을 크리프는 알고 있었다.

그리고 그들이 얼마나 강한지도 알았다.

몇 번이나 대련으로 상대한 적이 있었지만, 적어도 자신은 한 번도 이길 수 없었다.

그런 그들을 에리스는 대수롭지 않게 쓰러뜨렸다.

실제로는 아슬아슬한 승리였지만, 크리프의 눈에는 자기가 기를 써도 못 이기는 상대를 압도한 것으로 비쳤다.

어느 틈에 크리프는 에리스를 동경의 눈으로 보고 있었다.

도시를 향해 지친 얼굴로 걷는 그녀. 이 사람은 분명 대단한 존재가 되리라고 생각하니, 무심코 이런 말이 입에서 흘러나왔다.

"에리스 씨, 결혼해 주세요!"

"뭐? 절대로 싫어!"

에리스는 즉각 싫은 얼굴을 하며 대답했다.

크리프는 재능 넘치는 자신의 구혼이 거절당할 리 없다고 생각했다.

대체 왜일까 생각했다.

오늘 그녀와 나눈 대화를 되돌아보았다.

그래, 선생님이라는 존재다. 그녀는 선생님이, 선생님이, 그렇게 말했다. 이름은 분명히 루…루….

"루데우스."

그 단어를 떠올리고 말했더니 에리스가 돌아보았다.

"루데우스는 어떤 사람입니까?"

크리프는 몇 분 뒤 질문한 자신을 저주하게 되었다.

에리스는 말이 없는 편이라고 생각했는데 그렇지 않았다.

루데우스에 대해 말하는 거라면 자기보다 나은 사람이 없다는 양 자랑스럽게 말했다.

평원에서 모험가 길드로 돌아올 때까지 계속.

게다가 그 표정은 그야말로 사랑하는 소녀의 그것이었고, 내용은 칭찬 일색이었다.

크리프를 질투에 빠지게 하기 충분했다.

"…난 이만 돌아가겠습니다."

크리프는 차가운 얼굴을 했다는 것을 자각하면서 에리스에게 그렇게 말했다.

에리스는 아직 할 말이 많이 남은 모양이었지만, 크리프가 돌아간다고 하자 선뜻 손을 흔들었다.

"잘 가."

그 쌀쌀맞은 태도는 방금 전에 열렬히 한 사람에 대해 떠들었다고 생각하기 힘든 것이었다.

크리프는 그 뒷모습이 보이지 않게 될 때까지 말없이 지켜보았다.

이렇게 강하고 아름답고 완벽한 에리스를 반하게 만든 루데우스라는 남자.

크리프는 아직 보지도 못한 루데우스를 떠올리면서 교단으로 돌아갔고, 그를 찾던 사람들에게 꾸지람을 들었다.

그리고 이번 사건으로 교단 내부의 권력투쟁이 격화.

크리프가 미리시온에 있는 것을 위험하게 생각한 교황은 손자를 다른 나라로 보냈지만, 그건 에리스와는 전혀 관계없는 이야기다.

참고로 에리스는 숙소로 돌아갔다가 기운을 잃은 루데우스를 본 순간 이번 일을 기억 한구석에 밀어내고 잊어버렸지만, 그건 또 다른 이야기다.

제7화 중앙대륙으로

두 달 걸려서 항구도시 웨스트포트에 도착했다.

미리스 대륙의 북쪽 끝에 있는 잔트포트와 똑같은 도시 풍경이지만 그 규모는 컸다.

미리스 신성국 수도에서 아슬라 왕국의 수도까지 가는 길은 이 세계의 실크로드 같은 것으로 곳곳에 교역의 거점이 될 만한 도시가 있는데 웨스트포트도 그중 하나였다.

미리시온의 상업지구 정도는 아니지만 몇몇 상회의 본부가 있고 그 산하에 있는 상인들이 바글대는 대도시였다.

자, 마차는 여기서 끝이다.

전생 세계에서의 페리와 달리 이 세계에서는 마차를 싣고 바다를 건널 수 없기에, 마대륙에서 미리스 대륙으로 넘어왔을 때와 마찬가지로 탈것을 팔고 바다를 건넌 뒤에 다시금 구입해야 한다.

도마뱀 때와 달리 별로 정도 붙지 않았으니 이름을 붙여 주자. 안녕, 하루O라라.

말을 매각한 뒤에 우리는 관문으로 향했다.

웹포트와 달리 커다란 건물로, 입구에는 갑옷 차림의 위병도 서 있었다.

하지만 에리스나 루이젤드를 보면 그런 갑옷으로 몸을 지킬 수 있을지 불안해졌다.

이 세계의 생물은 공격력이 높다. 갑옷 같은 걸 입어도 공격을 한 방 먹으면 그대로 속옷차림이 되는 일도 있을 수 있다. 공격을 받은 반동으로 구멍에 떨어지면 디 엔드다.

어디, 농담은 이쯤하고.

관문에 들어가 보니 안에는 사람들로 북적거렸다.

모험가 같은 사람들, 상인 같은 사람들, 그런 군중을 정력적인 표정으로 척척 처리하는 직원.

한산하고 직원도 의욕이 없었던 웬포트와는 크게 달랐다.

"안녕하세요."

"예, 어떻게 오셨습니까?"

나는 일단 카운터 중 하나에 다가가서 직원에게 말을 붙였다.

여기 접수 아가씨도 가슴이 컸다. 이 세계에서 접수원은 가슴이 커야만 한다는 불문율이라도 있는 걸까? 그런 생각을 하면서도 겉으로는 드러내지 않았다.

"저기, 도항 신청을 하고 싶은데요."

"예, 그럼 이걸 가지고 기다려 주세요."

그러면서 건네받은 것은 나무 번호표로, 34라는 숫자가 적혀 있었다.

완전히 관공서라는 느낌이었다.

대합소로 돌아와서 의자 중 하나에 앉자, 바로 옆에 에리스가 얌전히 앉았다.

루이젤드는 서 있었다. 주위를 보면 우리와 마찬가지로 앉은 사람이 많은 듯했다.

"좀 걸릴 것 같네요."

"편지는 안 주었나?"

루이젤드의 질문에 나는 고개를 내저었다.

"번호를 부르면 그때 시작되겠죠."

"그런 건가…."

에리스는 왠지 안절부절못했다.

그녀는 기다린다는 것에 별로 익숙하지 않으니 어쩔 수 없는 걸지도 모르겠다.

"루데우스. 왠지 쳐다보는 것 같아…."

에리스의 말에 그녀에게 시선을 보내는 존재를 찾았다.

그녀를 바라보는 건 위병들이었다. 그들은 에리스 쪽을 힐끔 힐끔 쳐다보았다. 에리스는 그 시선을 느끼고 울컥한 표정으로 맞서 노려보았다.

"싸우면 안 돼요."

"안 싸워."

신용이 안 가는데…. 하지만 위병이 에리스를 보는 이유는 대체 뭘까.

짚이는 데가 없었다.

그녀의 아름다움에 눈을 빼앗긴 걸까. 에리스는 최근 꽤나 미인이 되었지만, 아직 어린애의 범주다. 기사들이 전원 로리콤인 게 아니라면 말도 안 되는 소리다.

"34번, 오세요."

번호를 부르기에 일어서서 카운터로.

접수 아가씨에게 편지를 건네고 도항하고 싶다는 뜻을 말했더니, 그녀는 웃는 낯으로 편지를 받고 뒷면에 적힌 이름을 본 순간 의아한 표정을 지었다.

"잠시만 기다려 주세요."

그리고 일어서서 사무소 뒤쪽으로 사라졌다.

잠시 뒤에 사무소 안에서 뭔가 큰 소리가 났다.

동시에 누군가가 고함을 지르는 소리. 사무소 안에서 위병이 뛰어나와서 다른 위병에게 뭐라고 귀엣말을 건넸다.

그리고 그 위병이 험악한 얼굴인 채로 바깥으로 뛰어갔다.

뭔가 수상쩍은 분위기였다.

루이젤드를 믿고 편지를 제출해 봤는데, 역시 가슈 블라슈라는 인물에 대해 더 자세하게 조사하는 편이 좋았을지도 모르겠다.

"…오래 기다리셨습니다!"

방금 전의 접수 아가씨가 돌아왔다. 긴장한 표정이 역력했다.

"바크시르 공작님이 만나시겠다고 합니다."

안 좋은 예감밖에 들지 않았다.

"미리스 대륙 세관소장, 바크시르 폰 비더 공작이다."

그 돼지는 그야말로 돼지였다.

잘못 말했다. 그 인물은 그야말로 돼지였다.

목 언저리는 지방으로 덮였고, 턱은 완전히 묻혔다. 이마에 철썩 달라붙은 엷은 금발. 눈 밑은 시커매서, 그야말로 너구리라는 인상도 받았다. 돼지에 너구리에 불쾌한 표정을 감추지 않았다.

예전에 그런 느낌의 남자를 본 적이 있었다. 거울 앞에서.

"흠, 꾀죄죄한 마족이 이런 편지를 가져오다니."

바크시르는 호화로운 가죽 의자에 앉아 있었다.

일어서는 일도 없이 손에 든 종이를 팡 때리고 끼익끼익 의자 소리를 내면서 이쪽을 흘겨보았다.

고급스러운 느낌의 집무책상 위에는 대량의 서류와 함께 봉인이 뜯겨진 편지지가 보였다.

그렇다면 저 종이가 편지의 내용물이겠지.

"거물의 이름을 들먹였군. 봉인도 진짜와 흡사해. 하지만 나는 못 속인다. 이건 가짜다."

바크시르가 종이를 휙 내던졌기에 나는 반사적으로 붙잡았다.

이자는 스펠드족이지만 내게 큰 은혜를 베푼 자다.

말수가 적지만 그 마음은 깨끗하다.

도항비용을 무료로 하고 정중하게 중앙대륙으로 보내드리도록.

　　　　　　　—교도기사단 단장 갈가드 나슈 베니크

나는 그 이름을 보고 현기증이 날 뻔했다. 가슈 블라슈라는 이름은 대체 어디로 간 걸까.

갈가드 나슈 베니크라니…. 아, 줄여서 가슈인가.

어쩌면 싹싹한 사람이라서 '나를 가슈라고 불러줘'라고 했을지도 모르지.

루이젤드는 그 말을 그대로 받아들여서 가슈라는 이름만 기억했을지도 모른다.

하지만 블라슈는 대체 어디서 튀어나온 걸까.

더군다나 그 지위.

교도기사단 단장. 미리스의 세 기사단 중 하나, 거기의 단장.

머리가 아파왔다. 왜 그런 사람이 루이젤드의 지인이지….

아니, 예상은 간다.

예를 들어서… 그래, 입장이다. 교도기사단 단장 정도 되면 나름 높은 지위에 있는 인물이겠지.

그런 이가 스펠드족과 친하다는 소문이 나도는 건 안 좋으니까 가명을 썼다든가.

더 간단하게 생각할 수도 있다.

루이젤드와 만났을 때가 40년 전이라고 했고, 그동안 결혼을 해서 개명했다든가.

"애초에 그 말없는 남자가 편지 따윌 쓸 리가 없지. 나는 그 남자를 잘 안다. 편지를 싫어하는 정도가 아니라 필요한 서식도 안 쓰는 남자다. 그런데 너 같은 마족을 위해 나한테 편지? 헛소리도 작작해라."

루이젤드는 복잡한 얼굴이었다. 자기가 가져온 편지가 가짜라고 단정된 이유는 자기가 스펠드족이니까.

그로서는 그렇게 생각했을지도 모른다.

실제로 파울로의 이야기로는 이 바크시르라는 남자가 마족을 싫어하기로 유명하다고 하고.

꼭 틀린 것도 아닐지 모르겠다.

하지만 유명하다면 가슈인지 갈가드인지 모르지만, 그도 이 바크시르라는 남자가 어떤 남자인지 알고 있겠지. 그럼 설득할 수 있을 만한 글을 써 주는 게 좋았을 텐데.

아니면 진짜로 가짜일까?

아니, 루이젤드의 이야기를 떠올려 봐.

가슈가 사는 곳은 커다란 건물이라고 했다. 키시리스 성과 비교할 수 있을 정도로 커다란 건물. 개인의 집으로는 꽤 크다고 할 수 있지만, 그게 기사단 본부나 그런 거라면 어떨까. 건물은 크고, 안에는 기사도 많이 있겠지. 단장 정도 되면 그 자리에 있는 기사는 전부 부하일 것이다. 루이젤드가 말한 '수하가 많이 있었다'라는 말과도 맞아떨어진다.

하지만 그걸 알았다고 해도 의미는 없었다.

바크시르는 이미 편지를 가짜라고 단정했다.

그리고 이 정도 되면 가짜였습니다, 실례하겠습니다, 안녕히 계세요, 같은 걸로는 넘어갈 수 없다.

나는 한 발 앞으로 나섰다.

"즉 공작 각하께서는 이 편지가 가짜라고 말씀하십니까?"

"뭐냐, 너는…. 어린애는 빠져 있어라."

바크시르 공작은 뜨악한 얼굴을 했다. 어린애 취급을 받는 건 오래간만인 것 같군.

신선한 기분이었다. 어린애 취급을 받고 싶을 때는 어린애 취급을 받지 않고, 어른 대접을 받고 싶을 때는 어린애 취급을 받는다. 마음대로 안 되는군.

그렇게 생각하면서 나는 일단 오른손을 가슴에 대고 귀족식 인사를 했다.

"인사가 늦었습니다. 저는 루데우스 그레이랫이라고 합니다."

그렇게 말하자 바크시르는 눈썹을 꿈틀 움직였다.

"그레이랫…이라고?"

"예. 부끄럽지만 아슬라의 상급귀족, 그레이랫 가문의 말석에 이름을 올려놓은 자입니다."

"흠…. 하지만 그레이랫에게는 태고의 풍신의 이름이 붙을 텐데."

"예. 저는 분가이기에 그 이름을 쓰지 못합니다."

분가. 그 말을 들은 바크시르의 눈이 나를 내려다보는 것으로 변하였다.

그 순간 나는 에리스 쪽으로 손을 내밀었다.

"하지만 이쪽의 에리스 아가씨는 틀림없는 보레아스 그레이랫의 이름을 가진 분입니다."

등을 툭 두들기자 에리스가 한 발 앞으로 나섰다.

그녀는 놀란 얼굴로 나를 보았지만 그 이상은 움직이지 않았다.

팔짱을 끼고 다리를 어깨 넓이로 벌리고, 아니, 그게 아니라 팔짱을 풀고 스커트 자락을 가볍게 잡은 숙녀의 인사를 하려다가 스커트 차림이 아니라는 걸 떠올리고 나와 마찬가지로 가슴에 손을 대는 인사를 했다.

"필립 보레아스 그레이랫의 딸, 에리스 보레아스 그레이랫이라고 합니다."

딱딱한데다가 조금 틀린 것도 같았다.

바크시르의 안색을 엿보았다.

조금 판별하기 어렵지만… 뭐, 좋아. 여기선 에리스네 집안의 위광을 빌리자.

"흥. 왜 아슬라 귀족의 딸이 여기에 있지?"

당연한 의문에 거짓말은 필요없었다.

"공작 각하께서는 2년 정도 전에 피트아령에서 일어난 마력재해를 아십니까?"

"알고 있다. 대량의 인간이 전이했다고 하더군."

"예. 저희도 거기에 휘말렸습니다."

그 뒤로 나는 아가씨를 지키기 위해 루이젤드를 호위로 삼아 마대륙을 종단.

미리스 대륙으로 넘어오는 관세는 수중의 재산을 팔아서 간신히 댔지만, 미리스에서 중앙대륙으로 넘어갈 자금이 부족했다. 특히 루이젤드의 도항비용은 너무 비쌌다.

그러니 그레이랫 가문의 지기이며 루이젤드의 친구이기도 한

갈가드 경에게 부탁했다.

갈가드 경은 쾌히 편지를 써 주었다.

그런 스토리를 지어내었다.

"아가씨는 이렇게 모험가의 모습을 하고 있지만, 그건 고귀한 신분이라고 들키면 괘씸한 놈들이 눈독을 들이기 때문. 공작 각하께서도 아시겠지요."

"그렇군."

바크시르의 얼굴은 떫은 표정인 채였다.

"즉 너희는 최근 미리시온에서 날뛰는, 노예를 강제로 납치하는 '피트아령 수색단'의 일원이다. 그런 소린가?"

"아…아닙니다. 무슨 말씀이십니까?"

"나는 에리스 보레아스 그레이랫이라는 이름 따원 모른다."

바크시르는 돼지처럼 콧소리를 내더니 말을 이었다.

"하지만 파울로 그레이랫이란 악당의 이름은 알지. 최근 노예를 강제로 납치한다는 소문이다."

아빠의 악명이 심각했다.

"즉 공작 각하께서는 이렇게 말씀하시는 거로군요. 갈가드 님의 편지는 가짜, 에리스 양도 아슬라 귀족일 리가 없다. 그리고 저희는 파울로 그레이랫이라는, 여자한테 약하고 발냄새 나고 술만 마시고 아들에게 화풀이하고 딸에게 고생시키는 악당의 일당이라고."

"음."

정말이지 못된 인간이다.

파울로는 나름대로 노력하고 있다. 분명히 부족한 면도 있고 방법도 잘못되었을지 모르지만, 그걸 악당이라고 잘라 말하는 건 참아줄 수 없다.

"왜 편지에 찍힌 봉인도 가짜라고 보십니까?"

그렇게 말하며 나는 책상 위의 편지를 가리켰다.

바크시르는 잠시 눈썹을 찌푸리다가 고개를 끄덕였다.

"교도기사단의 인장은 위조품이 나돌기 쉽다."

그런가. 그건 처음 듣는 소리군.

"왜 제 고용주인 아가씨가 가짜라고 보십니까?"

"아슬라 귀족의 따님이 그런 촌뜨기 검사 같은 모습일 리가 없겠지."

에리스를 보니 그녀는 팔짱을 끼고 평소와 같은 포즈.

그 팔에 상처는 없었지만 귀족 집안 영애라고 생각할 수 없을 만큼 볕에 탔고, 어지간한 신출내기모험가보다도 단련된 근육이 보였다.

"과연. 공작 각하께서는 사울로스 님을 모르시는 모양이군요."

나는 훗 웃었다. 여기에 바크시르는 곧바로 덤벼들었다.

"사울로스…라고? 피트아령의 영주 아닌가?"

에리스의 이름은 모르더라도 사울로스 할아버지의 이름은 아는 모양이다.

"그리고 에리스 양의 조부님이십니다. 그 분은 에리스 양에게 검사로서의 영재교육을 시키셨습니다."

"왜 그런 걸…."

"이건 비밀입니다만…. 에리스 양은 노토스 가문에 시집가기로 결정되어 있습니다. 그리고 사울로스 님은 노토스 가문의 당주님을 싫어하셔서…."

"그런 거로군."

요약하자면 에리스가 이렇게 억세게 자란 것은 노토스 가문의 당주를 침실에서 죽여 버리기 위해서 단련시켰기 때문이다, 라는 의미다.

에리스는 고개를 갸웃거렸다.

의미를 알았으면 내 얼굴이 푹 함몰되겠고.

"고로 아가씨는 아슬라로 돌아가야만 합니다. 그런 아가씨를 가짜라고 단정 지으신다면 저희는 미리시온에 돌아가서 적절한 곳에 부탁을 드릴 뿐입니다."

적절한 곳이 어디가 될지는 모른다.

조사하지 않았으니까.

"흥, 진짜라면 여기서 증명해 봐라."

"갈가드 님의 서류가 더없는 증거."

"헛소리. 그래선 끝이 없다."

"그렇더라도 좋습니다. 아슬라의 그레이랫과 대립하실 생각입니까?"

이런. 내가 무슨 말을 하는지 모르게 되었다.

하지만 일단은 통한 모양인지, 바크시르는 날카로운 눈으로 나를 노려보았다.

"좋다. 그럼 너와 그 아가씨, 두 사람의 통행을 허락하지."

"하지만 호위는."

"바크시르 공작의 이름으로 기사를 몇 명 붙여 주마. 마족 따위에게 의지하기보다는 그편이 안전하겠지?"

과연, 마족을 통과시킬 바에야 손이 비는 기사를 두 명 붙여 준다는 소린가.

아무튼 바크시르는 루이젤드를 도항시킬 생각이 없는 모양이었다. 이렇게까지 고집불통이라니… 직접 보는 건 처음이지만, 생각 이상으로 마족에 대한 차별의식이 강했다.

자, 어떻게 할까.

루이젤드만 따로 도항하게 할까.

그러면 또 밀수꾼과 싸움인가…. 가능한 소리다. 싫은데.

똑똑.

그때 갑자기 방문을 노크하는 소리가 들렸다.

"뭐냐, 지금은 심문 중이다!"

바크시르가 의아한 얼굴을 했지만, 문은 대답을 기다리지 않고 열렸다.

거기에는 파란색 갑옷을 입은 금발 여성이 서 있었다.

"실례, 이쪽에 '데드엔드의 루이젤드'가 있다고 들었습니다만."

"…어머님?"

제니스였다.

"어?"

내가 어머님이라고 부르는 바람에, 그 자리에 있는 전원의 시선이 여성에게 모였다.

그녀는 울컥한 얼굴로 나를 노려보았다.

"나는 독신이다. 너 같이 큰 아이는 없다."

아니, 제니스 씨? 내가 모르는 사이에 기억을 잃어버렸습니까?

아니면 파울로에게 정나미가 떨어졌습니까?

그렇게 생각하면서 잘 바라보니, 제니스와는 조금 다른 부분이 보였다.

몇 년 동안 헤어져 지낸 것도 있어서 제니스의 얼굴을 그렇게 잘 기억하지 않지만, 얼굴의 윤곽이나 머리칼 색깔도 조금 달랐다. 다른 사람이었다.

"죄송합니다. 행방불명된 어머니와 닮아서."

"…그런가."

연민의 시선으로 날 바라보았다.

어머니와 생이별한 아이로 여겨진 걸지도 모르겠다. 최근에는 별로 아이 취급을 받지 않았지만, 나도 겉보기로는 어린애니까.

"이런… 좌천된 신전기사가 무슨 일이지?"

바크시르는 콧방귀를 한 번 내뿜더니 제니스와 비슷한 기사를 노려보았다.

"미리스 국내에 스펠드족이 나타났다. 직무에 충실한 내가 여기에 오는 건 당연하겠지?"

"네가 착임하는 건 열흘 뒤니까 나서지 마라."

"나서? 이상한 말이로군, 공작. 분명히 나는 아직 정식으로 착임하지 않았다. 하지만 전임자는 이미 미리시온으로 떠나서 이 자리에 없다. 세관에서 문제가 일어났을 때에는 신전기사가 일을 진행할 터인데, 이 자리에는 나 이외의 신전기사의 모습이 없다. 이건 대체 어떻게 된 거지?"

제니스와 비슷한 기사가 그렇게 읊어댔다.

바크시르는 윽 소리와 함께 안색을 흐렸다.

"세관의 수호는 양대 우두머리가 할 것. 그것은 미리스 교단이 정한 절대적인 철칙. 바크시르 경, 설마 미리스 교단에 칼을 들이댈 생각은 아니겠지?"

"설마 그럴 리가 없지. 다만 그대는 아직 여기에 온 지 얼마 되지 않는다. 천천히 쉬는 것도 좋지 않겠나…?"

"필요 없다."

돼지 공작의 얼굴이 도살되기 직전의 표정이 되었다.

이거 다음에 돼지고기를 먹을 때는 맛있게 먹을 수 있겠다.

"그래서 무슨 이야기였지?"

이 기사는 아무래도 공작과 맞먹을 만큼 높은 모양이다.

보통 공작이라면 귀족 중에서도 최상급일 텐데….

미리스 신성국은 종교색이 강하니까 그런 면이 관계있겠지.

"실은…."

바크시르가 설명을 시작했다.

때때로 바크시르의 주관적인 발언이 있었기에 내가 적당하게 보충하면서 설명.

여기사는 그걸 끝까지 묵묵히 듣더니 이쪽을 한 번 바라보았다.

"흠…. 분명히 마족이군…."

특히나 루이젤드에게는 매서운 눈을 했지만, 에리스를 본 순간 그 눈이 풀어졌다.

그리고 마지막에 나와 눈이 마주치더니 문득 떠오른 것처럼 턱에 손을 대었다.

"…너, 아까 나와 어머니를 착각했다고 말했지. 어머니의 이름을 물어봐도?"

"제니스입니다. 제니스 그레이랫."

"아버지의 이름은?"

나는 힐끔 바크시르 쪽을 보았다.

으음, 말하고 싶지 않은데….

"파울로 그레이랫입니다."

일단 솔직하게 말하자, 바크시르가 눈을 크게 치떴다.

내 아버지는 문제의 쓰레기 같은 인간과는 다른 사람. 그렇게 주장하자.

내 아버지는 신과 같은 사람이야. 살짝 두들기면 돈도 나온다.

"그런가."

여기사는 그렇게 말하더니 웅크려 앉아서 나를 꼭 껴안았다.

"…어?!"

놀랐다. 갑작스러운 포옹이었다.

"고생 많았구나…."

그렇게 말하면서 그녀는 내 머리를 쓰다듬었다.

딱딱한 갑옷 차림이라서 별로 감촉이 좋지 않았지만, 여성의 좋은 향기가 화악 풍겼다.

자연스럽게 내 하반신이 반응…하지 않았다.

이상하다.

왜지, 자식아. 왜 그러는 거야. 내가 좋아하는 여자의 땀내 섞인 스멜인데.

저번에도 에리스의…, 라는 생각으로 에리스 쪽을 보니 눈을 치뜨고 주먹을 움켜쥐고 있었다.

무섭다.

"어어… 저기?"

여기사는 내 머리를 툭툭 두드리더니 스윽 일어섰다.

그리고 내 쪽을 보지 않고 바크시르에게 선언했다.

"이들의 신병은 내가 보증하지."

"뭐?! 마족도 있는데!"

당황하는 바크시르를 무시하고 여기사는 내 손에서 편지를 빼앗더니 스윽 훑어보았다.

"편지도 문제없다. 갈가드 경의 필적이다."

"설마 신전기사가 미리스 교단의 가르침에 등을 돌리는 건가…."

그때 에리스가 앗 소리를 내었다.

여기사가 에리스를 향해 윙크했다.

뭐지?

"신전기사단 '방패 그룹'의 중대장인 내 보증이다."

"큭, 부하를 잃고 이런 곳으로 좌천당한 주제에."

"흥. 그 말, 그대로 돌려주지. 물론 임무를 달성한 나와 도중에 단념한 당신은 입장이 꽤나 다르겠지만."

바크시르는 빠드득 이를 갈았다. 아무래도 그도 좌천당해서 여기에 있는 모양이었다. 그렇게 생각하니 공작이란 지위라도 왜소하게 보이니까 신기했다.

바크시르의 눈이 증오로 물들었다.

"너, 아무리 고귀한 출신이라고 해도 너무 기어오르면…."

바크시르의 말은 끝까지 이어지지 않았다.

여기사가 꾸벅 고개를 숙였다.

"아니, 미안. 말이 지나쳤군. 이런 곳에 온 이상, 나도 너와 반목할 생각은 없다. 이번에는 사적인 건도 얽혀 있다. 용서해다

오."

좋은 타이밍이다 싶었다.

자기가 하고 싶은 말을 다하고 깔끔하게 사과한다. 바크시르의 분노도 지금 한 마디로 스르륵 빠져나갔다.

다음에 누군가를 화나게 할 때에 따라해 보자.

"사적인 건이라고?"

"음."

바크시르의 의심 어린 얼굴을 향해 여기사는 고개를 끄덕였다.

그리고 내 어깨에 툭 손을 올렸다.

"이 아이는 내 조카다."

뭐라고?!

테레즈 라트레이아.

그녀는 미리스 귀족인 라트레이아 가문의 넷째 딸이며, 젊어서부터 신전기사단의 중대장에 앉은 신진기예의 기사였다.

집안은 라트레이아 백작가. 제니스의 집안도 라트레이아 백작가.

내가 그녀의 친척임을 알자, 바크시르는 체념한 듯한 얼굴로 크게 한숨을 내쉬고 우리의 도항비용을 무료로 해 주었다.

현재 나는 웨스트포트의 숙소에서 테레즈에게 안겨 있었다.

방에 있는 것은 나와 테레즈와 에리스, 그렇게 셋이다. 루이젤드는 분위기를 읽은 건지 이 자리에 없었다.

"루데우스. 너에 대해서는 언니의 편지로 알았지."

"그런가요. 어머니는 뭐라고?"

"아주 귀엽다고 했지. 실물을 보니 설마 싶었는데, 분명히 아주 귀여워."

테레즈는 그렇게 말하면서 내 목덜미에 얼굴을 묻었다.

생각해 보면 약 12년 동안 건방지네 수상쩍네 기분 나쁘네 하는 소리를 들었지만, 귀엽다고 말해 준 건 제니스뿐이었던 것 같다.

하지만 왕가슴 미녀에게 안겨 있는데도 왜인지 내 다리 사이의 레일 건은 초전자적인 뭔가를 코인토스하지 않았다. 그러고 보면 제니스를 상대로도 내 빅토리는 스턴탭하지 않았다.

생각해 보면 노른과도 필요 이상으로 가까워지자는 생각을 하지 않았다.

…피가 이어져 있기 때문일까.

"테레즈. 슬슬 루데우스를 놔 줘."

에리스는 턱을 짚고서 테이블을 툭툭 두들겼다.

기분이 안 좋은 모양이었다. 질투하는 걸지도 모르겠다. 나는 참 죄 많은 남자다.

"에리스 님. 마음은 알겠습니다만, 언제 또 루데우스와 만날 수 있을지 모릅니다. 그리고 분명 다음에 만날 때는 이 귀여움을 잃었겠지요. 정말 한때의 추억입니다. 부디 눈감아주시길."

테레즈는 아랑곳 않고 내 몸을 계속 쓰다듬었다.

"테레즈 씨, 왜 에리스에게 경어를?"

"생명의 은인이니까."

그 점을 캐물어 보았다.

에리스가 고블린 토벌에 나갔을 때, 우연히도 적성 세력의 습격을 받아 절체절명이었던 테레즈를 구했다.

테레즈는 그때 어느 요인을 호위하는 중이었고, 에리스가 없었으면 요인과 함께 목숨을 잃었을 것이라는 이야기였다.

처음 듣는 이야기였다. 에리스를 보니 그녀는 겸연쩍은 얼굴을 했다.

"말하는 걸, 잊어버렸어…"

에리스의 말로는, 내가 기운을 잃은 것을 보고 고블린 토벌에 대해선 완전히 기억의 저편으로 잊어버렸다는 모양이다.

내 탓인가. 그럼 어쩔 수 없지.

테레즈는 (뒤에서 날 껴안고 있으니까 알 수 없지만) 아마도 황홀한 표정으로 내 몸을 쓰다듬었다.

기분 나쁠 정도는 아니지만, 왠지 마음이 불편했다.

등에 가슴이 닿은 상황에서 내 몸을 쓰다듬는데도 흥분하지 않는다.

새로운 감각이라고 할 수 있다.

"아, 그렇긴 해도 루데우스는 귀엽네. 먹어 버리고 싶을 정도야."

"먹는다는 말은 성적인 의미인가요?"

적당히 농담을 해 보았더니 내 입을 손으로 틀어막았다.

"…너는 말하지 않는 편이 귀여워. 말하면 파울로의 얼굴이 떠오른다."

아무래도 테레즈는 파울로를 별로 좋아하지 않는 모양이다.

"하지만 가슈 단장은 여전하군."

나를 쓰다듬으면서 테레즈는 화제를 바꾸었다.

"바크시르에게 그런 편지를 보내면 그렇게 될 게 뻔할 텐데."

갈가드 나슈 베니크는 교도기사단의 단장이다.

교도기사단이란 분쟁지대에 젊은 기사를 보내어 전쟁을 경험시키는 동시에 각지에 미리스 교단의 가르침을 퍼뜨리는 역할을 맡은 용병부대다. 현재는 원정과 원정 사이의 모집기간이며, 단원을 모집하기 위해 국내로 돌아왔다는 모양이었다.

가슈=갈가드 나슈 베니크는 거기의 단장이다.

과거에 마대륙으로 원정 갔다가 살아 돌아온 사람 중 하나로, 수십 년 동안 교도기사단을 역대 최강이라고 일컬어질 정도로 끌어올린 책임자. 말없고 무뚝뚝한 인물로 어지간해선 웃지 않는다. 어떤 악인에 대해서도 평등하게 접할 수 있는 인물이라고 평해진다.

미리스 기사는 교도기사단의 원정에 참가해야 어엿한 기사 대접을 받는다.

가슈가 단장이 된 뒤로 교도기사단의 생환률은 90퍼센트를 넘었다.

고로 현재의 교도기사단은 역대 최강이라는 평이 드높다.

가슈 덕분에 목숨을 건진 사람도 많고, 현재의 기사 중에 가슈를 존경하지 않는 사람은 없다는 모양이다.

"그리고 편지도 안 쓰고 말수 적은 걸로도 유명하다."

전장에서는 척척 지시를 내리지만, 평소에는 넋을 놓고 살아서 제대로 인사도 못 한다나.

편지를 보내는 일도 거의 없어서 서류도 기본적으로 인감뿐.

그 필적을 본 적 있는 사람은 거의 존재하지 않기 때문에, 위조 서류가 많이 나돈다.

루이젤드의 이야기로는 말 많고 격정적이라는 느낌이었다.

물론 루이젤드도 별로 말수가 많은 편은 아니니까.

기준이 다르겠지. 어쩌면 루이젤드가 상대니까 달랐던 걸까.

"저기, 언제까지 붙어 있을 거야…?"

에리스가 드디어 진짜로 열 받기 5초 전이란 느낌이라서 나는 테레즈에게서 떨어졌다.

"아아…. 루데우스의 온기가…."

테레즈가 아쉬운 얼굴을 했지만, 나는 껴안는 인형이 아니다.

안겨 있어도 기쁘지 않고.

"루데우스, 이쪽으로 와."

그 말에 에리스의 옆에 앉자 내 손을 잡아왔다.

"……."

에리스의 얼굴을 보니 귀까지 새빨개져 있었다.

그 옆얼굴을 보기만 해도 내 입가가 풀어졌다.

저쪽을 보니 테레즈는 베개를 펑펑 때리고 있었다.

벽이라도 때리면 될 텐데. 근육이 부족한 모양이지만.

"하아…. 젊은 건 좋구나…."

테레즈는 한숨을 한 차례 내쉬더니 진지한 얼굴을 했다.

"그렇지, 루데우스. 충고를 한 가지 하도록 하지. 이제 곧 미리스를 떠나는 네게는 의미가 없는 충고일지도 모르겠지만…."

그렇게 운을 뗀 뒤에 테레즈는 입을 열었다.

"국내에서 스펠드족의 이름은 쓰지 않는 편이 좋아."

"왜요?"

"미리스 교단의 옛 가르침으로 마족은 완전히 배척해야한다는 것이 있다."

마족은 미리스 대륙에서 모두 쫓아내야 한다.

그것이 미리스의 가르침이다. 현재는 사문화되었다지만, 신전기사단은 그걸 그대로 따른다.

스펠드족처럼 유명한 마족은 설령 가짜라고 해도 전력으로 배제해야만 한다는 소린가 보다.

"루데우스가 신세졌다면 나도 눈감아줄 수밖에 없지만, 본디 절대로 그냥 넘길 수 없는 일이야."

"무리야."

진지한 표정의 테레즈에게 대답한 것은 싸늘한 얼굴의 에리스였다.

"당신들 몇 명이 덤벼도 루이젤드에게 못 이겨."

"그렇지요. 에리스 님의 말씀이 옳습니다."

당연하다는 어조로 테레즈가 쓴웃음을 지었다.

"하지만 신전기사단은 나도 포함해 광신자의 집단이니까요. 설령 못 이긴다는 걸 알아도 싸울 수밖에 없습니다."

미리스 기사단에는 그런 자들이 여럿 있다.

그러니까 혹시 장래에 미리스 대륙에 돌아오는 일이 있거든 조심하라는 당부였다.

이번 일로 마족에 대한 차별이 얼마나 뿌리 깊은지 재확인하게 되었다.

앞으로의 여행에서 스펠드족의 명예를 회복하는 건 어려울지도 모르겠다.

또 혹시 내가 록시를 신으로 모신다는 게 알려지면, 이단심문에 걸려서 고생할지도 모르니까, 내 종파는 묻어두기로 하자.

배 여행은 순조롭게 끝났다.

테레즈는 배 여행에 필요한 것을 모두 준비해 주었다.

여행 도중의 식량부터 뱃멀미약까지. 이 세계는 약학이 그리 발달하지 않은 줄 알았는데, 치유 마술만이 이 세계의 의료인 것도 아닌지 뱃멀미약 정도는 있는 모양이었다.

물론 꽤나 비싼 모양이었다. 친척의 연줄이란 건 대단하다.

테레즈는 에리스에게 최대한의 편의를 봐주었지만, 루이젤드에 대한 눈은 삼엄했다. 물론 그것도 어쩔 수 없는 일이었다. 세상만사는 그렇게 쉽게 나눌 수 있는 것도 아니다.

에리스는 멀미약 덕분에 다소 불쾌하긴 해도 내 힐링을 받지 않아도 될 정도로 괜찮았다.

본심을 말하자면 힘없는 에리스를 볼 수 없어서 아쉬웠다.

물론 그 덕분에 내 게이지는 쌓이지 않고, 버스터 울프는 폭주하지 않고, 에리스의 서니 펀치를 맞을 일도 없었다. 평상시와 같았다.

하지만 에리스는 지난번 일 때문에 불안했는지 배 안에서는 항상 나한테 붙어 지냈다.

힘없는 건 아니지만 바다를 보며 좋아하는 에리스를 볼 수 있어서 나도 만족했다.

"두 사람, 뜨겁네! 왕룡왕국에서 결혼식인가?"

둘이서 바다를 보고 있는데 선원이 야유했다.

"예, 성대하게."

그래서 분위기를 타고 에리스의 어깨를 껴안았다가 얻어맞았다.

"겨, 결혼은 아직 일러!"

에리스는 나를 때리면서도 꼭 싫은 것만은 아닌지 머뭇거렸
다.

야유를 듣는 건 싫은 모양이다. 그런 건 단둘이서, 인적이 없
고 무드 있는 장소라는 소리다.

검을 들면 아수라인 에리스도 연애 쪽으로는 소녀다.

하지만 결혼이라.

나와 에리스를 짝지어 주려던 필립은 어떻게 되었을까.

파울로는 너무 낙관하지 말라고 그랬는데….

그들만이 아니다. 제니스와 리랴는 행방불명. 아이샤도 어디
에 있는지 알 수 없다. 실피도 정보가 없다. 길레느도 살아 있
는지 알 수 없다.

불안할 따름이었다.

아니, 너무 나쁜 쪽으로만 생각하지 말자.

의외로 피트아령으로 돌아가 보면 다들 건강하게 귀환했을지
도 모른다.

낙관적으로 생각하자. 분명 그럴 리 없다고 알지만, 적어도
지금 너무 불안하게 생각할 것도 없다.

그렇게 생각하기로 하자.

이렇게 우리는 미리스 대륙을 뒤로 하였다.

막간　록시의 귀환

　루데우스 일행이 미리스를 떠났을 무렵.

　록시 미굴디아는 고향에 돌아와 있었다.

　미굴드족의 마을.

　변함없는 모습이었다. 마을의 지인도 그 얼굴이 거의 변하지 않았다.

　주민은 늘었지만, 기분 나쁠 만큼 조용한 것도 예전과 마찬가지였다.

　과거에는 기분 나쁘게 생각하지 않았지만, 전 세계를 보고 다닌 록시의 눈에 이 마을은 이상했다. 조용하게, 단 한 마디의 말도 없는데 마을사람들의 의사소통은 가능하니까.

　그들은 록시를 보더니 그저 가만히 바라보았다.

　록시는 알고 있었다. 그들은 미굴드족의 특수능력, 염화를 통해 말을 걸어오는 것이었다.

　하지만 록시는 그걸 알아들을 수 없었다. 희미한 노이즈 같은 것은 들리지만, 그것뿐이었다.

　록시는 그들의 말에 대답할 수 없었다.

　잠시 뒤에 부모님이 모습을 보였다. 오래간만에 보는 부모님도 변함없었다.

그들은 돌아온 록시를 보고 기뻐하며 환영했고, 여태까지 어떻게 지냈느냐, 혼자서 왔느냐, 그런 질문을 걱정스럽게 던졌다.

엘리나리제와 탈핸드는 마을 밖에서 기다리고 있었다. 귀향이라는 말에 뭔가 생각한 바가 있는 모양이었다.

록시는 여태까지의 여행을 담담하게 말했다.

부모님은 이야기를 듣고 놀라고 안도한 얼굴을 하더니 편하게 지내라고 말했다.

하지만 록시는 소외감을 느꼈다.

걱정하는 말도, 환영하는 말도, 그들에게는 외국어였다. 그들은 정말로 중요한 말은 결코 입 밖에 내지 않는다. 특히 사랑을 속삭이는 말은.

어쩌면 진심으로 걱정하는 걸지도 모르지만, 그건 록시에게 전해지지 않았다. 미굴드족의 능력을 쓸 수 없는 자신에게는 전해지지 않았다.

그 사실을 록시는 쓸쓸하게 여겼다.

이 이상 여기에 있어도 괴로울 뿐. 자신은 미굴드족으로서 부족하다는 사실을 확인할 뿐이었다.

그렇게 생각한 록시는 오래 머물지 않고 바로 떠나기로 결정했다.

"벌써 가는 거냐?"

"예."

"하다못해 하룻밤만이라도."

"아뇨, 바쁜 여행 중에 잠시 들른 것뿐이라서."

걱정하는 아버지에게 록시는 무표정하게 고개를 내저었다.

"다음에는 언제 오냐?"

"모르겠습니다. 이제 돌아오지 않을지도 모릅니다."

록시는 솔직하게 말했다.

그러자 아버지의 곁에 있던 어머니도 걱정하는 표정을 지었다.

"록시…. 20년에 한 번 정도는 돌아오렴."

"그렇군요…."

건성으로 대답했다.

"…50년 이내로는 돌아올지도 모릅니다."

"정말? 약속이다?"

"예."

록시가 대충 고개를 끄덕이자 어머니는 눈물을 흘렸다.

"아, 어머니…?"

"어머, 이런. 울지 않기로 했는데. 미안하네."

어머니의 눈물을 보니 록시의 안에서 움직이는 게 있었다.

자기도 모르게 어머니를 끌어안았다.

그러자 아버지가 록시와 어머니를 한꺼번에 끌어안았다.

그때 록시는 간신히 깨달았다. 말이 전부는 아니라고.

결국 마을에 사흘 정도 머물렀다.

오래간만에 느긋한 나날을 보냈다.

★　★　★

‘데드엔드의 개주인’의 정체는 루데우스 그레이랫이다.

그 사실을 인정하기까지 록시는 다소 시간이 필요했다.

마대륙에 들어와서 루데우스의 정보를 찾아 계속 북으로 이동했다. 북쪽으로 가면 갈수록 루데우스라는 단어를 들을 수 있게 되었다.

가까워지고 있다.

그렇게 생각하는 동시에 뭔가 이상했다.

‘가짜 데드엔드’의 정보와 루데우스의 목격정보가 꽤나 겹쳤다. 무영창으로 마술을 사용하는 인간 소년과 가짜 데드엔드의 ‘개주인’은 이미 동일인물이라고 해도 과언이 아니라고 탈핸드가 도중부터 몇 번이나 말했다.

아니, 처음부터 깨닫고 있었다. 모른 채 엇갈렸다고 인정하고 싶지 않았던 것이다.

하지만 리카리스 시에 와서 인정할 수밖에 없었다.

2년 전에 일어났다는 ‘데드엔드’ 사건.

과거의 파티 멤버였던 노코파라의 증언.

그리고 고향 부모님의 증언. 모든 것을 종합하여 록시는 간신히 인정했다.

‘데드엔드의 개주인’은 루데우스였다고.

현재 록시는 노코파라와 함께 주점에서 식사를 했다.

루데우스의 이야기를 물었을 때, 노코파라는 꽤나 대답을 꺼리는 분위기였다.

아무래도 그는 남에게 말할 수 없는 종류의 직업으로 전향한 모양이었다.

록시는 그걸 탓할 마음이 없었다. 마대륙에서는 그것도 어쩔 수 없는 일이다.

"그런가요…. 블레이즈는 죽었습니까….”

"그래, 레드후드 코브라한테 잡아먹혔다나 봐.”

마대륙을 떠난 지 몇 년.

쌓인 이야기도 있을 텐데, 입에서 나오는 거라곤 과거의 이야기뿐이었다.

록시는 눈을 감고 블레이즈를 떠올렸다.

돼지 같은 얼굴에 입이 험하고 록시가 뭔가 실패할 때마다 투덜거렸지만, 불쾌한 사람은 아니었다. 전사로서 믿음직한 남자였다.

죽을 때는 B랭크 모험가 파티를 꾸리는 베테랑으로 성장했다고 한다.

마대륙에서 B랭크 모험가 파티의 리더.

그 야유쟁이가 훌륭해졌다고 생각했지만, 파티명은 슈퍼 블레이즈.

네이밍 센스는 예전과 달라지지 않은 모양이었다.

그런 베테랑 파티를 전멸시킨 상대가 파티를 결성한 지 얼마 안 되는 루데우스 일행에게 쓰러졌다는 모양이다. 모험을 시작해서 곧바로 A랭크 마물을 토벌한다.

과거의 록시로서는 죽었다 깨어나도 불가능한 일이다.

하지만 그것도 루데우스답다는 생각에 록시는 엷게 웃었다.

"록시는 꽤나 변했네."

노코파라는 마대륙 특유의 자극성 강한 술을 찔끔찔끔 마시면서 말했다.

록시는 잔의 수면에 비친 자기 얼굴을 보고 '그런가?'라고 생각했다.

"스스로는 모르겠는데요…."

"아니, 꽤나 어른스러워졌어."

"그게 뭔가요? 사람 놀리는 겁니까?"

노코파라와 모험을 하던 무렵, 록시는 이미 미굴드족으로서 성인의 모습이었다.

그 이후로 체형 등등에도 큰 변화는 없었다. 록시 본인으로서는 아무 변화도 없다고 자각했다.

"그런 거 아냐. 뭐라고 할까, 분위기가 말이지. 예전의 너는 더 어린애 같았어."

"겉모습이 변하지 않을 뿐이지, 계속 살아 있으니까요."

록시는 그렇게 말하면서 안주로 나온 볶은 콩을 아작아작 먹었다.

이 콩은 스톤 트렌트의 씨앗이다. 록시의 미각으로는 별로 맛있게 느껴지지 않았다.

다만 별 생각 없이 입에 넣게 되는, 자꾸 당기는 맛이었다.

"그런 거야. 넌 예전에는 어른으로 보이려고 필사적이었잖아. 과거의 너였으면 내 말에 춤을 췄을걸?"

"그런가요? …그렇군요, 그런 시기도 있었지요."

자기 주제란 걸 몰랐던 시절의 이야기였다.

예전에는 주위에게 어린애라고 여겨지지 않도록, 얕보이지 않도록 애썼다.

나는 마술사다, 약한 속성은 없다, 뭐든지 할 수 있다, 그렇게 떠들고 다녔다.

어느 틈에 그 평가는 역전되어서 이름만 혼자 멋대로 부풀었다.

지금은 불가능한 일만 요구받게 되었다.

그러고 보면 마대륙에서도 루데우스의 스승이라고 했더니 꽤나 놀라움을 샀다.

루데우스는 일이 있을 때마다 '스승의 가르침의 산물입니다'라고 말했다는 모양이다.

덕분에 록시까지 무영창으로 마술을 쓸 수 있다고 여겨졌다. 무영창 마술 같은 건 불가능한데.

과거에 자신을 욕했던 스승도 이런 기분이었을까. 록시는 문득 그렇게 생각했다.

그렇다면 미안한 짓을 했다고 반성하게 되었다.

너무 뛰어난 제자를 둔 스승의 고뇌. 실제로 그 입장에 서 보지 않으면 모를 것이었다.

자랑스럽다고 생각하는 동시에 창피했다.

하지만 신기하게도 지금 스승이라고 부르지 말아달라는 말은 하고 싶지 않았다.

루데우스가 언질을 지키지 않고 록시가 스승이라고 떠들고 다녔다는 사실이 단순히 기뻤다.

"노코파라는 변하지 않았군요."

"그래?"

"예, 외모 이외에는."

돈에 탐욕스럽고 약한 자를 노리는 면은 예전과 같았다.

록시는 과거에 노코파라만큼은 적으로 돌리고 싶지 않다고 몇 번이나 생각했다.

"그게 뭐야. 빙 둘러서 늙었다고 말하는 거야?"

"그렇게도 말할 수 있겠군요. 노코파라는 늙었습니다."

"말이 제법 늘었군."

노코파라는 히힝 소리 내며 힘없이 웃었다.

"옛날 생각 나네…."

"그렇군요."

당시에 여기에는 두 사람이 더 있었다.

노코파라가 뭐라고 할 때마다 트집을 잡는 소년과 싸울 때마다 고개를 내저으며 타이르는 소년이.

이미 두 사람은 없고, 남은 것은 중년 두 명이었다.

물론 한쪽은 종족상 그리 나이를 먹지 않지만….

지나간 나날은 돌아오지 않는다.

그 날 노코파라가 흠뻑 취할 때까지 둘이서 추억담으로 이야기꽃을 피웠다.

부모님과 옛 친구.

양쪽과 만난 것만으로도 여기에 돌아온 의미는 있었다.

그런 마음으로 록시의 가슴은 가득했다.

★　　★　　★

루데우스는 지금쯤 미리시온에 도달했을까.

웬포트에서 엇갈렸다고 하면 그 뒤로 반년.

딱 우기와 겹쳤다고 해도 성검가도는 아무것도 없는 길이다. 엘프나 드워프의 마을에 들르지 않는다면 미리시온에는 도달했을 터다.

역시 찾을 필요 따윈 없었다. 파울로가 전언으로 남긴 대로 그는 괜찮았다. 함께 전이했다는 에리스라는 소녀. 그녀와 함께 유유히 마대륙을 빠져나갔다.

보통은 어딘가에서 벽에 부딪치기 마련인데 너무나도 간단히,

손쉽게.

더군다나 도중에 록시가 두려워 마지않는 스펠드족을 동료로 삼으면서까지.

"록시의 제자는 우수하군."

"정말로 파울로의 아들이라고는 생각되지 않아요."

엘리나리제와 탈핸드가 그렇게 말하며 칭찬했다.

누구의 제자든, 누구의 아들이든 관계없다고 록시는 생각했다. 루데우스는 자신과 만나기 전부터 천재였다고. 혹시 자신과 만나지 않았더라도 이 정도는 할 수 있었을 거라고.

그건 둘째 치고.

"이제부터 어쩔 건가요?"

엘리나리제의 질문에 록시는 생각했다. 일단 목표인 루데우스는 아마도 이미 미리시온에 도착했겠지.

그와 만나고 싶은 마음은 굴뚝 같지만 목적을 뒤바꿔선 안 된다.

"마대륙의 북서부를 찾지요."

루데우스는 발견했지만 나머지 세 명은 아직 발견되지 않았다.

여태까지의 여행 도중에도 피트아령 출신의 난민은 몇 명 있었다.

그럼 북서부에도 있겠지.

"제자와 만나지 않아도 되겠나?"

"괜찮습니다."

탈핸드의 말에 록시는 고개를 내저었다.

애초에 알아차리지 못하고 엇갈렸다는 걸 알았으니 볼 낯이 없다.

안 그래도 스승으로서 한심한 입장이다.

"마대륙에는 아직 도시가 더 있습니다. 여태까지처럼 하나씩 돌아다니죠."

두 사람은 시선을 교환하고 가볍게 웃었다.

록시 미굴디아의 여행은 계속된다.

번외편1

드래곤 고기
칠성구이

이스트포트.

왕룡왕국의 영토인 그곳은 세계에서 가장 큰 항구도시다.

언어는 다르지 않지만, 미리스 신성국과는 가게의 이름이나 분위기가 조금씩 달랐다.

하지만 내가 네 번째로 경험하는 항구도시다. 그렇게 새롭게 느껴지는 것도 없고, 배에서 내린 뒤에는 항상 그렇듯이 숙소를 찾아다녔다.

그럴 때에 에리스가 불쑥 말했다.

"좋은 냄새가 나."

좋은 냄새라면 훈련 직후 에리스의 목덜미 근처의 냄새일까.

그런 생각을 하며 코를 벌름거려 보니, 분명히 어딘가에서 모르게 맛있는 냄새가 풍겼다.

살펴보니 태양도 완전히 머리 위에 있었고 배도 텅텅 비었다.

"배가 고프네요."

"그래…."

에리스가 고개를 끄덕였다.

그 시선 끝에는 이 냄새의 근원인 듯한 밥집 하나가 있었다.

겉보기에는 낡은 가게.

벽돌벽은 낡아빠져서 구멍도 났다. 더럽고 닳아빠져서 글자도 제대로 알아볼 수 없는 나무 간판.

경첩이 빠져서 당장이라도 쓰러질 것 같은 문은 밥집보다는 폐가라는 쪽이 더 잘 와 닿았다.

하지만 거기서 풍기는 냄새만큼은 진짜였다.

화악 퍼지는 냄새. 식욕을 돋우는 향기는 아니었지만, 어딘가 그리운 느낌으로 내 위장을 뒤흔들었다.

"들어갈 건가?"

루이젤드의 말에 퍼뜩 정신이 들었다.

내 다리가 비틀비틀 가게로 빨려들고 있었다.

"…예, 문제 있을까요?"

"너는 항상 깨끗한 가게가 낫다고 말하지 않았나?"

말했던 것 같다.

하지만 그건 마대륙에서의 이야기다.

마대륙에서는 가게의 깔끔함이 그대로 요리의 맛과도 직결되었다.

그런 식으로 가끔은 엄청 맛있는 가게도 나왔지만… 아무튼 평소의 나라면 이런 가게에 들어가지 않겠지.

하지만 왜일까. 이 가게에는 마음이 갔다.

"가끔은 괜찮겠죠."

"뭐, 네가 좋다면 좋지만…."

내 의견을 따르듯이 두 사람도 뒤따랐다.

끼기긱 하고 거슬리는 소리를 내는 문을 열고 안에 들어가자 안도 역시나 더러웠다.

아니, 더럽다는 말은 적절하지 않았다.

밥집으로서 필요한 청결은 지켰다고 봐야겠지.

다만 낡았다.

의자 다리는 빠지고, 테이블에는 금이 가고, 바닥에는 구멍이 난 곳도 있었다.

물론 손님은 없었다.

"완전 우리가 전세냈네."

에리스가 기쁜 듯이 중얼거렸다.

점심때에 손님이 없다는 것에 대해 딱히 의문이 들지 않는 모양이었다.

나도 불안하게 생각했지만 왜인지 기대가 불안을 웃돌았다.

"어서 오세요…"

자리에 앉자 해골 같은 남자가 메뉴를 들고 다가왔다.

주인일까.

그렇기는 해도 참 기운 없어 보이는 얼굴이었다.

장사가 잘 안 된다는 건 보면 알겠지만, 손님 앞이니까 미소 정도는 보여야겠지.

"루데우스, 역시 그만두는 편이 좋지 않나?"

루이젤드가 그렇게 말하는 것도 별일이었다.

하지만 외모로 판단하는 건 좋지 않다.

"아뇨, 맛은 좋을지도 모르고요."

그렇게 말하자 해골 남자는 쓴웃음을 지으며 메뉴를 펼쳐 보여 주었다.

메뉴에 적힌 요리는 두 종류.

· 드래곤 고기 칠성구이

· 아르바 피쉬탕

미리시온의 레스토랑에서는 열 종류 이상에서 골랐다.

가짓수가 많지 않다는 주점에서도 이거보단 많았다.

그렇게 생각하면 구색 없는 가게지만, 가격이 싸니까 넘어가기로 했다.

"어느 쪽으로 할까요?"

고기냐, 생선이냐.

아르바 피쉬라는 건 남해에서 잡히는 생선이었다.

이 일대에서 흔히 먹을 수 있는 생선으로, 웨스트포트에서도 먹어보았다. 탕이라지만, 이 경우 돌냄비 찌개 같은 거겠지. 왕룡왕국에서 흔히 먹을 수 있는 대표적인 요리 중 하나다.

다른 메뉴인 드래곤 고기 칠성구이.

이쪽은 들어본 적 없었다.

왕룡왕국 근처에 있는 왕룡산맥에는 그 이름처럼 왕룡이라는 드래곤이 산다.

중력을 조종하는 드래곤이라나 본데, 그것의 고기일까?

아니면 그와 비슷한 생물일까….

그리고 칠성구이.

처음 듣는 조리법이었다. 물론 나도 이 세계의 요리에 대해선 밝지 않다.

왕룡왕국에서는 대중적인 걸지도 모르겠다.

아무튼 흥미가 당겼다.

"나는 고기."

"나도 고기다."

"그럼 고기 셋으로."

육식계 세 명에게 주문을 받자, 해골 남자는 말없이 주방 안으로 사라졌다.

물론 물은 없었다.

이 세계에서는 기본적으로 그런 서비스가 없었다.

그러니 나는 흙 마술로 컵을 만들어서 물을 따라 두 사람에게 돌렸다.

셀프 서비스다.

얼음을 몇 개 띄우면 지친 몸을 치유하는 청량제가 된다.

"루데우스, 한 잔 더."

에리스는 순식간에 꿀꺽꿀꺽 다 비우고 얼음을 와득와득 씹어먹더니 컵을 내밀었다.

나는 "예이, 알았습니다요."라고 말하며 물을 따랐다.

밖이었으면 본인이 주문을 외워서 하라고 했겠지만, 여기는 가게 안이다.

제어에 실패해서 물바다로 만들기라도 하면 안 된다.

"……."

루이젤드는 평소처럼 조금씩 마셨다.

이 남자는 먹을 때는 빠르지만 음료는 단숨에 마시지 않는다.

"이 항구도시에서는 대단한 정보가 없는 모양이네요."

"그래, 검을 조금 더 보고 싶지만, 얼른 다음 도시로 가는 편이 좋을지도 모르겠어."

번영한 이유가 이유이기 때문일까, 이 왕룡왕국에서는 도검류가 많이 팔렸다.

길가의 노점에도 검이 주르륵 놓여 있었다.

에리스도 아까까지 그걸 보며 눈을 빛냈지만, 곧 그 상품들이 초심자를 속이기 위한 무딘 무기뿐이란 걸 깨달은 듯했다.

에리스의 검술 실력은 늘었지만 눈썰미는 아직이라는 소리다.

당연한가.

"실례하지!"

그런 이야기를 나누는데 갑자기 문이 활짝 열렸다.

불량해 보이는 남자 한 명이 흙발로 성큼성큼 가게에 들어왔다.

아니, 신발을 벗는 습관은 없으니까 나도 흙발이지만.

그리고 그 목소리를 듣고 가게 안쪽에서 해골 남자가 나왔다.

"샤가르…."

"란돌프, 오늘이야말로 좋은 대답을 듣겠어!"

"몇 번 오더라도 대답은 변함없습니다. 돌아가 주세요."

"흥! 이렇게 파리 날리는 가게를 언제까지 계속할 거지!"

"선조 대대로 한 가게니까요…. 물론 죽을 때까지…."

그 말에 나는 왠지 모르게 이 가게의 상황을 눈치챘다.

말하자면 경영난이다. 이 가게는 분명 빚이라도 지면서 간신히 운영하는 것이다.

저 불량배는 부동산업자나 그런 거겠지.

"기다려 주세요…. 오늘은 손님도 있습니다."

"손님이라…. 어, 분명히 손님이 있군. 어쩐 일이야."

"손님이 한 명이라도 있는 한 저는 그만두지 않습니다."

"흥."

불량배는 그 말에 코웃음을 치더니 근처 의자에 앉았다.

해골 남자는 그걸 무시하고 주방으로 돌아갔다.

고생이 많은 것 같았다.

잘은 모르겠지만 밥이 맛있으면 선전이라도 해 줄까.

"저 녀석, 이쪽 보고 있어."

"……."

"루데우스, 안 보이잖아."

이쪽을 바라보는 시선에 에리스가 화내려는 눈치길래 앞을 가렸다.

여기서는 주먹이 아니라 요리로 결판을 내야할 테니까.

어, 그만둬, 에리스. 내 손목을 붙잡지 마. 부러져, 부러진다고.

"오래 기다리셨습니다."

에리스와 장난치는데 요리가 나왔다.

그 요리를 보고 나는 눈을 치떴다.

"이건…!"

드래곤 고기 칠성구이.

그 요리는 세 개로 나뉘어 있었다.

일단 국. 투명한 야채 국물로, 깔끔한 맛을 즐길 수 있다는 걸 한눈에 알 수 있었다.

그건 좋다. 나머지 둘이 문제였다.

일단 왼쪽에 있는 것은 내가 이 세계에 온 뒤로 본 적 없는 주식이었다.

백은의 제왕―쌀밥이었다.

아니, 쌀밥이라기에는 색깔이 조금 이상했다. 쌀만이 아니라 다른 곡류도 몇몇 섞었겠지. 잡곡밥이었다. 오래간만에 보는 탓에 순간 잘못 보았나.

하지만 왠지 그리운 냄새가 난다 싶더니 이거였다.

밥을 할 때의 냄새. 그리워서 몸이 빨려들 만했다.

그리고 또 하나.

갈색으로 바삭하게 구워진 그것은 아무리 봐도, 아무리 봐도….

닭튀김이었다.

즉 국이 된장국이 아니지만, 밥도 쌀밥이 아니지만.

이 요리는 '닭튀김 정식'이었다.

"대단해!"

"왜 그래…?"

테이블에 손을 짚고 부들부들 떠는 나를 보며 에리스가 의아한 얼굴을 했다.

"아뇨…. 아무것도 아닙니다."

설마 이 세계에도 닭튀김이 있었다니… 이것이 하늘의 은혜인가.

인신도 드디어 내가 원하는 게 뭔지 이해한 모양이었다.

좋아, 먹자. 얼른 먹자. 빨리 먹자.

손을 모으고 하늘과 땅과 모든 정령에게 기도를 올렸다.

"잘 먹겠습니다."

젓가락은 없기에 포크로 밥을 입에 떠넣었다.

"후아아아…."

눈물이 나왔다.

생전에 나는 밥을 좋아하고 좋아하고 좋아하는 인간이었다.

특히 30대에 들어가기 직전에는 밥만 있으면 일단 오케이라고 공언할 정도라서 하루에 두 되 정도의 밥을 먹어치웠다.

당시 먹었던 밥과 비교하면 이 밥은 한 마디로 맛이 없었다.

아마도 일본의 밥맛 랭킹으로 따지자면 C랭크도 안 된다.

하지만 밥이다. 밥은 밥이다.

밥에 귀천이 없다는 말을 나는 지금 태어나서 처음으로 실감했다.

"루, 루데우스…. 왜 그래?"

"아무것도 아냐, 아무것도 아니야."

시베리아 억류에서 돌아온 일본병처럼 나는 눈물을 흘리면서 밥을 먹었다.

한 번 씹을 때마다 맛이 우러났다.

아, 안 돼. 그렇게 많지 않으니까 반찬도 같이 먹어야지.

닭튀김이 당겼다.

포크로 찔러서 입으로.

"으읍!"

밥의 감동이 날아갔다.

결론부터 말하자면 그건 튀김이었지만 닭튀김은 아니었다.

표면은 질척하니 기름지고, 고기는 퍼석거리며 딱딱했다.

씹으면 씹을수록 고기 누린내와 기름 냄새가 콧속에 가득했다.

토할 것 같았다.

"……"

분노가 치밀었다.

이런 걸로.

이런 걸로 밥을 먹으란 말인가.

아니, 밥이면 나는 얼마든지 먹을 수 있다. 소금만 있어도 좋다.

쌀밥과 소금. 충분하다. 그거면 나의 사무라이는 싸울 수 있다.

하지만 내 안에서 말로 할 수 없는 분노가 일었다. 이 닭튀김은 쌀밥에 대한 모독이다.

"주방장 불러와!"

겁먹은 표정으로 달려온 주인을 향해 나는 일단 칭찬부터 시작했다.

일단 국은 합격이다.

맑은 국과도 비슷한 짭짤한 야채국은 독특한 잡곡밥에 잘 맞았다.

밥과 국만으로도 충분하다고 할 정도로 상성이 좋았다.

장인의 기술이 느껴지는 국이었다.

게다가 밥 짓는 기술도 합격이었다.

물 분량도 불 조절도 더할 나위 없이 좋았다.

프로의 맛이다. 쌀알 하나하나에 감동의 눈물이 나와서 흐느껴 울었다.

여기서 물의 종류에까지 더 집착했으면 최고점을 주어도 좋겠지.

뭣하면 루데우스가 인증한 맛있는 물을 메가톤 단위로 선물해도 좋다.

내가 정성 들여 만든 물은 어지간한 우물물보다 맛있으니까.

그렇게 칭찬한 뒤에 나는 닭튀김―칠성구이를 혹평했다.

철저하게 두들겼다.

이건 인간이 먹을 게 아니다. 돈을 받고서 이런 걸 먹이려고 들다니. 나를 데드엔드의 루데우스라고 알면서 이런 걸 내놓았냐! 완전히 나를 얕보는 거 아니냐!

무슨 미식 클럽의 주최자같이 화냈다.

스스로도 왜 이렇게 화내는 건지 잘 몰랐다.

어쩌면 배가 고팠을 뿐일지도 모른다. 에리스와 루이젤드도 얼떨떨한 얼굴이었고, 최종적으로 나는 두 사람의 손에 가게에서 끌려나왔다.

조금 말이 심했다.

그 정도로 나는 밥을 좋아했지만… 분명히 말이 심했다.

아무것도 모르는 주제에 입만 살았다.

이 세계에는 생전의 세계 같은 재료가 없다.

튀기기 위한 기름도 고급품이 있는 것도 아니겠지.

쌀밥을 반찬과 함께 먹는다는 문화가 있고, 닭튀김이라는 조리법이 있다는 걸 알았다. 그것만으로도 행운이었는데 나는 왜 이렇게 화를 냈을까.

가게를 나설 때 주인은 완전히 풀이 죽어서 눈가에 눈물까지 맺혀 있었다.

스스로 생각해도 어른스럽지 못했다.

반성하자.

★ 주인 시점 ★

경영 부진.

손님의 발길이 끊긴 지 이미 몇 년. 가끔씩 있는 손님도 한 번만 온 뒤 더 찾지 않고 빚만 부풀었다.

결국 오늘의 손님에게는 엄청난 불평을 들었다.

기름은 더 높은 온도로 하지 않으면 안 된다든가, 고기 안에 수분을 가두지 않으면 의미가 없다든가, 고기는 미리 더 달달한 맛에 재워놓고 튀김옷을 입혀야만 한다든가.

마지막에는 '그 이전에 고기 선택부터가 틀려먹었다' 같은 소리까지 들었다.

하지만 드래곤 고기는 수백 년 계속된 우리 가게의 전통이다.

그런 근본적인 면을 지적받아도 무슨 수가 없다.

"아니, 깜짝 놀랐어. 어이…."

고민하는 내게 도둑 같은 차림의 남자가 말을 걸어왔다.

샤가르 가르간티스.

최근 몇 년 동안 계속 내게 집적대는 남자다.

"하지만 이걸로 알았겠지. 네 요리는 저런 꼬맹이한테도 불평을 듣는 레벨이라고."

샤르는 평소처럼 기분 나쁜 미소를 짓고 있었다.

성실한 얼굴을 하면 나름 괜찮게 생긴 남자고 머리도 나쁘지 않다.

원래 그가 있는 곳에선 수십 명의 부하가 그에게 머리를 숙인다.

그런데 이렇게 멍청해 보이는 차림을 하고 기분 나쁜 미소를 짓는다.

변장 같은 걸지도 모르겠다.

"그래⋯. 하지만⋯."

"대대로 물려받은 가게를 지키고 싶다는 마음은 알아. 하지만 너한테는 장사의 재능이 없어. 가게를 지킬 힘도."

핵심을 찌르는 말에 가슴이 아팠다.

맞는 말이다. 내게는 장사의 재능은 물론이고 요리 재능조차 없다.

그런 꼬마에게도 맛있다는 말을 들을 수 없었으니까 심각하겠지.

"하지만 네가 더 잘할 수 있는 분야가 있어. 사람에게는 잘 맞고 안 맞는 게 있지. 안 그래?"

"그래⋯."

나는 고개를 끄덕일 수밖에 없었다.

이제 여기까지라는 의식이 머릿속을 가득 채웠다.

"알았다. 가게를 접지."

창업 250년. 옛날부터 전해진 가게를 내 대에서 끝낸다.

그 사실을 부끄럽게 생각하며 앞으로의 인생을 살자.

나는 그렇게 생각했다.

그 날.

왕룡왕국의 대장군 샤가르 가르간티스는 어떤 인물의 스카우트에 성공했다.

칠대열강 4위 '사신' 란돌프 마리언.

오랫동안 계속 스카우트해도 결코 고개를 끄덕이지 않았던 그가 왜 어느 날 갑자기 샤가르의 권유에 응했는가.

그걸 아는 이는 드물다.

번외편2

아리엘의
죽음

내 이름은 구스타프.

아슬라 왕국 왕도 아르스의 구석에 사는 삼류 정보상이다.

삼류라고 말했지만, 아슬라 왕국 안에 일어나는 일이라면 조사하지 못하는 게 없다고 호언할 수 있을 정도로 실력 있다고도 자부한다.

어느 날, 그런 내 귀에 어떤 소문이 닿았다.

'제2왕녀 아리엘. 라노아 마법대학으로 유학 가던 도중에 누군가에게 살해되다. 범인은 불명.'

총명한 나는 이 소문이 아리엘 왕녀의 적인 그라벨 왕자가 흘린 것이라고 곧바로 알았다.

아리엘은 약 한 달 정도 전에 유학이라는 명목으로 왕도를 떠났다.

송별은 성대하지 않았다.

아리엘은 왕도 사람들에게 인기가 있어서, 혹시 대대적인 송별 퍼레이드를 했다간 끝이 없으리라는 이유로 몰래 출발했다.

아리엘 왕녀를 따라간 호위의 숫자는 종자를 포함해서 열일곱 명. 왕녀의 호위치고 적지만, 이 나라에게 제일가는 미남으로 유명한 루크 노토스 그레이랫, 그리고 '무언의 피츠'라는 눈에 띄는 호위가 붙었기 때문에 내 정보망에 금방 걸렸다.

그렇지 않더라도 시내에서는 아리엘이 정쟁에 패해서 귀양간다는 소문이 나돌았지만.

그런 가운데에 이런 소문.

정말로 아리엘이 살해되었다면 정보가 도는 속도가 너무 빠르다.

범인을 목격한 자가 있다면 몰라도, 그건 불명. 정보의 출처도 불명.

신뢰성이 없는 것치고 정보가 나도는 속도가 너무 빠른 것은 누군가가 조작한다는 증거다.

자, 정보상으로서 이 사건의 진상을 까발리고 싶은 심정이었지만, 뒤에서 정보를 조작하면서 못된 꾀나 부려대는 왕궁의 귀족에게 찍히는 것도 재미없는 일이다.

이번 일은 모르는 척 건드리지 않기로 하자.

그렇게 결심했는데, 정보가 나돌기 시작한 지 얼마 지나지 않아서 내게 어떤 인물이 찾아왔다.

민완 정보상인 나는 그 사람을 알고 있었다.

아리엘파의 수괴, 필레몬 노토스 그레이랫의 부하로, 주로 정보를 취급하는 자였다.

물론 변장을 하고 가명도 썼지만 내게는 무의미한 짓이었다.

그는 당초에 나를 수상쩍은 자로 취급하며 거만한 태도를 취했지만, 정체를 간파하자 곧바로 고개를 숙이고 의뢰 내용을 제시했다.

"아리엘 왕녀님의 생사를 확인하고 싶다."

나는 그 말을 듣고 대단히 놀랐다.

설마 아리엘파 사람이 아리엘을 놓쳐서 안부조차 알 수 없는

상태라곤 생각하지 않았다. 아니, 총명한 나라도 모르는 것은
있다.

조사하지 않기로 결심한 일…이었지만, 나는 이 의뢰를 받아
들였다.

왜냐고?

당연히 보수가 좋았기 때문이다.

정보 수집은 아리엘 왕녀의 발자취를 쫓는 것부터 시작했다.

아리엘 왕녀는 왕도를 떠나 곧바로 북쪽으로 향했다.

라노아 왕국은 북쪽에 있다. 마법대학에 유학 간다는 가짜
정보를 흘리고, 전혀 다른 방향으로 도망친 건 아닌 모양이었
다.

아리엘의 발자취를 쫓으면서 정보를 수집하자, 아리엘에게 추
적자가 붙었음을 알 수 있었다.

아리엘이 통과한 시점을 전후하여 수상쩍은 검은 옷의 집단
을 보았다는 정보가 있었기 때문이다.

그리고 그 목격 정보가 나온 다음 도시에서는 아리엘의 호위
숫자가 줄어들었다.

하지만 이건 예상했던 일이었다.

아무런 걱정도 없이 여행했다면 아리엘파의 사람이 다급히

안부를 확인하려는 일도 없겠지.

아리엘은 호위를 한 명, 또 한 명 잃으면서도 착착 북쪽으로 이동했다.

최종적으로 호위가 열 명까지 줄어들었을 때 아리엘은 북쪽의 관문에 도달했다.

아슬라 왕국의 북쪽 국경.

적룡의 윗턱이라고 불리는 협곡의 남쪽에 펼쳐진 숲을 짓누르듯이 존재하는 관문.

거기서 나는 유력한 증언을 손에 넣을 수 있었다.

그는 아리엘이 관문을 방문했을 때의 일을 잘 기억하고 있었다.

★ 출국 관리관 스마일리 거틀링의 증언 ★

그 날 나는 기분이 언짢았습니다.

뭐, 항상 기분이 언짢긴 하지만요.

당시의 나는 이 일은 내게 맞지 않는다고 생각했으니까요.

예? 무슨 일이냐고요?

뭐, 하찮은 일이지요.

국내에서 오는 사람의 통행증을 확인하고, 경우에 따라서는 밀수품 등을 가져가는 게 아닌지 체크하는 겁니다. 물론 여기에 오는 건 북쪽과 교역하고 싶다는 괴짜 상인이나 모험가나 용병

정도밖에 없지만요.

대부분의 상인은 통행증을 갖고 있고, 모험가는 모험가 카드가 그대로 통행증이 됩니다.

용병단이나 통행증이 없는 여행자는 다시금 통행증 발행 심사를 해야만 하지만, 그건 내 일이 아닙니다. 다른 관리관에게 맡길 뿐입니다. 어지간히 거물 범죄자가 아닌 한 바로 통행증이 발행되겠죠.

아슬라 왕국은 국외로 나가는 사람보다 국내로 들어오는 사람 쪽이 압도적으로 많으니까요.

뭐, 위조 통행증으로 국경을 넘으려는 범죄자를 막는 것도 일이라면 일이지만, 거친 일은 내 몫이 아니니까 병사에게 맡깁니다.

하지만 아까도 말했다시피, 어지간히 악행을 저지르지 않는 한 국외로 나가기 위한 통행증은 간단히 나옵니다. 통행증이 발행되지 않는 거물 범죄자는 지명수배되어 있고, 지명수배될 만한 자는 관문에 들르지 않고 밀수조직에게 부탁하겠죠.

그리고 밀수조직의 발견, 괴멸도 내 일이 아닙니다.

정말 하찮은, 보람 없는 일입니다.

아무리 노력해도 누군가에게 평가받는 일도 없고 평생 나는 여기서 늙어가는 건가 생각하면, 가슴만 답답해지는 일이었습니다.

함께 일하는 병사들과 별로 사이가 좋지 않았던 탓도 있었고요.

이쪽은 병사들을 단순한 바보라고 생각했고, 병사들은 이쪽을 비리비리한 대갈장군이라고 생각했습니다. 명령계통이 다른 것도 사이가 나쁜 원인이었겠죠.

명예로운 왕도의 귀족학원을 졸업한 나는 본디 이런 변경에 있을 사람이 아니다, 더 어울리는 일이 있다, 진짜로 그렇게 생각했습니다.

아리엘 왕녀님이 나타난 것은… 정오를 넘었을 무렵이었을까요.

호화로운 2인용 마차에 주위를 걷는 호위 일곱 명.

마부석에 한 명, 마차 안에 두 명 있다고 생각하면 총 열 명.

나는 처음에 귀족이 유람 여행을 나왔나 생각했습니다.

하지만 여기는 국경, 이 너머는 타국, 그것도 눈과 마물이 많은 북방대륙이라는 위험한 곳입니다.

타국으로 여행을 나가는 귀족이 없는 건 아니지만, 최소한 마차 세 대 이상에 스무 명 이상의 호위를 붙이는 법입니다.

혹시 고랭크의 건장한 모험가라면 소수라도 상관없겠지만, 그 일행은 전원이 건장하다고 하기 힘들었고요. 전원이 여행 차림이었지만, 호위 중에는 한눈에도 약해 보이는 자나 여행에 익숙하지 않아 보이는 자의 모습도 있었습니다.

유람여행이 아니라면 이 국경 그 자체에 일이 있는 거라고도 생각했습니다.

높으신 귀족이 몰래 시찰 나올 가능성 말이죠.

일단 나는 평소처럼 행동하기로 했습니다.

"통행증을 보여 주십시오."

"그래."

내 말에 대답한 것은 선두에 선 청년이었습니다.

그는 내 눈으로 봐도 확연할 만큼 미남이었지만, 얼굴에는 피로의 빛이 역력하더군요. 눈 밑에는 시커멓게 다크서클이 있었습니다.

뭔가 이상하다고 생각한 건 그때였습니다.

물론 통행증에는 문제없었습니다. 아슬라 왕국에서 발행된 진짜 통행증이었습니다. 통행증에 찍힌 도장은 노토스 가문의 것으로, 아무런 문제도 없었습니다.

평소라면 그들을 바로 통과시켰겠죠.

하지만 아무래도 남자의 얼굴이 마음에 걸렸습니다. 어디선가 본 적이 있다고.

지금 와서 생각하면 그는 아리엘의 호위기사인 루크 노토스 그레이랫이었지만, 가까이서 본 적도 없었기에 떠올릴 수 없었습니다.

그리고 나는 직업상 뭔가 마음에 걸리는 상대를 붙잡게 되어 있습니다.

왜냐면 내가 기억하는 얼굴이라면 지명수배범의 초상화 정도니까요.

"실례지만, 마차 안을 봐도 되겠습니까?"

내 말에 관문에 대기하던 병사 몇 명이 출구를 가로막듯이 움직였습니다. 사이가 안 좋다고 해도 직업이니까요.

그에 대해 마차를 지키는 호위 몇 명이 험악한 표정으로 긴장했습니다.

역시 지명수배범인가 싶어서 내가 긴장하려는데 지친 얼굴의 청년이 고개를 내저었습니다.

"연유가 있어서 정체를 밝힐 수는 없다."

물론 그게 통할 리도 없습니다.

됐으니까 마차 안을 봐야겠다고 통고하자, 청년의 얼굴이 괴롭게 일그러졌습니다.

다른 몇 명… 여행에 익숙해 보이는 사람들 말입니다. 그들도 험악한 표정을 하고 허리춤의 검에 손을 대었습니다. 그 움직임을 보면 숙련자라고 할 정도는 아니지만 경험을 쌓은 분위기가 느껴졌습니다.

특히나 청년 바로 뒤에 선 인물. 약간 체격이 작고 하얀색 머리의 소년은 무서웠습니다. 손에 든 건 초급 마술을 갓 익혔을 때에 받는 초급자용 작은 롯드였지만, 그는 이미 역전의 전사처럼 빈틈없고 무시무시한 분위기를 풍겼습니다.

그게 소문이 자자한 '무언의 피츠'였겠죠. 솔직히 내 절반도 못 살았을 듯한 아이가 무섭다고 생각된 건 처음이었어요.

경험상 이럴 때에는 적지 않은 피해가 나온다고 예상되었습니다. 바로 제압하라고 주위 병사들에게 말해야할까 말까.

순간 고민하는데 마차 안에서 목소리가 들렸습니다.

"루크, 그만해요."

그 목소리는 내 귀를 기분 좋게 때리고 순식간에 뇌수를 녹였습니다.

더 듣고 싶다, 그런 마성이 담긴 목소리.

들은 적 있었습니다. 이 목소리는 기억에 남아 있었습니다.

10년 전 왕도에 있는 학원 졸업식에서 수석 졸업자에게 축사를 보낼 때 딱 한 번 들은 목소리지만 잊을 수도 없습니다. 그 목소리는 결코 잊을 수 없습니다.

그 자리에 있던 졸업생 대부분이 '더 공부를 했으면'이라고 후회할 정도의 목소리를.

"그들은 직무에 충실할 뿐이에요."

마차의 문이 열린 순간 등골에 전율이 이는 것을 느꼈습니다.

그 모습, 잊을 리도 없습니다.

그 졸업식에서 귀족 중 한 명으로 참가했던 자그마한 왕녀님의 모습을.

나는 이분을 섬기겠다. 이 왕국을 섬기겠다. 긍지 높은 나라의 일원이 되는 것이다. 마음속에서 그런 마음이 끓어오르는 감동을.

잊을 리가 없습니다.

"시, 실례했습니다."

당시에도 눈이 멀 정도로 아름다웠던 금발 왕녀님이 더욱 아름다워지셔서 내 눈앞에 선 순간, 나는 즉각 무릎을 꿇었습니다.

틀림없이 아슬라 왕국 제2왕녀 아리엘 아네모이 아슬라.

시정의 이벤트에도 적극적으로 출석하는 분, 시민의 편이라고 일컬어지며 왕실에서도 가장 인기 있는 인물.

병사들 사이에도 먼발치에서 본 적 있는 사람은 많겠지요. 하지만 닿을 정도의 거리에서 보는 경험은 그 자리의 모두에게 처음이었을 게 틀림없습니다.

"무릎을 꿇을 필요는 없어요. 분명히 관문에서는 특별한 일이 없는 한 무릎을 꿇지 않아도 된다는 법률이 있었지요."

왕녀님은 그렇게 말씀하시더니 마차에서 내려오셨습니다.

주위 병사들 중 대부분이 나를 따르듯이 무릎을 꿇었습니다.

왕녀님의 말씀대로 관문의 병사는 특별한 사정이 없는 한 무릎을 꿇을 필요가 없습니다.

이유는 모르겠지만, 예로부터 그렇게 정해져 있습니다.

사실 나는 무릎을 꿇은 적이 없고, 이 자리에 있는 병사들이 무릎 꿇는 것을 보는 것도 처음이었습니다. 여태까지 그것 때문에 무슨 질책을 들은 적도 없습니다.

물론 필요가 없다는 소리는 금지된 건 아니라고 말하듯이, 우리는 무릎을 꿇고 아리엘 왕녀님께 머리를 조아렸습니다.

그저 그래야만 한다고 생각했기 때문입니다.

"아, 아리엘 왕녀 전하…. 이, 일단, 지, 직무로서 여쭙겠습니다만… 저기, 어떤 연유로, 이런 관문에, 소수의 호위만 데리고 납셨습니까?"

"아무것도 못 들었나요?"

뭔가 사정이 있다는 건 짐작이 갔습니다.

그리고 그 대답에 기억을 더듬자, 약 한 달 정도 전의 기억이 되살아났습니다.

이 관문의 최고책임자는 당연하지만 내가 아닙니다. 내 직속 상사인 상급관리관님도 아닙니다. 가장 가까운 숙박지를 다스리는 귀족입니다.

그는 한 달에 한 번도 안 오지만, 무슨 일이 있으면 우리를 찾아와서 명령을 내립니다.

이전의 명령이 내 머릿속에서 재생되었습니다.

—어쩌면 몇 달 내로 어느 고귀한 분이 오실지도 모른다.

나는 고귀한 분이라는 말에 수십 대의 마차와 하인들을 거느린 행렬을 생각했습니다.

고로 아리엘 왕녀님을 이렇게 볼 때까지 그걸 떠올릴 수 없었던 겁니다.

"고귀한 분이 오실지도 모른다고…."

"그것뿐이었나요?"

그 말에 내 머리에 당시의 기억이 똑똑히 되살아났지요.

그래, 귀족은 분명히 이렇게 말했습니다

―아마도 그 고귀한 분은 국경을 넘어 북쪽으로 도망치려고 하시겠지. 하지만 결코 통과시켜서는 안 됩니다. 어떻게든 트집을 잡아서 며칠 동안 국경 부근의 숙박지에 눌러 앉히세요.

통과시키지 마라. 여기서 막아라.

즉 그것은 여기서 아리엘 왕녀님이 죽는다는 뜻입니다.

상사에게 그런 명령을 받는 건 처음이 아닙니다.

왕도에서 무슨 일을 저지른 귀족이 도망쳐 오는 일은 자주 있고, 그때마다 비슷한 명령은 옵니다.

'통과시켜라'라는 명령이라면 귀족은 아무 일 없이 북쪽으로 도망갈 수 있지만, '통과시키지 마라'라는 명령이라면 그 귀족은 국경을 지난 곳에 있는 숲에서 행방불명됩니다.

나는 왕도 출신이지만 평민입니다.

왕궁의 귀족들 사이의 파벌에 대해선 모르죠.

그렇긴 해도 왕궁에서 귀족들끼리 더러운 정권 다툼을 벌이는 정도는 압니다.

살리냐 죽이냐의 선정 기준은 그 가치에 있고, 결코 랜덤이 아니라는 건 나도 이해합니다. 즉 이 관문의 책임자인 상사와 같은 파벌이냐 아니냐 하는 거지요.

그리고 아무래도 이 아름다운 공주님은 상사가 속한 파벌에게 패하여 도망치는 거라고 짐작이 갔습니다.

"……."

"왜 그러죠. 대답하세요."

나는 생각했습니다.

여기서 태연한 얼굴을 하고 "아뇨, 아무것도 아닙니다. 정중하게 통과시키라는 말이 있었을 뿐입니다. 하지만 통행증에 다소 문제가 발견되었습니다. 잠시 확인을 하겠으니 내일 또 와주실 수 있겠습니까?"라고 말하는 건 간단합니다. 나는 항상 그렇게 해 왔으니까 트집을 잡아서 붙잡는 것 따윈 일도 아닙니다.

하지만 정말로 그래도 될까 하는 마음이 솟구쳤습니다.

나는 뭘 위해 이 국경에서 일하는 걸까 하는 마음이.

나라를 지키기 위해서라고는 입이 찢어져도 말할 수 없습니다.

일할 때 '나라를 위해서'라고 생각한 적은 한 번도 없으니까요.

하지만 그런 나라도 분명히 딱 한 번 비슷한 생각을 한 적이 있습니다.

방금 전에도 말했지만, 아리엘 왕녀님을 뵌 졸업식 날 말입니다.

분명히 그 날 '나는 이분을 모시는 긍지 높은 왕국의 일원이다'라고 생각했습니다.

그걸 떠올린 지금, 눈앞에 계신 아직 나이도 덜 찬 공주님을 그대로 죽게 내버려둬도 좋은 걸까 생각한 순간 곧바로 결론은 나왔습니다.

망설일 것도 없습니다.

"저는 고귀한 분을 이 자리에서 막고 며칠 동안 숙박지에 붙잡아두라는 명을 받았습니다."

내가 그렇게 말한 순간 호위들의 분위기가 명백히 변했습니다.

하지만 아리엘 왕녀님만큼은 태연한 채로 되물었습니다.

"그런가요. 그래서 어떻게 할 생각인가요?"

"…아무것도 하지 않겠습니다."

"직무를 다하지 않을 건가요? 아무리 부조리한 명령이라도 따르지 않으면 목이 날아가지 않나요?"

아리엘 왕녀님의 당당한 태도에 나는 그만 웃음이 새어나왔습니다.

"명령이라니 무슨 말씀인지요? 제가 알기로 '고귀한 분'은 이렇게 궁상맞게 마차 한 대와 열 명도 안 되는 호위로 타국을 가시지 않습니다."

"호오."

"제 눈앞에는 이름도 모르는, 괜히 거만해 보이는 계집이 하나 있을 뿐…. 아가씨, 성함을 여쭈어도 되겠습니까?"

아리엘 왕녀님 또한 유쾌하게 웃으면서 대답하였습니다.

어쩌면 나와의 한 판 희극을 즐기셨던 걸지도 모르지요.

"아리엘 카나르사라고 합니다. 이렇게 보여도 하급귀족의 외동딸이지요."

"그럼 아리엘 카나르사 님, 북쪽으로는 무슨 일로?"

"라노아 마법대학으로 유학을."

"그렇습니까. 통행증에 문제는 없으니 지나가십시오. 좋은 여행 되시길."

"고마워요."

아리엘 왕녀님은 왕족밖에 할 수 없는 우아한 인사를 하고 마차로 돌아가셨습니다.

마부가 말을 몰고 호위들은 얼떨떨한 표정인 채로 전진하였습니다.

"자, 다음 사람…."

그렇게 말하려던 때에 나는 문득 나를 향한 시선을 깨달았습니다.

무수한 시선. 나는 이 방에 있는 거의 모든 병사들의 눈총을 받고 있었습니다.

너무 성급하게 굴었나 생각했습니다.

이 자리에 있는 건 직무에 충실한 병사들입니다. 그들은 나와 다르죠. 왕도에서 생각을 버리고 위의 명령에 복종하는 훈련을 받은, 무능한 전사들입니다.

이 자리에서는 일단 내 부하지만, 결국은 부서가 다른 자들입니다.

어쩌면 그들도 상사에게 직접 '아리엘을 통과시키지 마라'라는 명령을 받았을지도 모르죠.

거기에 따르지 않았다가 분노를 사는 것은 그들도 마찬가지.

제2왕녀 아리엘 정도 되면 파벌의 우두머리일 거라고 그들도 상상이 가겠죠. 상사로서는 절대로 놓치고 싶지 않은 중요한 상대니까, 말단에까지 정보가 닿았다고 해도 이상할 것 없습니다.

그리고 그걸 통과시킨 지금, 나도 포함하여 이 자리에 있는 전원의 목이 날아간다고 해도 이상할 것 없습니다.

나는 각오했습니다. 일이 탄로나기 전에 최소한의 화풀이로 날 괴롭힐 것을.

아리엘 왕녀님을 통과시킨 건 내 독단이었으니까요.

내가 각오를 굳혔을 때, 병사 중 하나가 천천히 다가왔습니다.

내 세 배는 될 만큼 어깨가 널찍한, 이 자리의 병사들의 대장입니다.

그는 프라이팬처럼 단단하고 큰 손을 들어서 나를 후려쳤습니다.

몸이 박살날 걸 각오했는데 거의 아프지 않고, 충격에 비틀거리며 한두 걸음 발을 떼었습니다.

"제법이잖아."

병사장이 그렇게 말한 순간 방 안의 병사들이 주먹을 쳐들었습니다.

휘익 소리 내어 휘파람을 부는 자도 있었지요.

나중에 안 이야기인데, 이 관문에 있는 병사들은 대부분이 아리엘 왕녀님의 신봉자라나 봅니다.

아리엘 왕녀님은 병사들의 졸업식에도 참석하셨다고 하더군요.

태반의 사람들은 그 목소리를 한 차례 들었을 뿐이지만, 나도 비슷한 꼴이니까요. 그 말씀은 완전히 마음속에 스며들었습니다.

"스마일리 중급관리관! 우리도 이런 변경에 끌려와서 썩었다지만, 오래간만에 기분 좋았어. 어이, 다들 그렇지?"

"오오!"

"오늘은 시내의 주점에 가자고. 내가 한 잔 사지!"

병사장은 다시금 내 등을 두들겼고, 나는 뭐라고 말할 수 없는 기분이 되었습니다.

오늘 아침까지만 해도 '이놈들은 나랑 다른 종류의 인간이다'라고 생각했으니까요.

왕족에게 경의를 표할 줄도 모르는, 그저 조야하고 무식한 놈들이라고.

하지만 그렇지 않았습니다.

이 녀석들도 나와 마찬가지로 변경으로 좌천되어서 불쾌한 놈들의 지시에 따라 움직이고, 썩어가면서도 일하고 있었던 겁니다.

그렇게 깨달은 순간… 뭐라고 할까, 나는 내 일에 긍지 같은 것을 느꼈습니다.

그 이후로 병사들과 반목하는 일도 없이 매일 즐겁게 일할
수 있었습니다.

모든 것은 아리엘 님 덕분이지요.

그분은 그저 관문을 통과하는 것만으로 그 자리에 평화를 가
져다주셨습니다.

※이 뒤로 스마일리 중급관리관은 자기가 얼마나 아리엘 왕
녀에게 심취하였는지를 길게 떠들었기 때문에 생략.

어디.

이 이야기 후에 스마일리 중급관리관이 아리엘 왕녀를 칭송
한 말은 제법 재미있었지만, 듣고 싶은 건 그게 아니었다.

"아리엘 왕녀를 뒤쫓아서 검은 옷차림의 남자들이 관문을 통
과했습니까?"

그렇게 묻자 스마일리 중급관리관은 표정을 흐렸다.

"뒤쫓은 게… 아니었습니다."

"음, 그 말은?"

"아리엘 왕녀님이 오시기 사흘 정도 전, 내가 비번일 때에 수
상쩍은 집단이 관문을 통과했다는 것을 나중에 들었습니다."

과연.

즉 암살자는 이미 관문을 넘어서 아리엘 왕녀를 기다리고 있었단 소리다.

"미리 알았으면 하다못해 경고 한 마디라도 할 수 있었을 텐데… 지금은 무사하시길 빌 수밖에 없습니다."

"그렇군요. 고마웠습니다."

아무래도 스마일리 중급관리관은 아리엘이 죽었다는 소문을 모르는 모양이었다.

역시 그 소문은 왕도에서 발생한 소문이겠지.

하지만 이걸로는 아직 아리엘의 생사가 확실하지 않았다.

나는 계속 정보를 모아 보기로 했다.

지금 시점의 정보만으로는 일을 완수할 수 없기 때문이다.

다른 관리관이나 병사에게도 물어보고, 또 숙박지로 이동해서 관문에 대해 잘 아는 사람에게 이야기를 듣고 다녔다.

아리엘이 그 뒤 어떻게 되었는가.

숲을 통과할 수 있었을까, 아니면 숲을 통과하지 못하고 소문대로 살해되었을까.

그걸 아는 자를 찾아서 숙박지를 돌고 다닌 결과….

실력 있는 나는 어떤 젊은 행상인과 만나서 이야기를 들을 수 있었다.

★ 행상인 브루노의 증언 ★

그 날은 평소처럼 상품을 아슬라 왕국으로 가져오는 도중이었어.

적룡의 윗턱을 지나서 용의 수염의 외길을… 어? 아, 이 근처 녀석들은 다들 북쪽 숲을 그렇게 불러. 누가 그렇게 부르기 시작했는지는 모르지만.

그리고 상품… 운반하던 게 뭐였더라. 분명히 북방대륙에서밖에 나지 않는 모피 같은 거였던가.

몇 명이냐고? 혼자야.

호위? 없어. 그럴 돈이 있을 것처럼 보여?

나도 실력이 있고. 이렇게 보여도 검의 성지에서 수행한 적도 있거든?

어어, 무슨 이야기였더라?

그래, 그래, 용의 수염을 이동하던 때였어.

단짝인 로빈슨과 함께. 어? 그 로빈슨은 어디에 있냐고? 마구간에 있어. 말이 아니라 당나귀지만.

아무튼 나는 그 녀석과 함께 이동하고 있었지.

기분은 좋았어. 장사는 순풍에 돛 단 격, 슬슬 마차를 구입할 자금이 모일 것 같았어. 당나귀로도 끌 수 있을 만한 소형 마차라도 장만하면 운반할 수 있는 상품의 양은 확 늘어나니까. 들뜬 마음이었지.

하지만 길 앞쪽에서 싸우는 소리가 들렸어.

그리고 수상쩍은 분위기도 풍겨오더라고.

나도 혼자서 행상인 일을 했으니까 이런 기척에는 민감한 편이야.

위험을 피하는 건 가장 중요한 일이니까.

그렇다고 해도 외길이야. 물러날 수도 없어서 나는 로빈슨과 함께 숲에 들어가서 옆으로 지나치기로 했지.

당나귀를 두고 가는 쪽이 현명하다는 걸 알지만, 소중한 단짝이니까. 가만히 놔뒀다가 마물의 습격이라도 받으면 큰일이지.

그래서 나와 로빈슨은 숲 속에 숨듯이 이동했어.

싸우는 소리는 차츰 커지고 사람의 비명소리도 들리기 시작했어. 로빈슨은 겁을 먹었지만, 오랫동안 고락을 함께 한 내가 있으니까 겁먹고 소리치는 일도 없이 조용히 이동했어.

음? 서론은 됐으니까 현장 이야기를 들려달라고?

까칠한 양반이네…. 뭐, 좋아.

현장, 덤불에 숨어 있던 내 눈에 들어온 것은 마차였어. 그리 큰 마차는 아니더라고. 기껏해야 마부를 포함해서 세 명밖에 못 탈 만한 마차. 말 한 마리가 끌 만한 사이즈였는데, 말은 두 마리. 아마도 특별주문이었겠지…. 왜 그렇게 잘 아냐고? 그야 나도 마차를 살까 하고 있었으니까. 당나귀가 끌 수 있을 만한 걸로 말이야. 그 때에 마차 상인에게 물어봤는데…. 아, 알았어,

알았어, 그렇게 무서운 얼굴 하지 마. 오케이, 탈선 안 할게.

나는 한눈에 마차가 습격을 받았다는 걸 알았어.

애초에 마차가 쓰러져 있고 주위에서 호위인 듯한 사람과 시커먼 옷차림의 남자들이 싸우고 있었으니까.

시커먼 옷은 일곱 명에 호위는 네 명이었어. 이미 마차의 호위, 아니, 종자일까? 아무튼 두 명 정도가 지면에 쓰러져 있더라고. 마차 근처에는 여자 넷이 떨고 있었어. 아마 그녀들이 호위 대상인 분이었겠지.

그렇더라도 시커먼 옷들이 우세했던 건 아냐.

쓰러진 숫자는 그쪽이 더 많았으니까.

지면에 쓰러져 있는 검은 옷의 숫자는 넉넉히 열 명은 되었어.

나는 그걸 본 순간 황당하더라고. 이렇게 약한 놈들을 습격자로 쓰다니 바보 아냐? 싶어서.

하지만 그게 아니었어.

잘 보니까 시커먼 옷들의 움직임은 나쁘지 않았어.

오히려 호위들보다도 숙련되었고, 일대일이라면 시커먼 옷들은 만에 하나도 지지 않을 정도로 차이가 있었어.

어? 왜 그런 걸 아냐고?

아까도 말했잖아. 나는 이렇게 보여도 실력에 자신이 있어. 싸우는 모습을 보면 그 녀석들이 얼마나 강한지 정도는 알아.

그래서 이상하다고 생각했던 나는 발을 멈추고 그 싸움을 지켜보았어.

그랬더니 호위 중에서 딱 한 명, 움직임이 눈에 띄게 좋은 녀석이 있더라고.

하얀 머리에 초심자용 롯드를 가진 소년이었어.

그 녀석 혼자만 차원이 다르더만.

검의 성지에서 검성이나 검왕이 되려는 녀석들은 우리와 다른 시간을 사는 게 아닐까 생각될 정도로 빠르고 판단력이 뛰어나.

그 녀석은 그 정도까진 아니었지만, 그래도 상황 판단 능력이라고 하는 게 탁월하다는 걸 금방 알겠더라고.

아군이 당할 것 같으면 즉각 거기로 원호 마술을 날렸어.

그것도 마력이 바닥날 것을 고려했는지 초급 마술을 말이야.

그런 신들린 원호는 하고 싶다고 할 수 있는 게 아냐.

머리를 쓰는 쪽으로 어지간히 훈련하지 않았으면 그렇게는 안 돼.

내 위치에서는 주문 소리가 들리지 않았지만, 어쩌면 그건 무영창이라는 게 아니었을까? 주문 없이 마술을 쓴다는… 본 적은 없지만 있기야 있다지.

그렇긴 해도 말이야.

아마 시커먼 옷들 쪽도 동료가 쓰러지는 사이에 그 전투법에 익숙해졌겠지.

덧붙이자면 호위 쪽도 피로한 빛이 역력했어.

겉보기 이상으로 팽팽했겠지. 어느 쪽이 한 명이라도 더 쓰러지면 그 균형이 무너져서 패배한다. 그런 분위기가 느껴졌어.

그리고 여유가 있던 것은 시커먼 옷들 쪽이었지.

그들은 어느 순간 전법을 바꾸었어. 아마도 직전에 눈짓이나 신호라도 주고받았겠지만, 내 눈으로는 알 수 없었어.

시커먼 옷들은 여태까지 항상 2대1의 상황을 무너뜨리지 않고 나머지 한 명이 따로 움직이면서 정면에서 공격했는데, 갑자기 일곱 명 전원이 하얀 머리의 소년에게 덤벼들었어.

호위 쪽의 검을 가진 세 명은 거기에 반응할 수 없었어.

하얀 머리 소년은 반응했어.

엄청난 집중력으로 재빨리 범위마술을 써서 두 명을 없앴어.

시커먼 옷들은 산개해서, 두 사람은 하얀 머리 소년에게, 세 사람은 마차 옆에서 떠는 여자들 쪽으로 달려갔어. 순간적인 틈을 찔러서 방어망이 돌파당한 순간이었지.

하얀 머리 소년은 그래도 아직 움직였어.

자기한테 달려드는 두 명에게는 눈도 주지 않고, 여자들 쪽으로 달려가는 검은 옷들을 향해 지팡이를 뻗더라고. 대단했어. 보통은 자기한테 덤비는 상대에게 의식이 갈 텐데.

자, 다음 순간은 거의 동시였어.

일단 하얀 머리 소년이 날린 마술. 이건 세 사람 중 둘을 끌어들여서 죽였어.

하얀 머리 소년을 향하던 검은 옷들. 이 녀석들은 하얀 머리 소년을 지키려고 몸을 던진 두 명의 호위와 싸우다가 다 같이 죽었어.

마지막으로 남은 검은 옷은 마차 근처에 모여서 떠는 여자 중에서 한 명을 끌어내어서 그 목을 쳤어. 일격에 말이야.

한 발 늦게 호위 중 마지막 한 명이 검은 옷을 뒤에서 찔렀어.

마지막 시커먼 옷은 손에 든 목을 자랑스럽게 들어올리고 만족스러운 얼굴을 하고 죽었어.

아마도 그게 호위들이 지키려던 귀족 집안 따님 정도 되었겠지.

나머지 다섯 명은 멍하니 있었어.

동료가 죽고 지켜야할 대상도 잃었으니까 당연하겠지.

나는 결판이 난 것을 확인하고 바로 그 자리를 떴어.

피 냄새에 끌려서 마물이 다가오면 귀찮고, 무슨 부탁이라도 받는 게 싫었거든.

로빈슨과 함께 얼른 그 자리를 떠났어.

행상인 브루노의 이야기는 이상으로 끝났다.

중급관리관 스마일리의 이야기와 종합하면, 무사히 관문을 통과한 아리엘 왕녀는 숲속에서 매복 기습을 받아서 격전 끝에 암살자의 손에 유명을 달리했다는 소리가 된다.

소문은 진실이고, 아리엘파의 귀족들이 걱정하던 대로 아리엘은 죽었다.

다만 아직 수수께끼가 남아 있었다.

예를 들어서 살아남은 호위들은 어떻게 되었을까.

이야기에 따르면 다섯 명은 생존하였다.

'루크 노토스 그레이랫'은 모르지만, 적어도 '무언의 피츠'는 살아남았다.

눈에 띄는 외모를 가진 그가 왕도로 돌아왔다는 정보는 없었다.

어쩌면 내가 추적하던 것과 전혀 다른 루트로 돌아왔을 가능성도 있지만, 그래도 이 국경을 넘은 건 틀림없다. 그런데 정보가 들어오지 않았다면 역시 이대로 북쪽으로 이동했다는 소릴까.

그도 그럴 수 있다. 아리엘 왕녀의 호위에 실패하고 무슨 낯으로 돌아갈 수 있을까.

그대로 북방대륙으로 도망치는 편이 낫다고 판단했을지도 모른다.

그것도 국경을 넘어서 북쪽으로 가면 알 일이지만….

아쉽지만 나는 아슬라 왕국 안에서 일어난 일이라면 조사할수 없는 게 없다고 장담하는 정보상.

아슬라 왕국 밖에서 일어난 일은 조사할 수 없다.

게다가 내가 조사해 오라고 의뢰받은 것은 아리엘 아네모이 아슬라 제2왕녀의 행방이다.

그 호위에 관해선 관할 밖이다.

그런고로 나는 왕도로 돌아가기로 했다.

시티보이인 나는 아무래도 국경이 불편했다.

하지만 행상인 브루노에게서 북방대륙의 진기한 술을 살 수 있었다. 일이 끝나거든 이걸 한 잔 하자.

보고를 마쳤을 때 아리엘파의 낙담한 얼굴은 볼 만했다.

보통 나보다 상위의 정보를 다루는 자가 나 같은 녀석이 모아 온 정보를 얻고 감정이 변하는 것은 실로 신선한 감각이었다.

아무튼 보수도 받았으니 내 일은 끝났다.

오늘은 그의 얼굴과 받은 보수와 브루노에게서 구입한 술로 기분 좋게 만찬을 즐기자.

그렇게 생각하며 나는 술병을 손에 들고 주점으로 향했다.

마스터에게 안주를 주문하고, 평소에 앉은 자리에 느긋하게 앉았다. 가게 안의 모습이 잘 보이는 이 자리는 내 단골자리다.

여기에 앉아서 귀를 기울이기만 하면 주점 안의 화제를 파악할 수 있다는 것도 내 능력 중 하나다. 이 능력으로 나는 어떤 정보도 놓치지 않으며 민완 정보상으로 생계를 꾸렸다.

"그러고 보면 얼마 전에 왕녀님이 죽었다는 소문이 나돌았잖아?"

"아, 아쉬운 일이에요. 난 팬이었는데…."

"뭐야, 너 그런 소문을 진짜로 믿었어?"

"아니, 나도 믿고 싶지는 않았는데 말이죠…."

요즘 핫한 화제가 들려와서 나는 그쪽으로 고개를 돌렸다.

튼실한 체격의 남자와 초로의 남자 둘이 마주보며 술을 마시고 있었다.

그들도 분명 진상을 모른다. 소문에 휘둘려 춤추는 댄서다. 그렇게 생각하니 아주 기분이 좋았다. 정보상을 하길 잘했다고 생각하는 순간이었다.

"나는 말이지, 국경에서 일했어."

"그런 말 안 해도, 삼촌의 근무지 정도는 알아요. 근무 20년으로 장기 휴가를 받아서 이쪽으로 돌아왔다는 것도요."

"헤에, 그거 잘 아는군. 그럼 내가 관문 중 어디서 일했는지도 아나?"

"그건 모르지만요."

화제는 변해서 내 흥미도 흐려졌다.

마스터가 내 안주를 다 만든 게 보였다. 이제 됐겠지. 어차피 다 끝난 일이다. 다음 일은 이 술을 어떻게 해야 맛있게 마실 수 있는지 찾는 것이다.

"감시탑이야."

하지만 다음 말에 내 의식은 술에서 남자에게로 되돌아갔다.

"그 관문 꼭대기에는 숲의 출구를 감시하기 위한 원견의 마도구가 있지. 나는 거기 담당자야."

"헤에."

"그리고 아리엘 님이 관문을 통과했단 이야기는 병사들 사이에서 꽤나 유명하지. 우리 감시부대도 한 번이라도 좋으니까 아리엘 님의 모습을 보고 싶어서 눈을 사발만 하게 뜨고 지켜봤어."

"그, 그래서. 봤나요?"

"그래, 똑똑하게. 틀림없는 아리엘 님이었어."

나는 그 말을 의심했다.

이 병사가 거짓말을 하는 걸까, 아니면 브루노가 거짓말을 한 걸까.

아니, 그럴 리는 없다. 아마도 브루노는 착각을 한 것이다. 시커먼 옷이 마지막에 죽인 것은 아리엘 왕녀가 아니었다.

아슬라 왕족에게는 대역을 세우기 위한 마도구 같은 것도 있다고 들었다. 그걸 이용하여 그 습격을 피한 거겠지.

즉 나는 헛짚은 것이다.

의뢰인에게 잘못된 정보를 주었다.

이건 안 된다. 당장 지금 이야기의 뒤를 캐고 의뢰인에게 진실을 전하지 않으면….

"…오래 기다렸지."

그때 마스터가 요리를 내왔다.

눈앞에는 김이 피어오르는 요리와 왕도에서는 좀처럼 맛볼 수 없는 진기한 술.

"뭐, 됐어."

나는 엉거주춤 들었던 엉덩이를 도로 의자로 내렸다.

진짜로 살아 있어서 라노아 마법대학으로 유학 갔다면 조만간 진실이 세상에 퍼지겠지.

보수를 돌려달라는 말이라도 들으면 곤란하니, 한동안 왕도를 떠나도록 하자.

그렇긴해도 감시탑의 병사가 아리엘의 모습을 확인했다니…. 으음, 총명한 나라도 모르는 건 있군.

정보상 구스타프에게서 전달된 오보.

그 바람에 아리엘파의 필두귀족 필레몬 노토스 그레이랫은 아주 힘든 선택을 할 수밖에 없었고 궁지에 몰리게 되는데… 그건 또 먼 훗날의 일이다.

경장

머리 2

수염 없음

캐릭터 디자인안
파울로

파울로

노른

탈핸드

캐릭터 디자인안
탈핸드 & 엘리나리제

엘리나리제

무직전생 ~ 이세계에 갔으면 최선을 다한다 ~ **5**

2016년 1월 7일 초판 발행
2024년 4월 10일 9쇄 발행

저자   리후진 나 마고노테
일러스트   시로타카
옮긴이   한신남

발행인   정동훈
편집인   여영아
편집 팀장   황정아 김은실
편집   노혜림

발행처   (주)학산문화사
등록   1995년 7월 1일
등록번호   제3-632호
주소   서울특별시 동작구 상도로 282 학산빌딩
편집부   02-828-8838
영업부   02-828-8986

ISBN 979-11-256-4689-1 04830
ISBN 979-11-256-0603-1 (세트)

값 8,800원